À l'ombre du manguier

Dans la collection
Parfums d'ailleurs 🌐

Marie C. Laberge:
En Thaïlande: Marie au pays des merveilles

Geneviève Lemay

À l'ombre
du manguier

roman

Parfums d'ailleurs 🌍

Guy Saint-Jean
ÉDITEUR

Catalogage avant publication de Bibliothèque et Archives nationales
du Québec et Bibliothèque et Archives Canada

Lemay, Geneviève, 1977-
À l'ombre du manguier
(Parfums d'ailleurs)
ISBN 978-2-89455-293-3
I. Titre.
PS8623.E533A76 2008   C843'.6   C2008-941388-1
PS9623.E533A76 2008

Nous reconnaissons l'aide financière du gouvernement du Canada par l'entremise du
Programme d'Aide au Développement de l'Industrie de l'Édition (PADIÉ) ainsi que celle de
la SODEC pour nos activités d'édition. Nous remercions le Conseil des Arts du Canada de
l'aide accordée à notre programme de publication.

Gouvernement du Québec — Programme de crédit d'impôt pour l'édition de livres —
Gestion SODEC

© Guy Saint-Jean Éditeur Inc. 2008
Conception graphique: Christiane Séguin
Révision: Hélène Bard
Photographie de la page couverture: Michael S. Lewis/National Geographic/Getty Images

Dépôt légal — Bibliothèque et Archives nationales du Québec, Bibliothèque et Archives
Canada, 2008
ISBN: 978-2-89455-293-3

Distribution et diffusion
Amérique: Prologue
France: Volumen
Belgique: La Caravelle S.A.
Suisse: Transat S.A.

Guy Saint-Jean Éditeur inc.
3154, boul. Industriel, Laval (Québec) Canada. H7L 4P7. (450) 663-1777.
Courriel: info@saint-jeanediteur.com • Web: www.saint-jeanediteur.com

Guy Saint-Jean Éditeur France
48, rue des Ponts, 78290 Croissy-sur-Seine, France. (1) 39.76.99.43.
Courriel: gsj.editeur@free.fr

Imprimé et relié au Canada

NOTE DE L'AUTEURE

La culture est le bagage initial de l'identité. C'est le point de référence qui permet de savoir qui l'on est et d'avancer dans les chemins sinueux de la destinée, sans pour autant perdre son équilibre. L'humain peut aussi, aujourd'hui plus que jamais, ajouter à son bagage le cumul de toutes les cultures, s'il est capable d'ouverture sur l'Autre. De cette manière, en découvrant l'humain universel, il cessera de vouloir devenir quelqu'un d'autre et il deviendra meilleur que jamais. Il sera l'humain qui est depuis toujours en lui.

CHAPITRE 1

Harmattan, huile de palme et serpent

Aïssétou Youla

L'harmattan avait voilé le ciel, et doucement était descendue une épaisse poussière recouvrant tout. Les bananiers, hautes herbes et habitations avaient rosi au contact de cette pellicule de sable rouge qui empoussiérait les gens, des cheveux aux sandales. Le soleil baissait enfin les armes et tout le village semblait se réveiller, encore engourdi par de longues heures de soupirs à l'ombre. Les femmes commençaient à piler les ingrédients du repas, le seul de la journée. Tous, chaque soir, mangeaient le riz poussé dans leurs bas-fonds, nappé d'une sauce constituée de ce qu'ils avaient ce jour-là. Aïssétou, comme chaque soir depuis qu'elle avait appris à marcher, donnait un coup de main à sa mère qui soufflait trop fort pour piler les aliments seule. Elle prit une poignée de petits piments rouges et commença cette danse effrénée qui l'emportait et lui donnait encore une fois la sensation de vivre. Sa petite sœur Fanta, bien installée à l'aide d'un tissu sur son dos mouvant, ne pleurait pas et semblait apprécier ce contact humain. Sortant un peu de cette sorte de transe, Aïssétou, plus par habitude que par crainte, se tourna vers sa mère et demanda:

— Qu'a-t-on aujourd'hui, *Nga*[1], pour mettre sur notre riz?

La grosse femme se leva de son petit banc rond sculpté dans un tronc d'arbre et répondit fièrement:

— La nouvelle famille qui a emménagé dans la palmeraie nous

_____

1 Qui veut dire *mère* en soussou.

fait un beau cadeau ce soir, dit-elle en laissant paraître, bien malgré elle, une once d'excitation.

Nga, qui avait accueilli chaleureusement ces nouveaux arrivants, s'était vue remerciée par un petit quelque chose. Leurs nouveaux voisins, tristement pauvres, étaient venus construire leur paillote sous les palmiers le long de la piste, la route principale en terre battue qui reliait Madinagbe au reste du pays. Nga prit un petit contenant de plastique qu'elle avait caché sous son petit banc de bois rond et creux, et le tendit à sa fille.

— Dieu merci, cela faisait tellement longtemps qu'on n'avait pas eu d'huile de palme! dit-elle en arborant le sourire d'un enfant à qui l'on vient de donner des biscuits.

Aïssétou prit rapidement le cadeau contenu dans un bidon d'huile à moteur recyclé et le posa à ses pieds. Elle ajouta quelques tomates dans le mortier et recommença cette sorte de danse qui sert à piler les aliments, se réfugiant dans ses pensées.

Il y a une semaine de cela, lorsqu'elle était allée chercher de l'eau au centre du village, sur la piste, elle avait aperçu un homme qu'elle ne connaissait pas. Les autres filles, qui allaient toujours puiser l'eau avec elle afin de se relayer pour activer la pompe à pied, avaient chuchoté et ricanaient en disant qu'il était de la famille des Sylla. L'on disait d'eux qu'ils étaient porteurs d'un mauvais sort et qu'à cause de cela, ils puaient. Celui-là était le plus vieux. Comment cette famille avait-elle reçu ce sortilège? Elle s'arrêta de piler ses aliments, se tourna vers sa mère et demanda:

— Nga, tu les as rencontrés, toi, ces Sylla, comment étaient-ils?

— Ce sont de braves gens, je crois. La vieille Sylla produit de l'huile de palme et je pense que ses fils veulent faire un *réco-conso*[2]. Et ils font bien avec la palmeraie que Dieu avait laissée là

---

2 Expression du pays voulant dire un endroit où l'on récolte et consomme ou vend sur place le vin de palme.

pour eux, sur la piste, ils ne peuvent pas faire autrement.

Mais Aïssétou, curieuse des choses sombres dont personne n'ose parler, voulut en savoir plus.

— Est-ce que vraiment... ils puent? s'entendit-elle prononcer en reculant un peu, de peur que le fait d'évoquer ces choses puisse la contaminer elle aussi.

— Tu sais, ma fille, qu'il y a des odeurs qu'on sent, comme la terre, la sauce du riz et d'autres qu'on ne sent pas. Moi, je n'ai rien senti lorsque je les ai rencontrés à leur arrivée, je n'ai rien senti encore lorsqu'un des fils est venu me donner l'huile, le sang de leurs palmiers. Mais pourquoi pueraient-ils? demanda la mère en replaçant son mouchoir de tête jaune et vert qui venait de perdre sa forme de turban, à la mode de cette année.

— J'ai entendu Mah et la grosse Binta dire, lorsqu'on était au puits, que cette famille était venue habiter ici parce qu'elle avait été chassée de son village, tout près de Forécariah. Elles ont même dit qu'ils portent la poisse et qu'ils puent. Moi, maman, tu sais que je ne vois pas ni ne sens ces choses; Dieu merci, mais je m'inquiète.

— Peut-être as-tu raison, il faudrait faire attention à ces gens-là. Mais d'ailleurs, cela me fait penser que la femme m'avait fait peur. Elle était trop petite et cela, ce n'est pas bon. Seules les femmes qui s'adonnent au mal sont si petites.

La mère et la fille se regardèrent et fixèrent ensuite le contenant d'huile rouge qui semblait si précieux, il y a quelques secondes encore. Aïssétou le prit et sentit son contenu, inquiète d'y détecter une quelconque odeur diabolique. Mais rien, pas même un petit effluve suspect ni un petit picotement, et c'était encore plus inquiétant. Que faire maintenant avec ce sang de palmier venant d'une famille portant le mauvais sort et qui, de surcroît, avait été préparé par une femme chétive? Tout le monde sait qu'il faut fuir les personnes courtes et maigres! Nga, s'apercevant soudainement du danger, prit l'huile et lança un regard triste à sa fille:

— Attendons; demain, je demanderai conseil à ce vieux sage de marabout, fit-elle en saluant du regard le réveil de la petite Fanta qui gazouillait, attachée au dos de sa sœur.

La nuit avait été belle et la lune, ou le sourire que formait son croissant, s'était agrandi depuis peu. Les enfants et quelques grands avaient chanté des chansons dédiées à cette chandelle placée très haut dans le ciel afin que tous bénéficient, pauvres comme riches, de sa lumière mystérieuse. Nga avait cependant mal dormi. Cette histoire de maléfice chez des gens si près de sa famille ne lui disait rien de bon. Qu'ils soient ou non porteurs d'un mauvais sort, elle et sa famille auraient à payer pour cela étant donné que c'étaient leurs voisins. Les Sylla habitaient à quelques centaines de pas de leur paillote et s'il y avait du danger, la contamination semblait possible à cette distance et tous le savaient. Malgré son âge avancé, qui lui conférait maintenant un statut de femme respectable — elle aurait bientôt quarante ans — et les connaissances qu'elle avait des choses cachées de la vie, Nga n'aimait pas aller visiter le marabout au village. C'était un homme terrifiant. Quand elle était encore toute petite, elle l'avait vu danser avec son costume d'oiseau lors de la fête d'une naissance. Il l'avait fixée longuement de ses yeux, à peine discernables sous le masque représentant un marabout, cet oiseau au long bec d'où provenait son titre. Nga s'était sentie mise à nu devant cet homme qui voyait sous les vêtements, sous la peau et même dans l'âme. Jamais elle n'avait oublié ce regard qui pique comme le serpent et qui voit ce qui ne se voit pas. Elle avait cependant souvent revu ce vieil homme au corps noueux depuis et elle s'était un peu habituée à sa présence, d'autant plus qu'il était le meilleur allié contre les malheurs. C'était une chance que d'avoir un marabout dans son village — habituellement, on ne les trouvait qu'à la capitale — et elle en profiterait.

Le lendemain, aussitôt que les rayons du soleil avaient commencé à chauffer l'air, Nga se réveilla et quitta sa couchette constituée d'un tapis de foin tressé. Elle défroissa ensuite son pagne, ce tissu aux couleurs vives noué autour de sa poitrine, afin d'enlever les plis de la nuit. Elle sortit de la cour en ordonnant à Aïssétou de balayer la cuisine extérieure; celle-ci était encombrée des restes du repas de la veille et des grains de riz avaient séché sur le sol. Elle se rendit ensuite d'un pas lent jusqu'à la case[3] du marabout. Après une bonne demi-heure de marche, elle arriva enfin et demanda humblement à Lansana, l'apprenti du vieil homme, d'aller quérir son maître. Quelques minutes plus tard, le vieillard sortit, visiblement trop lourd pour ses jambes. Il la regarda longuement, comme s'il tentait de la percer de ses yeux afin qu'elle crève et répande ce qu'elle contenait de vie et d'information. Après ce bref moment, qui avait semblé une éternité à Nga, il souffla les salutations d'usage et l'invita à s'asseoir sur une des briques tombées du coin gauche de sa demeure. D'une voix étranglée par la nervosité, elle réussit à dire en utilisant le plus beau langage qu'elle pouvait:

— Père[4], merci de me recevoir. J'ai une inquiétude et je me dois de puiser auprès de toi des réponses qui n'existent pas dans le monde où j'évolue.

Elle dut reprendre son souffle avant d'ajouter:

— Je m'inquiète des nouveaux habitants de la palmeraie avoisinant notre bas-fond.

À ce moment, une flamme sembla s'allumer dans l'œil du vieillard. Il se leva brusquement sans dire un mot, laissa Nga sur sa brique et entra dans sa maison. Il ressortit, cauris[5] à la main,

---

3 Maison carrée en brique, faite de boue et de foin.

4 Toutes les personnes âgées sont appelées soit *père*, soit *mère*.

5 Les *cauris* sont de petits coquillages qui servent à «dire» le futur et l'au-delà.

et alla s'asseoir sur un tapis placé à l'ombre d'un grand manguier. Nga le regardait de loin lancer devant lui ces petits coquillages magiques. Le vieux marabout semblait suivre des événements se déroulant devant lui. On aurait pu croire qu'il regardait des personnages à la télévision, mais personne n'avait de ces boîtes magiques qu'on trouve à la capitale. La femme, elle, ne voyait rien. Plusieurs minutes passèrent et le vieil homme revint s'asseoir sur une autre brique à côté d'elle:

— De quel événement avez-vous été témoin et qui vous donne des inquiétudes? siffla-t-il dans un long souffle venu du fond de ses entrailles poussiéreuses.

Nga, encore plus nerveuse en raison de ce vieux corps noueux qui touchait presque le sien, répondit:

— J'ai entendu des rumeurs d'ensorcellement sur ces gens et, ajouta-t-elle en lui tendant l'huile de palme suspecte, je me demandais si je devais accepter leurs cadeaux.

Le vieillard, plus insondable que jamais, la regarda d'un œil bon comme le ferait un père, lui dit qu'il s'occuperait personnellement de cette affaire et qu'il la réglerait comme il se doit. Elle attendait plus d'information, mais le vieillard lui fit signe de s'en aller. Un peu déçue de ne pas en apprendre davantage, elle se leva et regarda le vieil homme une dernière fois.

— Mais oui, vous pouvez utiliser cette huile de palme pour faire à manger, dit-il comme s'il parlait à un enfant, en faisant signe de partir à l'aide d'un rapide mouvement des mains.

Wallid Sylla

Les palmiers avaient coulé depuis le matin dans de gros bidons de plastique jaune. Bientôt la plaie, l'entaille faite à la base de la couronne de feuilles, allait se guérir et le vin ne viendrait plus. La récolte de la sève, c'était le seul beau moment que la vie offrait encore à Wallid. Il prenait son attirail et partait à l'assaut des palmiers, ces grandes tours couronnées d'un pompon formé de longues feuilles. Dans les sentiers de brousse menant à la palmeraie, le jeune homme de dix-sept ans, dont l'âme était déjà vieille, vivait parfois des moments de bonheur, auxquels il n'avait pas accès autrement. Les odeurs de sève et la chaleur du soleil devenu rouge accompagnaient cet exercice de force qui consistait à défier la gravité et à mettre à profit son corps de combattant. Dieu lui avait offert des muscles solides, nécessaires aux gros travaux; ses bras dessinés comme ceux des athlètes lui donnaient une poigne de fer rapide et agile, et ses jambes lui avaient permis autrefois d'obtenir le respect de ses copains de *foot*[6]. Avant même de passer la sangle derrière le tronc, Wallid regardait son adversaire, le palmier, avec humilité et respect. En élevant le regard jusqu'à la tête de l'arbre, son cœur se resserrait et il devait combattre l'accélération des battements de celui-ci. S'il ne réussissait pas à maîtriser son rythme cardiaque, il ne monterait pas à l'assaut, parce que ce serait facile de chuter. Mais ça n'arrivait que très rarement à Wallid. Alors, quand il était fin prêt, il se disait à lui-même: «Mon père a laissé ma mère seule car il savait que j'étais là. Je suis un homme et rien ne me fait peur. Que Dieu me protège.» Il savait que rien n'était plus fort que la volonté du Tout-Puissant. Cela le rassurait; mais le fait qu'il grimpe ou non au poteau du palmier ne changeait rien. C'était Allah qui décidait si l'heure de sa mort était venue et non pas le danger. Il se hissa donc au tronc, le serrant de ses pieds à la peau endurcie, relevant la sangle qui se plaçait naturellement au creux de ses reins. Chacun de ses muscles devenait chaud en se remplissant de son sang jeune et bouillonnant. Quand il atteignit le sommet, une vague de plaisir le parcourut. C'était à ce moment que l'adversaire de bois, le majestueux palmier, récompensait son courage en lui offrant

---

6 Le *foot* en Guinée, est un diminutif de *football*, nommé *soccer* en Amérique du Nord.

sa sève, son sang. Malheureusement, cette victoire, ce petit moment de gloire, ne durait jamais longtemps car Wallid devait redescendre rapidement. Il était trop pressé par la peur et par la douleur de ses muscles brûlants pour savourer cet instant. Il ne prenait même pas le temps de regarder la vue de là-haut. De retour au sol, Wallid se récompensa par plusieurs gorgées. L'épuisement de tout son corps ne faisait que rendre meilleur ce frais nectar riche et sucré. Il réserva cependant la majorité du breuvage pour plus tard. Il fallait le laisser fermenter pour le rendre encore meilleur au goût, et bien sûr, pour en ressentir les effets apaisants de son alcool. Il prit le chemin du retour, un souffle de gaieté au cœur.

— J'espère que tu as fait une bonne récolte, mon frère, car j'en aurai besoin de beaucoup ce soir, lui dit son aîné en l'accueillant, déjà pressé de calmer ses angoisses avec ce médicament nommé *alcool*. Donne-moi ça que je le mette dans mes bouteilles.

— Quel problème as-tu eu aujourd'hui, Nabi Yaya? fit Wallid, peu surpris de savoir son aîné dans le pétrin ni de constater qu'encore une fois, celui-ci allait boire le fruit de son travail sans aucune gêne ni reconnaissance envers lui.

— Mon petit frère, si tu savais! Fatou, ma grosse Fatou ne veut plus de moi dans son lit. Elle dit que nous portons un mauvais sort dans notre famille! Alors, je n'ai pu faire autrement que d'aller renverser la petite Fatima, malgré que je ne la trouve pas tellement chaude, elle est bien trop jeune. Mais tu ne devineras pas! Elle n'a pas cessé de pleurnicher car elle ne voulait pas vraiment de moi non plus! Non, mais, c'est quoi, encore, cette histoire? Depuis quand une jeune femme se refuse à moi?

Nabi Yaya versa le vin dans de vieilles bouteilles de gin recyclées et les plaça au soleil afin que le vin fermente rapidement. Il ne faudrait que quelques heures au liquide pour créer de petites bulles qui transformeraient ce jus en l'un des meilleurs champagnes, *le champagne naturel*, comme on a l'habitude de l'appeler par ici.

Ce soir-là, il ne resta aucune bouteille de vin au lever de la lune. Les deux frères devenaient alliés dans l'ivresse, eux qui ne s'entendaient que sur deux choses: la délivrance qu'entraînait l'alcool, et la douleur de la vie. Nabi Yaya rumina son incessant discours sur sa vision dichotomique de la femme: la futilité de celle-ci contre l'immense besoin de l'homme d'y trouver le réceptacle servant à déverser sa puissance. Wallid, lui, laissait cependant son cœur vagabonder sous d'autres lunes. D'ailleurs, il avait entendu dire qu'ailleurs, la lune n'était pas un sourire doré, mais plutôt un C ou un D. En pensant à *ailleurs*, il retrouva, l'espace d'une bouffée, une graine d'espoir. C'était décidé, il partirait, un jour, il quitterait ce frère aîné qui le gardait toujours dans son ombre. Un jour, il trouverait cet endroit où il pourrait se bâtir une vie, sa vie.

Fatima Soumah

Les coqs avaient crié l'arrivée du soleil, et Fatima aussi cria ce matin-là. Elle avait couru loin, dès l'aube, elle s'était enfuie afin de pouvoir vomir loin de tous. Elle s'était fait renverser par Nabi Yaya Sylla, il y avait de cela plusieurs jours. Depuis, elle avait cette étrange maladie des femmes engrossées et, poussée par la honte, elle se sauvait avant l'aube afin de régurgiter près du sentier menant au marché. Personne n'avait été dupe de son manège à la maison des Soumah, mais personne de sa famille n'osait parler de cette vie demandant à naître car le père ne s'était pas présenté. D'un commun accord, tous les parents de la jeune fille faisaient semblant de ne pas s'apercevoir de ses fuites matinales. Agenouillée au centre d'une touffe d'herbes hautes, Fatima, épuisée par ses nausées, reprenait son souffle. Comment pouvait-elle, du haut de ses quinze ans, donner un enfant à l'aîné des Sylla qui, quelque temps auparavant, l'avait prise sans qu'elle le veuille vraiment dans la petite paillote bâtie en pleine brousse? Elle avait pleuré tout le temps qu'avait pris ce Nabi Yaya pour lui déverser sa semence. En plus de la douleur que cela lui avait causée, elle avait sangloté aussi de peur car cet homme était beaucoup plus gros et plus grand qu'elle. Et maintenant, toute seule pour vivre cette trop grande épreuve qu'est la maternité, les pensées lui couraient dans la tête et son visage prenait les traits d'une enfant perdue. Comment pouvait-elle faire face à cette injuste volonté de Dieu? Elle avait déjà si peur devant la vie. Rassemblant ses idées, elle s'assit et tenta de trouver une solution. Seul le marabout pouvait l'aider, elle le savait, mais comment pourrait-elle demander un entretien sans éveiller les soupçons des gens du village? Jamais une jeune fille n'allait seule visiter ce vieillard. Elle n'avait d'autre choix que de demander l'aide de quelqu'un. Sa mère? Jamais, au grand jamais, il ne fallait pas qu'elle en parle avec elle. Cela mettrait le cas au grand jour et sa maman, qui la protégeait en faisant semblant de ne rien savoir jusqu'à présent, la punirait sévèrement et tenterait de la marier avec ce dégoûtant Nabi Yaya. Sa grande sœur, peut-être, pourrait l'aider à provoquer la perte de cette vie en elle, si seulement elle n'était pas complètement outrée face à cette possibilité très peu acceptée. Reprise par la panique, elle soufflait de plus en plus rapidement, s'étendit donc sur le tapis d'herbes aplaties et tenta de se calmer. Les idées se livraient bataille dans sa tête, ce qui faisait bourdonner ses oreilles.

C'est à cet instant même que son cri s'unit à celui des coqs réveilleurs. Son animal fétiche avait réagi, le mamba vert, ce petit serpent venimeux, avait été réveillé par cet appel de détresse et avait accouru; il voulait l'aider. La morsure du reptile crevait l'âme par la douleur et Fatima n'eut qu'un instant pour se confectionner un garrot et le placer sur son épaule gauche afin que le venin ne puisse se répandre dans son sang. Déjà, la nuit était revenue dans ses yeux et c'est un corps inerte que Lansana, l'apprenti marabout, découvrit ce matin-là couché sur un lit de hautes herbes aplaties.

Lansana avait été interpellé par la présence d'une femme à tête de serpent dans ses rêves. Il savait ce que cela signifiait et, à l'aube, il avait mis son maître au courant de ce qui devait se passer tout près d'eux. Les deux hommes étaient partis sans attendre. Lansana réprimait une bulle de joie qui pétillait dans son cœur à l'idée que déjà, il démontrait certains talents de marabout. Cependant, ce sentiment n'était aucunement à propos à cet instant car le moment était grave: une femme avait besoin de lui et il ferait tout pour accomplir la mission que la vie lui avait donnée. C'est ainsi que les deux hommes avaient parcouru les alentours du village à la recherche de cette âme faisant face au pire, et c'est un cri mêlé à celui des coqs qui retint leur attention. Le son émis par Fatima aurait pu facilement passer inaperçu au travers de ceux des volailles, mais Lansana l'avait entendu de l'oreille de son cœur et il s'était élancé instinctivement dans la bonne direction. Il prit la petite Fatima dans ses bras et la plaça sur ses épaules. Elle ne pesait rien, comme si l'âme n'avait déjà plus de poids dans ce petit corps d'enfant nouvellement femme. Les deux hommes repartirent donc rapidement chez eux avec une mourante à ranimer.

— Peut-être la famille Soumah préférerait-elle qu'on emmène leur fille au centre de santé des Blancs? demanda Lansana haletant.

Le vieux maître, qui avait eu du mal à suivre son élève dans cette longue course, reprit son souffle avant de répondre:

— Tu sais, mon fils[7], là-bas, ils ne reçoivent plus l'antidote depuis quelques mois, il coûte trop cher. Même moi j'avais coutume d'emmener, un peu en cachette, je l'avoue, les mordus

---

7 Les personnes âgées nomment tous les plus jeunes *mon fils* ou *ma fille*.

du serpent chez les infirmières car leurs injections contre le serpent étaient très puissantes, mais là, ce n'est pas la peine. Il faut la sauver nous-mêmes, fit-il en aidant Lansana à déposer la fille sur la tablette où se trouvaient différentes herbes qui séchaient là. Par chance, ajouta-t-il, elle a eu le temps de placer un garrot; mais pourquoi a-t-il fallu que ce soit sur le bras, tout près de l'épaule? C'est trop près du cœur! laissa échapper le vieux qui, inquiet, se démenait avec une énergie qu'il n'avait pas connue depuis longtemps. Cours vite me chercher la mère Soumah! dit-il avec quelques tremblements dans la voix.

Lansana, alerté par cette marque de détresse, fonça le plus vite qu'il le put, car maintenant, il avait ressenti la peur de son maître: que l'enfant meure sans l'un de ses parents à ses côtés.

Madame Soumah avait fait vite, le plus vite qu'elle pouvait malgré son âge très avancé. Non, son tout dernier enfant ne pouvait pas mourir avant elle! Un serpent? Elle s'y attendait un peu depuis le jour où, après la naissance de sa fille, elle avait tracé un carré dans le sable devant la paillote. Depuis toujours, les mères tentant de connaître l'animal fétiche du nouveau-né, attendaient la première empreinte de pas dans ce carré tracé dans le sable. Madame Soumah avait eu une grande surprise en apercevant un long trait ondulant. Que cela signifiait-il? Elle avait toutefois été ravie de savoir que sa fille aurait un bon soutien de la part d'un animal si fort, qui faisait peur au plus courageux des hommes. Mais elle avait espéré que… Elle entra en coup de vent dans la case du vieux et lâcha un petit cri en voyant sa fille, sa petite Fatima, couchée, pâle comme une Peule[8] et déjà enduite d'huile médicamenteuse, agissant contre le venin de serpent. Elle savait que de longues heures douloureuses l'attendaient et que son cœur serait mis à rude épreuve. Le vieux piquait déjà le corps

---

8 Autre ethnie que l'on retrouve en Guinée et qui a la peau plus pâle.

de la fille avec de petites aiguilles, ce qui provoquait les énergies et les humeurs et aidait donc la malade à lutter contre le venin. Madame Soumah détacha son mouchoir de tête et s'en servit pour bander les yeux de cette petite femme, bâtie de sa chair et de son sang, pour qu'elle ne voie pas arriver la mort. Comme lors de chaque épreuve de sa vie, madame Soumah avait su tordre son esprit afin de récolter les quelques gouttes du courage qui permettait de survivre. Elle s'assit sur le sol, non loin du vieux qui n'était pas vraiment là, mais plutôt dans le monde invisible. Elle pria pour que la mort la choisisse, elle qui avait déjà beaucoup vécu, à la place du sang de son sang, cette petite réserve de bonheur qui lui restait encore et qui coulait dans sa vie chaque fois qu'elle voyait sa Fatima.

Lansana vint s'asseoir aux côtés de la vieille femme. Il se mit ainsi à la disposition du Vieux. Le rituel dura longtemps; parfois, le marabout sortait de son voyage au-delà des hommes et fixait l'apprenti, ce qui signifiait qu'il lui passait le relais et que c'était au tour de Lansana de générer la transe. Ils formaient une bonne équipe ne disant aucun mot, de peur de dire par mégarde des choses qui pourraient aggraver la situation. Les mots étant chargés de plusieurs sens, il était facile de nommer l'esprit d'une chose qui pourrait entraîner la mort de la jeune fille. Le Vieux termina la confection d'un gri-gri[9] qui permettait de digérer le venin; l'heure de vérité était arrivée. On allait enlever le garrot et laisser couler le poison dans les veines de Fatima. Madame Soumah se dépêcha de se lever avant que le marabout n'ait le temps d'enlever le bout de tissu qui avait bloqué la circulation sanguine de l'adolescente. Tous les trois se regardèrent, le temps d'un soupir. Fatima aurait maintenant à combattre toute seule le

---

9 Gri-gri: agencement d'objets qui, mis ensemble, sont reconnus pour avoir des pouvoirs magiques.

poison. Personne n'osait espérer le retour de la pauvre fille, le combat était impossible à gagner, celle-ci avait pour adversaire son propre animal fétiche: le serpent, ce roi sournois qui règne sur la peur des hommes.

CHAPITRE 2

Guérison, rêverie et funérailles

Fatima Soumah

Fatima restait inconsciente. Lansana avait perdu tout espoir et regardait madame Soumah, transformée par la douleur, le visage crispé, le souffle coupé. L'apprenti ne pouvait échouer, il ne le pouvait pas. Un masque noir tomba dans les yeux du jeune homme et il vit, comme dans un rêve, la femme à tête de serpent, mais elle avait un moignon à la place du bras gauche. Le nuage se dissipa dans ses yeux et il sut quoi faire. Il courut au dehors de la case, prit le long couteau de boucherie et revint à l'intérieur. Il lança un regard à son maître qui, en le voyant revenir armé d'un couteau, avait déjà compris. Il ne pouvait faire autrement, car l'image d'une infirme à tête de serpent s'était aussi montrée à lui. Le mamba vert est trop fort pour une petite femme, si petite, comme Fatima.

Le bruit affreux de l'os qui se brise déchira leur cœur. Lansana, brusquement sorti d'une sorte de transe qui lui avait donné le courage d'accomplir son devoir, réalisait maintenant l'importance du geste effroyable qu'il venait de poser et grimaça de douleur, les yeux inondés de larmes. Les trois témoins conserveraient ce son épouvantable, gravé à jamais dans leur esprit. Cette fissure dans le silence laisserait une marque indélébile. La puissante fontaine de sang jaillit, comme pour leur redonner espoir, la pression était forte, vivifiante. Lansana se jeta sur le reste du membre coupé, bouchant la plaie d'un pagne plié. Il pesait de toutes ses forces, priant que le flot de ce vin de vie se tarisse. Il ne put s'empêcher de retenir un tremblement frénétique, ni ne put regarder madame Soumah. Il fixait le sang qui imbibait le pagne sous ses doigts. Seul le long cri de la vieille enterra dans leurs têtes le bruit incessant d'un os qui se brise.

Madame Soumah avait trop souffert. Elle s'était réfugiée dans le monde immatériel pour se retrouver loin du moment présent. Trop loin pour en revenir. Il ne restait de la vieille qu'une chair immobile aux yeux fixant le vide. Elle avait quitté son corps pour être enfin reçue parmi les siens, déjà dans l'au-delà.

La Mort n'avait chanté qu'une seule fois chez les Soumah. Elle n'avait pas emporté le sang du sang, mais celui à l'origine de toute la famille: madame Soumah avait rendu l'âme tandis que Fatima se battait encore. On fit appeler du renfort, car maintenant les deux marabouts avaient beaucoup de travail. Il fallait prendre soin de la malade et s'occuper du corps de la défunte. Le Vieux sortit de la case et regarda autour de lui. Il vit une grosse fille, c'était la sœur aînée de Fatima qui, ayant appris la nouvelle à propos de la morsure du serpent, se tenait à la porte de la case, attendant le diagnostic du marabout. Plusieurs personnes attendaient là afin d'avoir des échos du malheur des Soumah, interpellées par les nombreuses rumeurs de ceux qui avaient vu la petite arriver sur le dos de Lansana. Le vieux marabout fit signe à la sœur de la malade de le suivre.

— Binta, tu es la plus vieille de la famille, tu vas me donner un coup de main pour ta mère, dit calmement le Vieux en introduisant la fille dans sa demeure.

Celle-ci, complètement figée, regarda la scène, épouvantée. Elle prit plusieurs minutes avant de sortir de sa torpeur et, devant l'épreuve qu'elle devait surmonter, elle sentit le feu de l'urgence, celui qui nous permet de soulever des montagnes. Elle aida le marabout à transporter sa vieille mère et à la coucher sur une natte dans la pièce d'à côté. Elle sentit une sorte de braise lui monter à la gorge, elle allait tenir le coup, elle n'avait pas le choix. Elle devait traiter ce corps; les premières obsèques qu'elle allait faire étaient vitales pour le bien de la famille. Selon ce que tous savaient, l'esprit d'un défunt était malveillant à son entrée dans la mort, il fallait donc éloigner le danger, même si ce qu'elle voyait en ce moment, c'était sa mère bien-aimée. Le choc émotif était suffisamment gros pour qu'elle ait la chance de tomber dans un état d'esprit altéré. Elle ne comprenait plus ce qui se passait. Tout ce qu'elle savait, c'est qu'elle avait un devoir que toutes les femmes avaient à assumer un jour. C'était son tour aujourd'hui. La femme a de nombreuses douleurs à connaître dans son existence: celle de donner la vie, mais aussi celle de rendre la vie à la mort. Elle s'occuperait de la dépouille comme une vraie femme, avec dignité; elle aurait ce courage immense de renvoyer sa mère dans le monde des ancêtres, on l'y avait préparée. Seulement, jamais elle ne s'était doutée qu'elle aurait à effectuer sa mission si tôt.

Pendant ce temps, Lansana continuait de presser la plaie de Fatima de ses mains épuisées. Il lui sembla qu'un souffle de vie coulait de la bouche de cette jeune fille encore inconsciente. Qu'avait-il fait? Les larmes coulaient encore sur ses joues brûlantes. Il regardait le morceau de tissu qui n'en finissait plus de rougir. Sa gorge serrée l'empêchait de respirer et il toussota.

Laissant Binta s'occuper de la préparation et de la mise en terre de la défunte, le Vieux revint pour tenter au moins de sauver la petite. Il prépara une infusion d'écorces de l'arbre jaune et en versa dans la bouche de la malade. Il fallait à tout prix qu'elle trouve de l'énergie, non plus pour se battre contre le poison qui n'avait pu se répandre dans son corps, mais pour guérir de l'amputation qu'on lui avait fait subir. Il confectionna une pommade pour empêcher les mauvais esprits d'aller se loger dans la plaie. Mais il fallait attendre, le sang coulait encore beaucoup trop. Lansana tentait autant qu'il le pouvait d'arrêter l'hémorragie, ajoutant toujours des bouts de tissu supplémentaires sur le moignon. Les heures passèrent et la rivière devint ruisseau. Ensuite, il fut possible au Vieux d'appliquer une pommade qui fermerait la plaie. C'est à ce moment que le Vieux s'aperçut du mince filet de sang qui avait coulé entre les jambes de la jeune fille : le sang avait amené le sang. La nouvelle vie en elle n'était plus.

Aïssétou Youla

— Si tu ne veux pas que la queue d'un singe te touche, n'assiste pas à leur danse. Tu vois, Aïssétou, ces Sylla représentaient un réel danger; maintenant, je me demande si nous avons bien fait de manger l'huile qu'ils nous avaient donnée. Tu imagines! Peut-être qu'aujourd'hui ce serait toi qui serais couchée dans la case du marabout. C'est toi qui combattrais l'appel de la mort avec un bras amputé! Par chance, ce Nabi Yaya Sylla avait couché cette pauvre Fatima et non ma belle Aïssétou. J'ai bien fait de te garder sous mon aile la nuit tombée, tu le vois maintenant, petite?

— Merci, Nga, de m'avoir bien gardée. Tu sais que je n'entends rien aux hommes, répondait Aïssétou, récitant cette réponse chargée de respect envers sa vieille, apprise par cœur à force de la répéter chaque soir à la tombée de la nuit.

Sa mère, par amour, disait-elle, la retenait de sortir et d'aller danser avec toutes les jeunes filles de son âge. Toutes les jeunes filles de seize ans avaient appris à danser sur le *mapouka*, cette nouvelle musique très à la mode, mais pas Aïssétou. Elle était trop belle pour participer à cette danse érotique qui attirait les hommes comme des mouches, selon sa mère. Mais Aïssétou avait quelquefois bravé sa vieille et s'était sauvée lorsque son père rencontrait celle-ci dans la pièce d'à côté. Fondus l'un dans l'autre, ils ne s'apercevaient pas du départ de leur fille, qui allait en bonne espionne se cacher dans les buissons encerclant le petit *dancing* de Mohamed. De sa cachette, elle prenait des leçons qui lui serviraient toute sa vie. Les fesses musclées des femmes tremblaient violemment, faisant rager de désir les hommes devenus esclaves. Cette magie du corps rendait les mâles complètement hébétés. Ils ne pouvaient s'approcher. La femelle se faisait maîtresse, le temps d'une danse, et pouvait enfin montrer son emprise sur son compagnon. Aïssétou, assoiffée de ces douces choses de la vie, se retenait de toutes ses forces pour ne pas aller rejoindre ses copines libres, elles, de goûter ces délices de la vie. Elle revenait quand toute sa famille avait trouvé le sommeil et elle avait du mal à s'endormir. Couchée sur son tapis, elle rêvait du jour où elle laisserait échapper cette flamme qui dansait dans un petit coin de son corps.

Les jours où sa mère se rendait au marché vendre les pamplemousses que donnait leur arbre devant la maison, Aïssétou dansait, laissant aller le trop-plein d'énergie sous pression qui bouillait en elle. Elle imaginait un homme sans visage qui la regardait et se laissait emporter par l'ivresse de la danse. Elle avait de la chance, et elle le savait. Aucune autre jeune fille du village n'avait pu continuer de se faire instruire jusqu'à son âge et, pour cela, toutes l'enviaient. Elle devait marcher deux heures pour se rendre à l'école de Maférinyah, la ville voisine, mais cela ne la dérangeait pas; plus tard, elle ferait l'envie de tous avec son diplôme. De plus, les soirs, en revenant, elle avait du temps pour elle toute seule, du temps pour réviser ses leçons, apprendre ses récitations, mais aussi pour rêver. Ce dont elle était la plus fière restait cependant sa capacité à bien parler français. L'école, en plus de permettre l'obtention de diplômes, donnait surtout accès à la richesse. C'était l'argent le ticket d'entrée dans le monde des chefs, des grands du pays. Plus tard, elle quitterait son village et découvrirait un monde meilleur. Ah oui, elle partirait, elle trouverait un bon mari, un homme respectable et digne d'elle.

Fatima Soumah

Deux longs jours étaient passés depuis la rencontre d'une femme et d'un serpent. Fatima n'avait toujours pas repris conscience, au grand malheur de Lansana qui la veillait nuit et jour. Il mouillait toutes les heures un chiffon qu'il tordait dans la bouche de l'adolescente. Le morceau de tissu bandait toujours ses yeux afin qu'elle reste aveugle à la mort. La famille Soumah était venue chercher la défunte et l'avait installée dans sa case. La parenté et les amis étaient venus présenter leurs condoléances à cette famille éplorée. Tellement de malheurs s'étaient soudainement abattus sur eux! Une rumeur courait de plus en plus rapidement: la petite était enceinte et elle avait été engrossée par cette mauvaise famille habitant la palmeraie, les Sylla. Heureusement pour tous, elle avait perdu l'enfant, mais survivrait-elle?

Seul Lansana espérait encore. Même le vieux marabout avait baissé les bras, continuant de donner la médication à cette enfant, davantage pour soutenir son apprenti que pour la ramener à la vie. Les deux hommes changeaient le pansement, appliquaient encore et encore de la pommade. Lansana sentait toujours un mince souffle de vie émanant de la jeune fille, et c'est celui-ci qui sortit un jour de la petite bouche bleuie et sèche de Fatima. Un petit filet de voix se fit entendre et Lansana serra la main, celle qui restait, de sa protégée. Comme si elle faisait un mauvais rêve, elle chantait des plaintes et l'apprenti détacha le bandeau qui cachait ses yeux. Elle le regardait. Un voile couvrait de brume sa vue mais, il en était certain, elle le regardait.

Quarante jours étaient passés et on avait sacrifié plusieurs poulets et quelques chèvres dans la famille Soumah. Le sang des volatiles avait été répandu sur le sol afin que les ancêtres soient rassasiés et qu'ils soient accueillants avec la nouvelle arrivante, cette mère qui était morte pour sa fille. Les *pleureuses* n'avaient pas eu de mal à démontrer leur profonde tristesse, plusieurs d'entre elles avaient connu intimement la défunte et laissaient aller la peine réprimée par les autres. Personne de la famille ne devait verser de larmes, mis à part les *pleureuses*, car les larmes brûlaient les joues des défunts dans l'autre monde.

C'est ainsi qu'une petite foule s'était rassemblée autour du corps qui avait été mis en terre il y avait plusieurs jours, dans le petit cimetière où les arbres sacrés abritent une communauté de petits singes gris. Ceux-ci criaient en regardant la délégation d'hommes et ce personnage vêtu d'un long boubou vert qui récitait des versets du Coran. Le vieux marabout, qui se tenait en retrait, interpellait, lui, les ancêtres, en émettant des grognements et en accomplissant la chorégraphie funèbre. Musulmans, les Soumah se devaient de faire appel à l'imam pour la cérémonie du quarantième jour, mais craignant aussi les esprits et les ancêtres, ils avaient en plus demandé la présence du marabout. Les villageois chrétiens récitaient, eux, leurs prières. Tout cela faisait un curieux mélange, mais personne ne se surprenait de cette addition de croyances qui finalement se complétaient bien. En fait, tous avaient acquis, après de nombreuses souffrances et maints conflits, cette sagesse qui empêche les religions de chacun de lutter entre elles et tous avaient cessé depuis longtemps de s'imaginer qu'ils avaient toutes les réponses.

L'important ici était de dire au revoir à l'une des leurs et chacun pouvait le dire à sa façon. D'ailleurs, le vieux marabout, respecté par l'ensemble des villageois, avait coutume de dire: «Il n'existe qu'une seule Religion, immuable dans ses principes fondamentaux, mais pouvant varier dans ses formes d'expression pour correspondre aux conditions du temps et du lieu de chaque Révélation[10].» L'imam craignait les sorciers animistes après avoir

10 Amadou Hampâté Bâ, *Vie et Enseignement de Tierno Bokar: Le Sage de Bandiagara*, collection Point, Paris, Seuil, 1980, p. 153.

eu de nombreux cauchemars; le frère Étienne de Maférinyah portait un gri-gri contre le palu[11] sous ses vêtements et le marabout récitait des versets du Coran ou de la Bible dans les moments difficiles où tout ce qu'il avait essayé ne fonctionnait pas. Ce qui était bien dans tout cela, disaient les enfants et même les plus vieux, c'était qu'il y avait beaucoup de fêtes: tous fêtaient la fin du ramadan, Noël, et la fête des ancêtres. En fait, le Vieux disait souvent que l'important était de faire de son mieux, peu importe le nom du dieu, considérant que nul n'avait accès à la connaissance divine.

Après la cérémonie funèbre, les bêtes qui avaient été sacrifiées étaient mises à cuire, et chacun pouvait manger de la viande autant qu'il en voulait, ce qui était très rare. Quelques-uns retrouvaient leur bonne humeur. Binta, la sœur aînée de Fatima pensait, elle, à sa petite sœur encore faible, restée couchée dans la case du marabout. Elle n'avait aucune envie de festoyer et décida de lui rendre visite. Elle se rendit jusqu'à la case du Vieux et frappa à la porte. Lansana, qui n'avait pas assisté à la cérémonie de la défunte pour soigner la malade, répondit à la porte, tout joyeux.

— Elle va mieux ce matin, elle a même sucé seule le jus d'une orange! dit Lansana, excité, en entraînant Binta dans la pièce où était alitée l'adolescente.

Elle avait mauvaise mine, le teint pâle et les cheveux touffus et mêlés, mais elle arborait un faible sourire. Binta, s'approchant du tapis lui servant de lit, s'agenouilla et dit en caressant la joue de sa sœur:

— Comment te sens-tu, ma grande? Je m'inquiétais pour toi et j'ai cru bon venir voir si tu allais suffisamment bien pour qu'on te ramène à la maison.

— Grande sœur, fit Fatima en articulant difficilement, le

---

11 Appellation locale pour le paludisme ou la malaria.

souffle court. J'en veux tellement à Nabi Yaya… Je fais des cauchemars où je revis la fois… Je suis épuisée. J'en veux aussi à Lansana, il m'a coupé le bras. Je suis une handicapée. Je me sens coupable, car je voudrais me venger, mais il est si gentil, il me soigne chaque jour. Je suis tellement lasse, les idées tournent dans ma…

— Binta!, s'écria Lansana, viens m'aider tout de suite dans la cuisine.

Ne comprenant pas ce qui se passait et en espérant que l'apprenti n'avait pas compris les paroles de sa sœur, Binta se leva et sortit de la pièce. Lansana l'attendait d'un air grave.

— Elle n'est pas au courant pour votre mère, chuchota-t-il. C'est pour cela que je n'ai pas voulu qu'on la ramène chez elle ou qu'elle reçoive des visiteurs. Elle n'est pas encore assez forte pour encaisser tout cela. Elle est déjà assez éprouvée par son amputation, fit-il tristement. Néanmoins, je crois qu'elle a besoin de toi, d'une femme à ses côtés, il n'y a que deux hommes, ici, alors pour vos choses, c'est compliqué.

— Tu veux la protéger. Tu as probablement raison, elle n'est pas prête. Ce sera difficile de lui cacher longtemps la vérité, mais je ferai de mon mieux. Dieu nous a fait le cadeau de nous la laisser, j'en prendrai grand soin. Je vais retourner auprès d'elle maintenant.

Binta retourna s'agenouiller au côté de sa petite sœur. Elle était plus maigre que jamais, sa peau froide transpirait et les vêtements qu'elle portait étaient souillés. Pauvre petite, se dit-elle, se sentant coupable de l'avoir laissée souvent seule avec le Vieux et son apprenti. Elle devait s'occuper d'elle maintenant qu'elles n'avaient plus de mère.

— Je crois que tu es mieux ici, le marabout s'occupera encore bien de toi. Je vais aller te chercher des vêtements propres et je vais revenir. Tu veux que je te rapporte quelque chose?

— Où est maman? souffla faiblement la malade.

— Ah… elle avait trop de travail… avec sa culture de contre-saison. Tu sais, il y avait des pucerons sur les feuilles de pastèque, alors toute la famille est au champ aujourd'hui, répondit-elle, mal à l'aise. Je reviens dans quelques minutes! ajouta-t-elle en sortant rapidement de la case.

Lansana entra dans la pièce, un bol de riz à la main. Il tira un petit banc, le ramena jusqu'à la malade et entreprit de la nourrir en lui faisant lui-même des boulettes de ses doigts.

— Merci, ça va, je vais essayer toute seule, fit-elle lentement en tentant de réprimer la colère qu'elle avait contre lui. Lansana, raconte-moi encore comment tout cela est arrivé.

L'apprenti reprit encore le récit, en omettant une autre fois de parler de la mort de la mère. Elle écouta de nouveau son histoire, émue d'être vivante mais fâchée contre les événements, laissant échapper quelques grains de riz de sa main tremblotante.

Binta revint avec un gros bol sur sa tête, sculpté dans le tronc d'un énorme fromager.

— Je t'ai apporté de la poudre savon[12] et des vêtements, et j'ai même une surprise! dit-elle souriante, en déposant le bol dans lequel étaient pliés soigneusement quelques pagnes et boubous propres. Tu seras belle comme une première dame de pays! Je m'étais acheté des mèches et de petits élastiques de couleur au marché, je te les donne. Je vais bien te tresser, tu vas voir. Mais avant cela, je vais te nettoyer proprement[13]. Lansana, tu peux nous laisser seules entre femmes, s'il te plaît?

Lansana, ravi de voir que Fatima allait enfin trouver un peu de bonheur et se faire gâter, donna le rince-doigts à la malade qui avait terminé son bol de riz; elle y lava sa main salie par la

---

12 Expression locale.
13 Expression locale.

nourriture puis l'apprenti sortit. Binta alla au puits remplir le grand bol qu'elle avait apporté, et lava doucement le petit corps nu de sa sœur, couchée. Elle était désormais une femme, peut-être même qu'elle serait belle, si seulement elle était un peu plus grasse, mais surtout si elle avait deux bras.

— J'ai perdu l'enfant, souffla Fatima, visiblement soulagée.

— Je le savais déjà, fit-elle, le sang de ton bras a appelé un autre sang. C'est pour cela que je t'ai aussi apporté les tissus qu'il te faut chaque mois. Dieu est grand, il a protégé notre famille de ces mauvais Sylla. Nabi Yaya n'aura pas de descendance.

— Maintenant, c'est terminé; je n'aurai pas à marier cet homme que je hais.

— De toute façon, petite sœur, je doute qu'un homme comme lui t'aurait mariée, même si tu étais enceinte d'un enfant de son sang. Maman se serait battue, mais elle n'aurait probablement pas réussi à le faire céder.

— Ah bon, fit Fatima, surprise d'apprendre des aspects de la vie de femme qu'elle ne connaissait pas encore très bien. Je suis quand même soulagée d'avoir perdu l'enfant, continua-t-elle lentement, ponctuant sa réponse de soupirs de délivrance et d'une moue de dégoût, malgré sa grande fatigue. Ce serpent m'aura finalement sauvée, mais cela m'aura coûté mon bras.

CHAPITRE 3

Doute, départ et germes de marabout

Aïssétou Youla

«Institutrice, cela ne vaut rien, c'est ennuyant!» Ces mots, lancés par le fils du sous-préfet, lui revenaient en tête sans arrêt. Aïssétou, qui toute sa vie avait eu le désir de devenir institutrice, venait de connaître le doute. Que deviendrait-elle? Assise sur une grosse pierre près de la piste qui la ramenait de l'école chaque jour, elle rassemblait ses idées. «Qu'est-ce que je veux dans le fond? Le problème, c'est que je ne le sais pas. Une chose est sûre, je ne me ferai pas engrosser par le premier venu! Je veux pouvoir me dire, assise sur mes soixante années, que j'ai réussi ma vie. J'aurai des centaines de francs dans ma boîte, une centaine de petits-enfants et le bonheur collé à ma peau. Voilà ce que je veux! Mais que puis-je faire dans ce pays? Le français, c'est cela, ma force, il faut l'exploiter; mais comment?» Elle regarda le ciel rose sur lequel se découpaient les plumes coupantes des palmiers. C'était cette brousse qui l'empêchait de réaliser son rêve, cette beauté naturelle qui la retenait prisonnière. Elle se leva et reprit le chemin de la paillote. «Seulement quelques mois avant d'avoir mon papier et après cela, à moi la grande vie. Conakry, me voilà!»

Wallid Sylla

Le soleil venait de perdre la bataille et le ciel rougi noircissait tranquillement. L'encre teignait la toile de la voûte céleste et bientôt, seuls de petits trous, les étoiles, laisseraient encore passer de la lumière au travers du voile noir. Deux litres de vin de palme avaient été bus par Wallid. La vie le noyait dans une mer de malheurs. Il avait quitté les lieux de son enfance passée à Forécariah pour venir connaître les joies de travailler la terre de ses mains. Sa famille et lui avaient quitté tout ce qu'ils connaissaient pour tenter, dans l'inconnu, de trouver une vie meilleure. Mais maintenant, c'était pire que jamais. On ne savait d'où venait cette rumeur de mauvais sort, mais cela avait empoisonné la vie de toute la famille. Son humble et bonne mère, Ayisha Sylla, était fuie de tous et cela lui brisait le cœur. Le petit commerce de *réco-conso* de vin de palme qui devait pouvoir leur donner l'argent supplémentaire afin de survivre la première année était boudé des villageois. Wallid n'en pouvait plus. Complètement ivre, il titubait, n'allait nulle part. Il devait faire ses bagages et quitter ce village hostile le plus tôt possible. Cette nuit serait la dernière qu'il passerait dans cette brousse, il se le promettait. Au loin, on entendait de la musique. Attiré par un petit bar et n'ayant rien d'autre à faire sur ce chemin désert, il avançait, sachant très bien qu'il ne pourrait pas y entrer, faute d'argent. Il marcha tant bien que mal jusqu'à l'entrée du *dancing* de Mohamed et s'arrêta, étourdi. S'il avait eu cent francs[14], il aurait pu s'y rendre et commander un coca, mais il n'avait pas vu la moindre pièce de monnaie depuis deux jours. «C'est trop injuste, c'est ma dernière nuit et je ne peux même pas dire au revoir dignement, se disait-il. Il faut que je voie ce qui se passe là-bas!» Il se faufila derrière la case en vieilles briques moisies et trouva un petit buisson qui, lorsqu'on s'y étendait, offrait une bonne vue sur la piste de danse. Il s'y installa confortablement, regardant les gens avoir du plaisir. Les autres s'amusaient, ils avaient droit au bonheur, eux. Longtemps il regarda ce spectacle de sa cachette. Qu'il aurait aimé faire danser une de ces jeunes filles qui montraient fièrement leurs

---

14 Cent francs guinéens sont équivalents à dix cents canadiens.

fesses sous leur pagne trop serré! Il s'endormit, souriant à l'idée qu'il partirait, qu'il trouverait satisfaction loin d'ici. Il n'était pas seul, mais il ne le savait pas. Tout près de lui, Aïssétou faisait comme lui, regardant le bonheur des autres, avant de partir pour un meilleur monde.

Un passant réveilla Wallid d'un coup de pied. Ce vieil homme qui se rendait à la mosquée pour la *soubh*, la prière de six heures, l'avait trouvé là, puant l'alcool. Le soleil n'avait pas encore repris sa place dans le ciel qui le verrait partir.

— Mère, je m'en vais. Je ne peux rien ici, vous comprenez?

Ayisha Sylla ne fut pas surprise par cette triste nouvelle: son fils n'avait pas à endurer la vie difficile de Madinagbe et elle redoutait depuis quelque temps le jour où il partirait. Une mère devait toujours s'attendre au départ de ses fils.

— As-tu une idée de l'endroit où tu veux t'en aller?

— J'avais pensé aller voir si tonton Touré aurait besoin de mes bras, il travaille dans un projet de développement à Labé et peut-être pourrais-je être engagé, je ne sais pas trop.

Wallid, se rendant compte qu'il allait bientôt se jeter dans l'inconnu, devint troublé. Il ne savait pas vraiment où il se rendrait ni comment il ferait pour survivre sans argent.

— Je dois partir, fit-il d'un ton mal assuré qui alerta sa mère.

— Mon grand, je ne peux rien faire pour te faciliter la tâche. J'aimerais tellement faire quelque chose pour toi, mais je n'ai rien, tu le sais. Ton père ne nous a rien envoyé depuis des mois. Prends les poulets! Je t'offre les trois que nous avons. Tu pourras les vendre ou les donner à ceux qui t'offriront leur aide. On s'arrangera, ton frère et moi. Ne t'inquiète pas, ta vieille mère en a vu d'autres.

Wallid était ému. «Pauvre vieille, se disait-il le cœur serré. Je ne peux pas accepter de partir avec tout ce qu'il lui reste, mais je ne peux pas refuser cette unique chance.» Il prit sa mère dans ses bras et la serra très fort.

— Je t'enverrai l'argent que je gagnerai pour te rembourser cent fois ces trois poulets, je te le promets.

Il essuya de ses doigts la petite larme qui perlait sur les joues fatiguées et noires comme du charbon de sa mère, et s'en alla derrière la paillote saluer son frère.

— Mais avec qui vais-je boire mon vin de palme, s'inquiéta Nabi Yaya qui était plus triste du départ de son frère qu'il ne l'aurait cru. Tu sais que je n'ai pas la chance que tu as d'avoir un corps qui permet de monter aux palmiers!

Ne trouvant rien d'autre à ajouter, Nabi Yaya tapa affectueusement le dos de son cadet.

— Tiens, je te donne l'argent qui payera ton aller jusqu'à Coyah, dit-il en l'accompagnant jusqu'à l'avant de la maison.

Wallid attrapa les trois poulets qui couraient partout dans la cour, tout énervés, et il les attacha sur son sac, non sans quelques difficultés. Nabi Yaya rit de voir son petit frère se battre avec les volatiles paniqués, criant et donnant des coups d'ailes. Une fausse joie allégea la tristesse du moment. Il valait mieux rire de ces jeunes poules indisciplinées que de se laisser aller aux larmes, les Sylla le savaient. Wallid mit le sac sur sa tête et partit, laissant une image comique dans le cœur des siens: un homme coiffé d'un sac décoré de trois poulets bruyants ligotés côte à côte. Il marcha jusqu'à la piste où il pourrait prendre le taxi-brousse et il attendit, nerveux, sa nouvelle vie.

Fatima Soumah

Fatima n'avait plus tellement envie de retourner chez elle. Tous les jours, Lansana lui contait des histoires et il allait même jusqu'à lui expliquer des choses qu'il apprenait de son maître. Binta continuait ses visites, amenant chaque jour un bol de riz afin que le marabout n'ait plus à débourser quoi que ce soit pour sa sœur malade.

Le Vieux avait consenti à garder la jeune fille qui ne pouvait retourner tout de suite chez elle, n'ayant pas encore appris le décès de sa mère. Cette situation ne lui déplaisait pas, car cela lui permettait d'initier son apprenti aux différentes méthodes de guérison, ayant un cobaye sous la main pour essayer les recettes tonifiantes, fortifiantes et autres. De plus, il était soulagé de voir que Lansana était heureux d'avoir quelqu'un à qui parler, sachant bien qu'il était un maître ennuyant pour ce jeune plein de vie. Peut-être devrait-il prendre un élève supplémentaire. Les deux jeunes pourraient évoluer ensemble et aussi se désennuyer mutuellement. Il y penserait.

Fatima allait de mieux en mieux. Elle pouvait maintenant se lever seule et faire quelques pas dans sa petite pièce. Au début, elle s'agrippait au bras de Lansana, mais maintenant, elle pouvait se rendre seule à la fenêtre pour regarder les passants. Le spectacle des marcheurs était intéressant, quelques-uns allaient à bicyclette, d'autres parfois marchaient vite, ce qui présageait des problèmes graves. Elle s'était découvert une personnalité curieuse, mais surtout, une attirance pour les choses cachées. Elle voulait tout savoir sur les ancêtres, la guérison; tout ce que les deux marabouts faisaient. Elle laissait Lansana sans repos, le questionnant sans cesse sur les plantes médicinales, les danses qui permettaient la transe et les enseignements dont bénéficiait celui-ci. Il répondait à chacune de ses questions avec une patience remarquable. «Peut-être n'a-t-il jamais eu de petite sœur, se disait Fatima, qui ne comprenait pas le dévouement avec lequel le jeune homme lui prodiguait des soins. Il faudra que je le remercie comme il se doit lorsque je retournerai à la maison.» Retourner à la maison… elle n'avait pas tellement envie de retrouver sa vie d'avant. Quelque chose en elle avait changé. Elle avait vécu une expérience troublante et elle avait désormais le désir de comprendre les règles qui balisent la vie des hommes. Elle avait vaincu son animal fétiche, mais qu'est-ce que cela signifiait? Avait-elle été contaminée par le mauvais sort des Sylla, transmis par la semence de Nabi Yaya? Au fait, qu'était-ce que l'ensorcellement? Elle voulait savoir les choses du marabout, elle voulait, elle aussi, devenir une apprentie.

— Lansana, viens s'il te plaît, j'ai quelque chose à discuter avec toi, dit Fatima en s'asseyant sur le bord du tapis qui lui servait de lit.

Le jeune apprenti vint s'asseoir à ses côtés et elle continua:

— Je devrais retourner chez moi maintenant, je me sens de plus en plus forte, mais je n'ai pas tellement envie de partir.

Lansana était songeur. Elle ne pouvait pas s'en aller sans savoir, quant au décès de sa mère. Il devait donc le lui dire, mais il ne pouvait s'y résoudre. Il ne voulait pas que sa nouvelle amie souffre encore une fois. Elle était encore si fragile. Il ne voulait pas non plus la perdre. Il ne se voyait pas reprendre son ancienne vie ennuyeuse, seul avec le Vieux. Il s'était habitué à soigner cette femme tous les jours, à discuter des enseignements avec celle qui comprenait tout si bien qu'il ne pouvait s'empêcher d'être jaloux de son intelligence. C'est elle qui lui avait expliqué pourquoi il fallait remercier l'esprit du serpent afin qu'elle guérisse mieux. C'était elle aussi qui lui avait montré à panser le moignon de son bras en commençant par l'extrémité pour faire reculer le sang vers son corps. Elle ne pouvait pas partir comme cela! Mais pourquoi tenait-il tant à ce qu'elle reste? N'était-ce pas la dernière étape de la guérison qui lui donnait la victoire sur le serpent? Il aurait dû être fier de la voir retourner chez les siens, d'avoir réussi sa mission. Quelque chose en lui appréhendait le départ de sa protégée. Pourtant, il le savait, il était grand temps qu'elle reprenne sa vie à elle.

— Lansana, penses-tu que le marabout est dans de bonnes dispositions pour me prendre comme apprentie? J'ai cru comprendre qu'il cherchait quelqu'un.

Le jeune homme restait silencieux. Elle deviendrait apprentie? Comme lui? Pourquoi n'y avait-il pas pensé plus tôt? De cette manière, elle ne partirait pas définitivement. Elle resterait peut-être dans sa vie. Mais d'ici là, une lourde tâche restait à faire; une sale besogne, celle de dire la douloureuse réalité à sa protégée. À cette idée, son cœur se serra. Aurait-il le courage? Il l'aurait, il n'avait d'autre choix. Il s'essuya lentement le visage de ses deux mains. Il prendrait tout son temps, pesant chacun de ses mots, il devait rendre digérable l'indigeste. Il se tourna vers Fatima qui, souriante, s'imaginait déjà devenir marabout. Ses yeux couleur de sanglier flamboyaient dans la lumière qui ruisselait par la petite fenêtre. Des flammes dansaient tout autour de ses *trous dans l'œil*[15], cela donnait l'impression à ceux qui la regardaient que cette petite femme pouvait consumer par ses yeux tout ce qu'elle désirait. Lansana eut un frisson, il serra les poings et dit doucement:

— Fatima, avant de faire des projets, il faut que tu saches quelque chose…

— Bon, ne me dis pas que les femmes ne peuvent pas devenir marabout, je sais qu'il y a déjà eu des marabouts femmes meilleures que n'importe quel marabout! s'écria-t-elle en se levant, le regard mauvais.

— Ce n'est pas cela, ma sœur[16]. Écoute ce que j'ai à te dire, c'est déjà assez difficile comme cela, alors assieds-toi, s'il te plaît.

---

15 Pupilles.

16 Il est d'usage de nommer les personnes, pour qui on a de l'attachement, *sœur* ou *frère*.

Tu sais pourquoi on t'a gardée si longtemps chez le marabout? C'est que quelque chose de grave est arrivé pendant que tu étais inconsciente.

— Je sais, j'ai perdu un bras, ne crois-tu pas que je le savais déjà? fit-elle moqueuse.

— Arrête, ce n'est pas cela. Lansana regarda tristement les yeux de la jeune fille qui se rassit, alertée et inquiète. C'est ta mère... elle... elle n'a pas supporté de te voir entre la vie et la mort et... elle a demandé aux ancêtres de la prendre à ta place, elle qui était déjà vieille. Elle n'est plus à la maison depuis déjà plusieurs jours.

Fatima ne réagissait pas. Elle ne dit rien, fixant le mur devant elle. Une goutte *de la pluie des yeux* tomba sur sa petite joue, puis une autre, dans le silence. Elle ne disait toujours rien, immobile, ses joues devenant comme la terre à la saison des pluies. Lansana, détruit par la douleur qu'il avait placée dans le cœur de son amie, la regarda, souffrant. Elle tremblait, seule dans sa douleur. Pourtant, il était là, lui, et pour lui montrer son soutien et son empathie, il la prit dans ses bras comme une mère console son enfant. Il la serra très fort contre sa poitrine, il sentit le souffle entrecoupé de Fatima dans son cou, le petit cœur affolé qui martelait son estomac. Il comprit à cet instant pourquoi il ne voulait pas qu'elle s'en aille, sa petite Fatima. C'était la sienne, celle qu'il désirait chérir toute sa vie.

CHAPITRE 4

Purification et confidences

Aïssétou Youla

Aïssétou rentrait de l'école par cette chaude journée de février. La chaleur était intenable, le soleil donnait l'impression d'arracher la peau. L'adolescente avait hâte de rentrer à la maison pour boire un peu d'eau fraîche, mais il restait encore beaucoup de chemin à parcourir. Le moral n'y était plus depuis quelque temps. Elle ne pouvait qu'attendre les derniers mois qui la séparaient de sa délivrance, son départ de Madinagbe. Elle rêvait de folles nuits où elle serait si envoûtée par la danse que son corps s'embraserait. Elle avait ce besoin intense de sentir les mouvements de ses hanches, de créer des effets ondulatoires avec ses fesses, de laisser aller tout ce corps qui lui démangeait. Elle rêvait aussi de nourriture différente, de personnes inconnues, de découvrir les plaisirs de la ville. Elle n'avait jamais été très heureuse dans ce gros village où tout ce qu'on pouvait réussir c'était de se faire brûler par le soleil et le travail de la terre. «Moi, je porterai de vraies chaussures de cuir et non plus ces semelles en plastique qui nous blessent entre les deux orteils et qui laissent le pied à la poussière et aux serpents!», se disait-elle. Elle écouterait les émissions de télévision d'Europe ou d'Amérique. Elle avait si hâte de partir!

Perdue dans ses pensées, elle n'avait pas remarqué la femme qui la devançait sur la piste. Ce n'est que lorsqu'elle arriva à sa hauteur qu'elle se rendit compte de la lenteur de la démarche de cette pauvre vieille qui traînait son vieux corps usé. Elle semblait morte de fatigue : jamais elle ne se rendrait jusqu'au village sous ce soleil.

— Ma bonne dame, vous semblez bien mal en point, puis-je vous aider ? fit-elle, respectueuse devant cette femme portant un chapeau cylindrique sous son foulard de tête, ce qui signifiait qu'elle avait atteint un âge respectable.

Aïssétou eut tout juste le temps de finir sa phrase avant de se rendre compte que la vieille pleurait. Celle-ci semblait vivre une grande douleur, révélée par ce visage crispé et ces yeux gonflés à la suite de longues heures meublées de larmes.

— Mère, comment une vieille femme peut-elle avoir tant de chagrin ? Que puis-je faire ?

C'est alors que la vieille mère Sylla s'arrêta et se tourna doucement vers Aïssétou. Elle regarda lentement la jeune fille attentionnée et une lueur d'espoir sembla éveiller son visage.

— J'ai le cœur triste car je suis vieille et je n'ai plus rien, ma fille, dit la dame d'une voix brisée. J'ai perdu un de mes deux fils, Wallid, qui est parti en ville, je n'ai plus le sou et mon aîné, qui est resté avec moi, me fait souffrir. Il boit tout l'argent que nous réussissons à amasser pour nous permettre de survivre. Je suis vidée de toutes mes espérances, petite, et c'est pourquoi je n'ai même plus l'honneur de cacher mes difficultés. Je suis perdue.

Aïssétou écoutait cette pauvre femme et comprit que celle-ci avait grand besoin de parler à quelqu'un. Elle l'entraîna à l'ombre d'un manguier, détacha son foulard de tête et l'étendit sur le sol pour s'y asseoir. La vieille la suivit, et comme déjà soulagée, s'assit sur le bout de tissu. Cela faisait si longtemps qu'elle n'avait pas parlé à quelqu'un qu'elle raconta son histoire longuement, se vidant le cœur, ne voulant pas se rendre compte du jeune âge de son amie de fortune. Ce n'est que lorsque la dame raconta que les femmes du village la fuyaient parce que, disait-on, sa famille était ensorcelée, qu'Aïssétou sut à qui elle avait affaire. C'était donc elle, cette madame Sylla, qui avait emménagé avec ses deux fils dans la palmeraie. Elle aurait dû fuir, mais elle se ravisa. À l'école, elle avait appris à rester critique devant les choses qu'on n'expliquait pas clairement. Elle ne put cependant s'empêcher de demander à la femme si effectivement sa famille était ensorcelée. La dame, aucunement surprise de la question, lui avait simplement répondu que non et que c'était cette rumeur qui avait brisé ses vieux jours. Aïssétou n'avait pu faire autrement que de compatir avec cette pauvre femme qui ne semblait pas avoir la moindre malice. Elle savait depuis un certain temps que bon nombre de ces histoires de sorcellerie n'étaient pas fondées. Elle avait appris un peu de biologie humaine à l'école et, parfois, elle trouvait farfelues les explications magiques de sa mère sur les maladies et leurs remèdes. Pourquoi donc les villageois avaient-ils décidé de faire souffrir cette pauvre madame Sylla? Elle ne le savait pas. Certaines personnes allaient même jusqu'à hurler des injures en la voyant. Elle ne pouvait alors que se sauver pour aller pleurer loin de tous. Aïssétou écoutait les histoires de la malheureuse, surprise de voir comment l'incompréhension des gens pouvait briser une vie. Madame Sylla s'arrêta de parler pour laisser sortir un soupir de soulagement. Cela lui avait fait du bien de trouver une oreille qui ne semblait pas vouloir fuir. Un peu de sa douleur s'était envolée avec les mots qu'elle avait libérés de sa gorge. Elle se leva plus légère et remercia Aïssétou, qui prit son foulard de tête étendu sur le sol, et le secoua. Les deux femmes marchèrent côte à côte sans plus dire un mot jusqu'à l'entrée du village, elles avaient trop de choses à penser chacune de leur côté. Avant d'arriver à la première paillote, la vieille s'arrêta et prit la parole:

— Merci, ma fille, tu ne sauras jamais comment tu as pu alléger la peine d'une vieille dame. Seulement, maintenant, pars sans moi. Je ne voudrais pas que mon malheur te touche, car te voyant avec moi, les gens pourraient s'imaginer des choses.

— Madame Sylla, se permit d'ajouter Aïssétou, peut-être serait-il bien pour vous de rendre visite au marabout. Je ne sais pas, mais ne pourrait-il pas faire quelque chose?

La vieille fronça les sourcils, surprise. C'était brillant, mais elle n'y avait pas pensé. Peut-être le marabout pouvait-il faire quelque chose pour elle.

— Où habite-t-il?

— La sixième case après la croisée des chemins de Souguésénny et de Bamboukh, vous verrez, il y a un gros manguier devant la vieille maison en briques noircies.

— Sincèrement merci, petite, et que Dieu te protège, lui dit madame Sylla en guise de salut, plaçant sa main droite fanée sur la jeune tête bien tressée de l'adolescente.

La vieille madame Sylla avait retrouvé sa petite paillote et s'était versé un peu d'eau sur la tête. Elle se rafraîchirait avant de partir chez ce marabout qu'elle ne connaissait pas. Elle n'en avait jamais vu. Habituellement, il n'y avait des guérisseurs qu'à la capitale et elle n'y avait jamais mis les pieds. Conakry lui faisait peur. On disait que, là-bas, il faisait très chaud et que les gens étaient entassés les uns sur les autres. Un marabout... Il y avait un marabout à Madinagbe. Était-ce une chance ou était-ce lui, l'auteur de ces rumeurs de mauvais sort? Elle le saurait. Elle prit une orange pelée et séchée et la pressa pour en faire sortir le jus. Le liquide sucré et acide mouilla sa gorge sèche et l'espoir rejaillit en elle. Madame Sylla se couvrit la tête d'un petit chapeau rond et plat sur lequel elle mit un long voile couleur marine irisé de violet à la manière peule. Elle sortit et se dirigea à l'arrière de la maison. Son fils aîné, Nabi Yaya, dormait encore, épuisé de sa longue nuit à nager dans le gin. «Espérons qu'il n'a pas, encore une fois, engrossé une pauvre fille renversée dans la brousse», se disait la mère Sylla, regardant la chair de sa chair affalée sur une natte, à l'ombre de la paillote. Puis, elle partit, déjà soulagée, comme si quelque chose lui disait que ses problèmes achevaient. Si ce marabout était vraiment bon, il la sortirait de là. Elle lui offrirait de payer de ses bras toutes interventions qu'il voudrait bien diriger. Elle serait désormais secondée dans ses malheurs.

Lansana avait prévenu son maître:

— Une certaine madame Ayisha Sylla demande audience.

Le Vieux s'était soudain rappelé cette histoire de mauvais sort que lui avait racontée madame Youla. Il avait promis de s'occuper de cette affaire, mais les événements graves qui s'étaient passés depuis l'en avaient empêché.

— Mon petit, tu auras beaucoup à apprendre aujourd'hui, annonçait le maître à son apprenti, je crois qu'on aura affaire à un cas de sorcellerie. C'est bien que Fatima ne soit pas là. C'est mieux pour elle de ne pas participer à ce rituel qui la concerne trop.

Celle-ci était retournée depuis peu vivre chez elle. Aujourd'hui, elle faisait la lessive à la rivière. Elle continuait habituellement ses leçons de maraboutage avec le Vieux et Lansana, mais ne vivait plus avec eux.

— Fais entrer la femme.

L'homme était allé chercher ses instruments, s'était bien nettoyé les bras et la tête afin de purifier ses actions prochaines. Quand il entra dans la petite pièce, il fut surpris de voir, assise sur le petit banc peul[17], une femme semblant tout à fait normale. Ses yeux étaient clairs et limpides, encerclés d'un blanc immaculé, ce qui ne présageait rien de ce à quoi il s'attendait. Il sonda la couleur de sa peau: rien de verdâtre. Cette femme n'était probablement pas entièrement d'origine soussou, elle était très pâle, ce qui

---

17 Petit banc rond et creux taillé dans le tronc d'un fromager.

dénonçait un peu de sang peul, mais sa petite taille provenait, sans aucun doute, d'ancêtres soussous. Il lui faudrait passer un examen en profondeur pour disséquer l'âme de cette femme, mais avant, il lui faudrait s'arranger pour lui prendre quelques cheveux. En effet, il lui en fallait afin que, durant sa transe, il puisse atteindre les lieux immatériels en cause dans cette affaire. Madame Sylla restait bouche bée, ne sachant trop que faire en présence d'un marabout. Elle réussit tout de même à parler, la gorge nouée, constatant que l'homme la regardait depuis de longues secondes sans dire un mot:

— Monsieur, bonjour.

Le Vieux ne répondit pas, il la fixait sans aucune gêne, même là où un homme ne s'attarde pas trop. Il voulait trouver un signe, une petite anomalie sur le corps de cette dame. Rien, tout à fait normaux étaient ses cheveux gris-bleu, sans aucune tache jaunâtre. Et ses doigts, bien que vieillis, ne démontraient aucune courbure anormale.

— Ma fille, quelle est la motivation de votre présence ici, siffla-t-il en s'accroupissant sur un petit tapis placé dans un coin de la pièce.

— On raconte au village que j'ai été victime d'un sort lancé contre moi et ma famille. Que doit-on faire dans ces circonstances? Mais, continua-t-elle sans attendre, je n'ai rien pour vous récompenser si vous m'aidez. Seulement, je vous offre mes services: je tiens bien maison et je serais heureuse de vous remercier par la force de mes bras. Je besognerais très fort, je…

Ne lui laissant pas continuer sa phrase, le Vieux se leva et s'approcha de sa patiente. Il vint si près que la vieille ne voyait plus que deux gros yeux fatigués mais perçants devant elle. Il tenta de pénétrer dans ces iris soudainement apeurés, dans cette âme supposément souillée. Elle avait peur, mais elle garda le contrôle d'elle-même, décidée à ne plus se laisser abattre.

— Pouvez-vous rester ce soir? Il faudrait vérifier par la divination de quelle nature est ce prétendu sort. La contre-sorcellerie est une chose ardue et nous devons être bien préparés.

— Je n'ai plus rien, je n'ai donc aucun empêchement. Je peux même rester plus longtemps si vous le souhaitez, affirma la dame en baissant la tête.

— Ce ne sera pas nécessaire. Pour l'instant, allez vous changer et mettez cette tunique verte. Vous irez attendre sous le manguier, je viendrai vous quérir à la tombée de la nuit, mais d'ici là, chantez pour apaiser les ancêtres, lui ordonna-t-il en quittant la pièce.

Madame Sylla était contente. Elle subirait certes une dure nuit, mais après cela, le calvaire allait enfin s'arrêter, car elle prouverait ainsi à tous qu'il n'y avait pas de mauvais sort. Elle se changea, et arrivée sous l'arbre, elle se mit à chanter une chanson douce que sa mère lui avait apprise. Elle ne remarqua pas les passants qui, intrigués, s'arrêtaient devant la case du marabout. Elle n'aperçut pas non plus les femmes qui discutaient sur le prétendu sortilège de madame Sylla, qui se retrouvait maintenant prouvé, selon elles, par sa présence chez le marabout! «Je vous l'avais bien dit!» disait une jeune fille au pagne jaune en gesticulant. «Elle a été recueillie par notre marabout, peut-être cette femme sera-t-elle soulagée, Dieu est grand!» disait une autre personne, coiffée d'une lourde cruche d'eau. Madame Sylla n'entendait rien, déjà épuisée de chanter sans arrêt. Elle chanta et chanta à en perdre haleine jusqu'au coucher du soleil, au moment où le Vieux vint et lui fit avaler, d'une traite, une pleine coupe d'un liquide au goût affreux qui lui brûla la bouche. L'homme lui fit signe de ne pas parler et de le suivre à l'intérieur. La petite pièce où il la reçut avait été meublée de plusieurs objets bizarres. Un grand plat en métal était posé sur le sol au centre de l'endroit et tout autour se trouvaient les cauris, étrangement bien ordonnés. Un poulet au corps complètement recouvert de plumes noires criait, attaché à la patte d'une petite table de bois en retrait. Lansana avait revêtu une longue tunique en tissu confectionné par les tisserands traditionnels. Il s'affairait à allumer le charbon dans un petit brasero[18] au fond de la pièce. La petite fenêtre avait été fermée par un morceau de carton, ce qui rendait les lieux complètement noirs. Le marabout passa lui aussi une tunique par-dessus son boubou et alla allumer une chandelle à côté du plat au centre. La vieille ne disait mot, regardant tout autour, inquiète, tentant de trouver un outil qui pourrait être tourné contre elle, mais elle ne vit qu'un minuscule couteau sur la table. Le Vieux lui fit signe de s'asseoir sur le sol tout près des cauris et elle s'exécuta, le cœur battant, étourdie. Lansana jeta une poignée de chanvre sur la grille du brasero et vint s'asseoir devant la vieille qui se frottait les mains. Le marabout ferma la porte.

Le Vieux prit d'une main ferme le poulet devenu silencieux, qui regardait calmement son dernier ennemi comme s'il savait que son heure était venue. Le marabout étudia l'oiseau du regard et prit le petit couteau au manche de bois sculpté. Il commença à marmonner des mots incompréhensibles, trancha doucement le cou du volatile qui émit un dernier soupir, et le sang se mit à se répandre. Avant qu'il ne souille le sol, l'homme recueillit le liquide dans le grand plat placé au centre des cauris, et par le fait même, de la pièce. Quand le flot sanguin se fut fait gouttes, le Vieux coupa le petit abdomen de la bête et en retira les viscères chaudes. Il les laissa tomber dans le contenant, déjà à moitié rempli, en prenant soin de ne pas faire d'éclaboussures, mais en laissant la destinée placer les organes. Il s'assit, fixant le foie et le

---

18 Récipient métallique contenant des charbons destiné à la cuisson.

cœur qui étaient tombés bizarrement. Il commença à chanter, d'une voix grave et ronfleuse, une sorte de litanie qui, après quelques minutes, devenait obsédante. Tranquillement apparaissaient des êtres de fumée devant ses yeux avertis. Sa tête commençait à devenir lourde, et entraînée par le chant, elle ondulait, comme si elle était autonome. Il vit, dans une réalité de brumes, un homme. Un homme avec un bébé dans les bras. Le bébé se multipliait et se multipliait. Le groupe de bébés était trop lourd et le père ne pouvait plus porter cette charge de chair de sa chair. Le Vieux entendit un cri et vit le visage en larmes de Fatima qui, pénétrée par cet homme inconnu pleurnichait sans cesse. Un serpent apparut dans ses yeux. Un énorme serpent noir se tenait là, fièrement, la tête levée, semblant quémander quelque chose. L'image du reptile devint floue et eut de nouveau l'aspect d'une fumée verte qui s'étira en volutes.

Le marabout reprit ses esprits, ou plutôt l'état de conscience qu'il a dans le monde de tous les jours, et regarda madame Sylla. Celle-ci semblait, elle aussi, absente, perdue dans un autre lieu. Elle tremblait de tout son corps, secouée de petits spasmes incontrôlables. Ses yeux roulaient, donnant parfois à voir le côté blanc, parfois le côté noir. Le Vieux, satisfait, regardait son apprenti qui, surpris, fixait la vieille. Il aurait des explications sur ses visions incompréhensibles. Madame Sylla se leva soudain. Elle se mit à effectuer une danse qu'elle seule comprenait dans l'état où elle était. Elle grouillait de partout, des muscles qui ne servaient que rarement se réveillaient et secouaient la femme de tremblements saccadés. Elle se mit à parler d'une voix étrange:

— Vous me devez quelque chose, vous me devez quelque chose, vous me devez quelque chose, sifflait-elle entre ses dents.

Le Vieux, dans un demi-rêve, vit se transformer la tête de la dame en transe. Une longue langue fourchue sortait de sa bouche, sa peau devenait luisante et écailleuse.

— Vous me devez quelque chose, répéta-t-elle, pour ensuite s'affaler sur le sol poussiéreux. Le marabout avait compris, il n'en fallait pas plus. Il demanda à Lansana de l'aider à étendre confortablement la dame inconsciente. Ils étaient tous les trois épuisés et ils dormiraient jusqu'au lendemain, là où ils étaient, au centre de la pièce enfumée.

Réveillé par le jappement d'un chien sauvage, le Vieux se leva pour faire le thé du matin. Les événements de la veille lui revenaient par bribes. Il avait compris ce qui avait causé les problèmes dans la famille Sylla. Selon lui, un des fils avait choqué l'esprit du serpent. Trop de jeunes filles avaient été prises sans réel consentement, trop d'enfants risquaient de naître de ces mauvaises unions. Le serpent avait sauvé la dernière, mais il demandait à être dédommagé. L'esprit du reptile générait le sortilège, il voulait reprendre son dû. Il faudrait trouver un moyen de récompenser cet esprit, mais comment? Il demanderait à la vieille Ayisha Sylla, c'est elle qui connaissait le mieux son fils. Il versa une gorgée de thé fort et sucré qu'il avait préparé dans trois minuscules tasses et s'en alla réveiller la patiente et son apprenti. Les trois compagnons émergèrent doucement, buvant le thé brûlant, et discutèrent longuement sous le manguier. Ils devaient s'entendre sur la manière de régler l'affaire du serpent, et sur la façon dont madame Sylla paierait le recours au marabout.

Après maintes propositions, il y eut consensus et il fut décidé que l'aîné des Sylla, Nabi Yaya, se marierait rapidement, qu'il subirait une thérapie de sudation par enroulement dans une feuille de bananier et que, tous les jours pendant deux semaines, il devrait aller faire des offrandes de riz aux serpents dans la brousse. La vieille Sylla, elle, devrait venir nettoyer la maison et cuisiner pour le marabout et son apprenti pendant huit semaines. L'affaire étant conclue, madame Sylla rentra chez elle et mit Nabi Yaya au courant de l'injonction. Celui-ci, peu persuadé, accepta néanmoins à contrecœur de se plier aux directives de sa mère. Il n'avait aucunement envie de se marier, il avait toutes les femmes qu'il désirait sans avoir les problèmes qui venaient avec ces femelles, comme il avait l'habitude de les appeler. Il chercherait néanmoins la «moins pire» qu'il trouverait au village, il le promit à sa mère. Tout au long des trois semaines qui suivirent, il chercha et chercha encore sans trouver celle qu'il pourrait supporter. Ce fut finalement sa mère qui lui imposa celle à qui il unirait sa vie. Elle avait l'esprit clair, cette vieille Ayisha: elle dégotta la femme la plus forte de tête qu'elle put trouver. Une grosse fille solide du nom de Mmah et qui savait faire peur en utilisant sa voix d'homme; c'était d'ailleurs pour cela qu'elle avait été incapable de trouver un mari. Elle ne plaisanterait pas avec les caprices de Nabi Yaya. Elle saurait le tenir bien sage. Cette brave fille apporterait sans nul doute de l'ordre dans cette case où l'espoir renaissait. La vieille Ayisha retrouva, rapidement après ces pénibles événements, ce goût citronné qu'elle appréciait de la vie. Des zestes de bonheurs recommencèrent à pétiller dans son existence de femme mûre.

Aïssétou Youla

— Mère, croyez-vous que je pourrais m'acheter des tissus? demanda Aïssétou, suppliante.

Elle allait bientôt quitter Madinagbe pour enfin aller à la ville, et pour cela, elle aurait bien souhaité avoir des vêtements neufs.

— Seulement quelques pagnes[19], s'il vous plaît, je ne voudrais pas faire rire de moi à l'école où j'enseignerai, déjà que je suis une paysanne.

Elle savait qu'elle aurait affaire à des collègues de travail

---

19 Le tissu se mesure en pagnes, ce qui correspond à la mesure nécessaire pour faire l'enroulement autour des hanches, soit environ un mètre trente.

citadines et hautaines et elle ne voulait pas manquer sa chance de partir du bon pied. Elle ajouta:

— Au lieu de donner des grains de riz aux perdrix, vaut mieux les donner aux poulets. C'est moi qui vais vous envoyer de l'argent quand j'aurai un bon salaire de professeur!

Elle commençait une nouvelle vie et elle était remplie d'espoir. Après s'être rendu compte qu'elle aurait du mal à vivre aussi richement qu'elle avait toujours rêvé avec son salaire de professeur, elle s'était préparée à l'idée qu'elle ferait tout ce qui était en son pouvoir pour s'assurer un avenir agréable, ce qui signifiait, pour elle, de se trouver un mari avec une bonne situation. Il fallait qu'elle sache se vendre pour dénicher un bon parti. Elle s'était affairée depuis les dernières semaines à monter son arsenal pour mener à terme la mission qu'elle s'était donnée. Elle avait trouvé quelqu'un qui voudrait bien tresser ses cheveux avant de partir, elle mangeait tous les jours un citron afin d'éclaircir sa peau, mais, surtout, elle frottait tout son corps au beurre de karité dans le but de le rendre luisant et doux au toucher. Elle était bien décidée à trouver en ville un homme riche qui la chérirait et lui donnerait tout ce qu'elle demanderait. L'important était de se faire engrosser et ensuite, il devrait la marier. Naturellement, il ne pourrait faire autrement, croyait-elle. Mais pour s'attirer les regards, il lui restait un apprentissage, celui de l'ultime séduction; elle devait apprendre à maîtriser parfaitement l'art de la danse: les mouvements suggestifs acceptables et ceux considérés vulgaires, les gestes qui parlaient à l'oreille de l'homme, les secrets gardés des femmes expérimentées. Pour cela, chaque soir où elle pouvait s'échapper, elle allait espionner le petit *dancing* du village, répétant les mouvements, copiant les gestuelles. Elle avait même crocheté de la lingerie, de petits pagnes tissés de rubans qu'elle porterait sous ses vêtements et elle avait trouvé ces clochettes que l'on attache à une cordelette sur le ventre. Ses copines lui avaient juré que le simple fait de sentir ces clochettes sous les vêtements rendait les hommes fous. Elle s'était tranquillement habituée à l'idée d'avoir à utiliser son corps, elle qui, depuis son jeune âge, n'avait misé que sur les connaissances et la réussite scolaire. Désormais, elle savait qu'en plus de développer ses qualités intellectuelles, la femme pouvait utiliser une autre arme face à la dureté de l'existence. Pour vraiment réussir, il fallait pouvoir unir sa vie à celle d'un homme démontrant du potentiel. Elle tentait de se persuader elle-même: «tant pis pour l'amour, je le trouverai dans les bras d'un amant si l'homme idéal glace le corps de ses mains. L'important est de sortir de la misère et de permettre à mes futurs enfants d'en faire autant. Rien d'autre ne compte.» Ainsi passèrent ses derniers jours dans l'univers merveilleux de l'enfance.

C'est parmi la foule entassée dans un affreux taxi-brousse où les sueurs de tout un chacun se mélangeaient dans la promiscuité la plus insupportable, qu'Aïssétou se rendit à Conakry, la capitale du pays. Là-bas l'attendait l'école où elle avait obtenu un contrat d'un an comme enseignante pour une classe de quatre-vingts enfants. Le véhicule, une ancienne fourgonnette sans fenêtres, n'offrait que deux planches de bois comme siège arrière. La structure avait été mise à nu et la carrosserie avait été découpée à la scie afin d'assurer la ventilation nécessaire aux quinze passagers. Deux jeunes hommes, n'ayant pu trouver de place à l'intérieur, fumaient une cigarette en se tenant debout sur le pare-choc arrière, s'agrippant à la porte restée ouverte sur la piste. Aïssétou sentit naître en elle l'inquiétude de l'inconnu. Seule au milieu de ces gens qu'elle ne connaissait pas, elle ne disait mot. Elle sentait les corps de ses voisins pressés sur elle, comme s'ils voulaient l'écraser. Un homme la fixait, ne tentant aucunement de dissimuler les histoires lascives qu'il s'imaginait. La beauté du corps était une arme, certes, mais aussi un danger. La nouvelle enseignante avait hâte d'arriver dans cette pièce qui lui servirait de maison. Elle n'avait aucune idée de ce qui l'attendait, aucune image, aucune connaissance, ni de près ni de loin. Quelques frissons lui passèrent dans le dos et elle se renfrogna. Elle devait être forte, maintenant plus que jamais. Deux heures passèrent ainsi et les premiers marchés de Conakry se firent entendre. Des passagers sortaient, d'autres entraient, le voyage était interminable. Après presque trois heures, ils finirent néanmoins par arriver à destination. Aïssétou descendit de l'engin, soulagée. Elle se rendit assez facilement à sa future maison en questionnant les passants. Ce n'était pas ce à quoi elle s'était attendue. Une case carrée aux briques moisies, recouverte de tôle à moitié rouillée se dévoilait au fond d'une ruelle où coulait une eau sale. Une vieille dame la salua, assise devant son brasero, à l'arrière d'une maison. Elle commissionna un petit garçon qui lui remit la clé de la maison. Cette maison serait la sienne et seulement pour cela, elle l'aimait déjà. Elle découvrit la seule et unique pièce de la case et commença dès lors à emménager. Il y avait un robinet sur le mur extérieur! Elle avait l'eau courante à la maison et elle se réjouit déjà des luxes qu'offrait la ville.

Les semaines qui suivirent furent bien remplies: il fallait se démener pour s'accoutumer à l'école. Il fallait faire régner une discipline de fer à tout instant, le directeur était strict à ce sujet. Les coups de bâton étaient considérés comme des incontournables de la vie professorale, mais Aïssétou s'y faisait difficilement. Elle avait reçu la bastonnade à plusieurs reprises lorsqu'elle était encore étudiante, mais donner des coups lui semblait plus difficile qu'en recevoir. Elle devait néanmoins s'y résoudre chaque fois qu'un étudiant manquait quelques mots d'une récitation.

Tranquillement, elle se fit accepter par ses collègues qui semblaient apprécier sa bonne humeur et sa dignité. Elle savait se faire respecter, ce qui était rare chez des paysans soussous, selon les autres instituteurs majoritairement peuls ou malinkés. Elle se fit un réseau d'amis. Elle développa une profonde amitié envers sa voisine de classe. C'était une grande Peule au teint café au lait du nom de Ndiaye Sow. Son visage n'était pas de ceux que l'on remarque, mais son aisance et sa parole facile lui attiraient plusieurs amis. À chaque pas qu'elle faisait avec elle, Aïssétou se faisait présenter à un nombre impressionnant de personnes. Les deux nouvelles amies, étant toutes les deux éloignées des leurs, prirent l'habitude de manger leur riz ensemble au retour de l'école, ce qui leur permettait de discuter parfois jusqu'à très tard dans la nuit. Un soir, Ndiaye avait apporté deux bouteilles de Skol, la seule marque de bière embouteillée au pays, pour boire avec le repas.

— Tu sais, Aïssétou, je suis un peu lasse de cet endroit et du métier de professeur. Je ne suis pas tellement faite pour la ville, mes vaches me manquent. Tu sais, chez moi, dans le Fouta Djallon, l'air est bon, ce n'est pas sale et chaud comme ici. Les gens sont riches, là-bas, dans les montagnes, raconta la jeune femme en buvant une gorgée de bière directement du goulot. Tu sais, continuait-elle sans entrain, j'aimerais me marier avec un des miens et retourner dans le Fouta, mais je ne le dis pas trop, je ne veux pas que mes copains se doutent que je ne veux pas d'eux comme mari.

— Tu as des copains! coupa Aïssétou, surprise. C'est vrai? se rendant soudain compte que, peut-être était-elle la seule qui n'en avait pas, et qu'elle aurait l'air bizarre auprès de son amie.

— Mais bien sûr, je te les ai même présentés quand on les croisait dans la rue. Tu te souviens, Ibrahim, je te l'avais présenté comme étant *mon frère*. Celui-là, c'est mon préféré, il fait tellement bien l'amour, mais il y a aussi Mamadou.

— Tu as déjà fait l'amour, toi? demanda Aïssétou, ne pouvant pas s'empêcher d'être trop curieuse.

— Bien évidemment, voyons, j'ai quand même dix-sept ans!

Ndiaye s'aperçut du regard surpris de son amie et se rendit compte de ce qui se passait. Celle-ci devait être vierge… Comment une fille si jolie avait-elle pu rester intacte jusqu'à ses seize ans? Surtout après avoir vécu entourée de garçons dans la brousse? Si elle était encore fille, il fallait désormais peser ses paroles. Elle ajouta:

— Je croyais que toi aussi tu avais des copains. Depuis le temps de ton arrivée, les hommes n'ont pas manqué autour de toi…

— Eh bien, je ne… je ne savais pas… tu n'as pas peur de te faire engrosser par n'importe qui?

— Ma grande! Tu dois apprendre à connaître ton corps! C'est comme la lune, il n'est pas toujours prêt à être plein. De plus, il y a toujours les vieilles sorcières qui peuvent nous régler cela. Seulement, je fais quand même plus attention quand l'homme est sans intérêt. Je viens d'une grande famille, tu sais, et je ne peux pas marier n'importe qui.

— Mais tu as dit que même si l'homme est sans intérêt, tu te laisses renverser quand même! s'exclama une Aïssétou complètement sidérée, buvant une longue gorgée de Skol pour cacher son désarroi.

— Eh bien, quand je dis sans intérêt, cela veut dire que l'enfant de cet homme ne serait pas assez beau ou malin. Je me laisse renverser quand même, car cela me donne des bénéfices. Tu comprends? fit-elle afin de sonder jusqu'où elle pouvait aller dans ses explications pour ne pas effrayer sa copine, pas encore femme.

Voyant le visage intéressé et calme d'Aïssétou, elle continua, rassurée.

— Parfois, quand ce sont des hommes importants, ils t'emmènent en voyage, ils te présentent à de futurs employeurs ou à des maris potentiels. Je ne peux pas cracher là-dessus. De plus, quand on te voit avec un notable, toi aussi tu le deviens un peu.

Je ne sais pas si tu comprends, c'est une chance qu'une femme ne peut refuser. J'ai même dormi avec un Blanc, un *Foté* comme vous dites en soussou. Lui et ses amis nous avaient payé à boire à mes copines et moi. Ils nous avaient emmenées dans leur grosse voiture. Il y avait un chauffeur et tout et tout. On avait passé toute une soirée, je te dis. Moi, je n'avais pas le plus beau, mais l'homme qui semblait le plus important avait déjà pris deux filles, je ne voulais pas être la troisième, alors tu imagines bien que je n'ai pas pris de capote, je voulais me faire engrosser par un Blanc!

Aïssétou écoutait le récit de son amie, à la fois curieuse et dégoûtée. Elle ne s'imaginait pas se faire pénétrer par un *Foté*. Elle n'en avait vu que quelques-uns, de ces albinos naturels, lorsqu'ils passaient en voiture. Chaque fois, ils étaient gras et vieux, couverts de sueur. Comment Ndiaye, qui était quand même assez belle, pouvait-elle se laisser terrasser par ces peaux roses? Elle commençait tout juste à comprendre les motivations qui poussent à accepter les choses repoussantes. Il était vrai que son amie peule avait toujours plus de privilèges qu'elle: elle gagnait un meilleur salaire et elle était dispensée des corvées à l'école. Aïssétou regarda autour d'elle. La case de Ndiaye était grande et décorée d'une fenêtre, peinturée et mieux située. Les jeux de la vie se dévoilaient un à un devant elle. Elle comprenait maintenant pourquoi certaines gagnaient la partie et d'autres semblaient s'être fait avoir. Aïssétou avait reçu quelques cours sur ce petit jeu affreux qui fait gagner une vie. Se trouver un bon mari était plus compliqué qu'elle ne se l'était imaginé. Être belle et intelligente n'était plus suffisant devant la concurrence des autres filles qui, comme elle, rêvaient d'une vie meilleure que celle de leur mère. L'art des amours devenait nécessaire à maîtriser. Il fallait qu'elle apprenne...

— Comme cela, tu as connu des Blancs. Comment tu as fait pour les trouver? demanda-t-elle, tenue en haleine.

— C'était un samedi soir et j'étais sortie au Dancing Palmier avec quelques copines professeures. On allait souvent là-bas avant qu'elles ne changent d'école l'année dernière. C'est bien, là-bas. Il y avait des gens importants qui venaient en voiture avec leurs chauffeurs. On pouvait danser jusqu'à cinq heures du matin et si on rencontrait quelqu'un d'intéressant, il y avait même des chambres à louer. Il faudrait aller là-bas, toi et moi. Je suis certaine qu'on aurait beaucoup de plaisir.

Enthousiasmée et un peu ivre, elle conta toutes les histoires de soirées dignes d'un peu d'intérêt à Aïssétou, qui l'encourageait de mille et une questions. Quand les confidences commencèrent à aller bon train, Aïssétou risqua une question plus personnelle:

— Comment ça fait quand on fait l'amour? dit-elle timidement.

Ndiaye s'attendait à une question du genre. L'acte sexuel pouvait faire peur à celle qui n'avait pas connu cela assez tôt.

— Ben, je te dirais que cela ne fait pas grand-chose. Moi, j'aime me faire caresser, mais la pénétration me laisse assez indifférente. J'attends que l'homme ait terminé en l'encourageant de mouvements du bassin. On est toutes comme cela dans ma famille, on a été opérées jeunes filles. Toi, tu es excisée hein?

Aïssétou ne savait pas quoi répondre. Elle n'avait pas été excisée, car sa mère s'était opposée à cette pratique, ayant été sensibilisée par des infirmières du centre de santé du village. Sa mère avait dû se battre et aller à l'encontre des traditions, ce qui lui avait fait perdre plusieurs amies. Chez ses parents, à Madinagbe, quelques femmes avaient refusé de faire enlever le clitoris de leurs filles. Fallait-il qu'elle mente pour cacher le fait qu'elle n'était pas comme son amie? Peut-être était-ce encore mal vu ici? Elle décida qu'il fallait qu'elle sache à quoi s'en tenir tout de suite et qu'elle dirait la vérité à son amie. Cela pouvait la préparer à faire face à cette particularité.

— Non, je suis comme j'étais à ma naissance. Est-ce que cela dérange quelque chose? dit-elle, un peu inquiète à l'idée qu'elle aurait peut-être du mal à se faire aimer d'un homme.

Ndiaye ne savait pas trop quoi penser. Le dégoût livrait bataille à l'envie dans sa tête. Son amie était impure, sale, mais elle aurait, elle, la chance de connaître ce qui fait crier de plaisir. Quelquefois, elle avait entendu des petits cris de femme qui s'échappaient des murs minces des cases. Il était fréquent d'entendre les sons des hommes, les gens vivant dans des cases collées les unes sur les autres, mais ceux des femmes restaient très rares. Elle était fière d'être pure et conforme aux traditions, mais en même temps, elle aurait aimé, ne serait-ce qu'une seule nuit, connaître ce qui donne tellement de plaisir qu'il rend folle la plus sage des femmes. On lui avait expliqué pourquoi elle avait été excisée toute jeune. Sa mère lui disait toujours que cela était le plus beau cadeau qu'elle lui avait fait après celui du don de la vie. Qu'ainsi, elle trouverait un bon mari, qui la respecterait. Quand elle avait eu treize ans, sa mère lui avait expliqué que c'était l'excision qui donnait de la puissance à la femme, que l'excision était une arme qui protégeait la femelle du désir, car n'étant pas esclave de son corps et de la passion enflammée, elle était maître de décider de l'homme, du moment et des conditions avant de se livrer. Le mari, lui, était esclave de ses désirs et ainsi du corps de la femme et n'y pouvait rien. Mais depuis qu'elle était venue à Conakry, Ndiaye ne savait plus ce qui était bon. Elle avait entendu les discours contre l'excision, tenus par les groupes de sensibilisation. Pour elle, il était trop tard, mais elle se demandait ce qu'elle ferait si elle accouchait d'une fille. Elle était silencieuse depuis un moment et se rendit compte que son amie attendait une réponse:

— Je ne sais pas... je ne peux pas savoir comment cela va être pour toi de faire l'amour, je n'ai pas ce que tu as. Seulement, je sais que certains hommes n'aimeront pas cela du tout que tu ne sois pas purifiée. Certains croient que faire l'amour à une femme non excisée, c'est comme faire l'amour à un animal. Je crois que tu devrais le dire à l'homme qui t'invite avant de partir avec lui. Sinon, il peut te jeter à la porte en apercevant ton sexe primitif.

« Primitif, primitif, je suis plus primitive que les autres? se répétait Aïssétou pour elle-même. Moi, je crois plutôt que ce sont ces sorcières chirurgiennes qui le sont! Si Dieu nous a donné le corps que nous avons, il ne faut pas aller contre sa volonté. Si un homme ne veut pas de moi, c'est qu'il sera indigne de posséder mon corps, et encore moins mon cœur. » Elle voulait s'en aller de chez son hôte, se retrouver seule. Elle n'avait plus envie de discuter. Il fallait qu'elle retrouve ses idées. Elle se força néanmoins à rester un peu pour conclure amicalement la discussion, et finalement, demanda la route[20].

— Je suis fatiguée, je te remercie pour ton accueil.

— On se voit à l'école, fit Ndiaye, soulagée de voir partir son amie. Elle avait besoin de réfléchir à tout ce qui avait été dit elle aussi. Elle ferma la porte sur la nuit avancée. Quelques chandelles dansaient encore de chaque côté de la rue, illuminant le petit marché où restaient en place quelques kiosques vendant cigarettes et *topettes*[21] de gin.

---

20 Expression locale signifiant faire les politesses d'usage avant de partir.
21 Lampées ou gorgées.

CHAPITRE 5

Diamants et amourette

Wallid Sylla

Le jeune homme de Madinagbe, qui avait quitté le village avec tout l'espoir que sa jeunesse lui donnait, avait laissé sa mère et depuis, il avait beaucoup souffert. Il réussissait à peine à se nourrir et avait visiblement maigri. Les trois poulets du départ avaient été vendus à des commerçants pour presque rien. Ceux-ci arguaient que ce n'étaient que des poulets «bicyclettes», des poulets qui ont trop couru, qui sont maigres et peu ragoûtants. Wallid avait donc utilisé tout son argent et se désespérait de trouver du travail. N'ayant pu payer un taxi-brousse, il avait parcouru le chemin de Madinagbe à Kindia en s'asseyant sur la remorque d'un dix-huit roues qui allait livrer des sacs de charbon. Il n'avait pas pu trouver un moyen de continuer sa route et de se rendre à destination, Labé, l'empêchant du même coup d'aller offrir ses services à son oncle pour son projet de développement. Il comptait sur cette connaissance pour l'introduire auprès d'un employeur potentiel, mais à Kindia, il ne connaissait personne. Un matin où il était affamé après avoir passé une longue nuit sous un camion en panne, il avait supplié une jeune commerçante de lui donner quelques arachides. Celle-ci lui avait parlé d'une compagnie d'extraction de diamants qui cherchait des hommes pour travailler à la pelle. C'était un travail dur et éreintant, ce qui expliquait pourquoi les travailleurs se faisaient rares, lui avait dit la fille. Malgré cela, Wallid n'avait pas attendu une minute pour s'y rendre.

— Tu as des bras forts et tu es jeune, je t'offre vingt mille francs[22] par mois, lui dit un Blanc au teint basané.

Assez mince, l'homme parlait sèchement et semblait répéter une phrase apprise par cœur. «Cela t'intéresse?» demanda-t-il en allant chercher l'une des nombreuses pelles usées adossées au mur derrière son bureau.

— Oui, monsieur, disait le nouvel employé déjà respectueux de son patron.

Il prit la pelle au manche usé et demanda:

— En quoi consiste ce travail exactement?

— Tu verras bien assez vite, avait répondu le *Foté* qui déjà, montrait la porte à Wallid.

Le jeune sortit et alla rejoindre un petit groupe d'hommes qui semblait être sur le point de partir, pelle à la main. Wallid se présenta et fut assez bien accueilli par ses collègues. Un vieil homme d'environ quarante ans[23] s'approcha de lui et lui demanda ce qu'il savait sur les méthodes d'extraction du diamant. Voyant le regard triste en guise d'excuses que démontrait Wallid, il soupira et dit d'une voix paternelle:

— Ce n'est pas grave, mon fils, reste avec moi, je vais te montrer. J'aime ça, entraîner les nouveaux, ils ont un meilleur moral que les autres. Je m'appelle Ismaël Bangoura, je suis Toma[24] et cela va faire deux ans que je travaille ici. Viens, on part.

Wallid n'avait même pas eu le temps de se présenter que déjà, le petit groupe de douze hommes marchait d'un pas rapide. Les événements allaient trop vite et le nouvel employé avait du mal à encaisser ce qui lui arrivait. Il n'avait pas mangé depuis deux jours et commençait à s'inquiéter sur ses forces restantes. Il ne

---

22 Vingt mille francs guinéens correspondent à plus ou moins vingt dollars canadiens, le salaire mensuel moyen.

23 Un adulte de quarante ans est considéré âgé, compte tenu de l'espérance de vie qui est de cinquante ans.

24 Toma est le nom que se donne une ethnie de la Guinée forestière.

savait pas où il s'en allait ni ce qu'il devait faire. L'important, se consolait-il, ce sont les vingt mille francs que je vais recevoir à la fin du mois. Je travaillerai pour me ramasser de quoi partir à Labé. D'ici là, je ferai ce qu'on me demandera, c'est tout.

Le groupe de travailleurs arriva à un trou carré de deux mètres de profondeur. Ils sautèrent dedans et commencèrent à creuser. Ismaël, le vieux qui lui avait offert de lui expliquer le travail, creusait dans un coin des sortes de marches en terre.

— Regarde, petit, ça c'est pour pouvoir sortir du trou rapidement. Il ajouta en chuchotant: c'est aussi pour se défendre, car dans le passé, des groupes d'hommes ont été enterrés par le surveillant. Quand un travailleur trouve une roche diamantifère, le surveillant peut tuer tout le monde de son fusil et nous enterrer pour liquider les témoins. Regarde, d'ailleurs, il arrive, notre gardien.

Un homme au visage mauvais le regardait du haut du trou, le fusil pointé sur ses employés.

— Jamais, jamais tu ne mets ta main à la bouche, tu as compris? dit Ismaël, sérieux. Il va tirer si tu fais ne serait-ce qu'un petit mouvement vers ta tête. Si tu as besoin de te *mettre à l'aise*[25] tu demandes un sac au surveillant et tu te places dans un coin du trou. Je t'expliquerai ce soir. Creuse maintenant.

Creuse, creuse et creuse encore. Wallid avait le dos brisé et les mains en sang. Il avait compris un peu tard pourquoi les autres travailleurs du groupe avaient recouvert de tissu leurs mains pour empêcher le manche en bois brut de la pelle de les écorcher. La seule chose qui lui restait en tête était de creuser et de tenter de rester debout jusqu'à la fin de la journée. Le plus chaud soleil de l'après-midi venait juste de terminer sa guerre contre leur peau et les ouvriers creusaient encore. La douleur ne quittait plus le

---

25 Expression locale signifiant *faire ses besoins*.

corps du jeune homme, rendu trop faible par la sous-nutrition; sa tête se contentait de lui rapporter inlassablement qu'il en avait déjà trop fait pour aujourd'hui, mais il n'y pouvait rien. Le cri de détresse de ses muscles l'interpellait. Il fallait travailler jusqu'au coucher du soleil. Il n'avait plus tellement conscience de ce qui se passait, les pelletées de terre sablonneuse se succédaient et ses yeux ne voyaient plus grand-chose. Après un laps de temps qu'il ne pouvait plus évaluer, le feu du ciel s'éteignit petit à petit dans l'eau de la terre et les travailleurs poussiéreux sortirent enfin du trou qui était devenu si profond que, d'en bas, on ne voyait qu'un lugubre tunnel et le ciel au bout. Les pelletées de sable, à ce point, étaient montées par des seaux attachés à une longue corde. Les hommes, ou ce qu'il en restait, remontèrent et marchèrent jusqu'au bureau central. Là, Ismaël lut — il était le seul à savoir lire — l'horaire du lendemain aux autres travailleurs et tous partirent sans se saluer, morts de fatigue. Wallid ne sachant pas trop où aller, suivit Ismaël dans un petit sentier de brousse.

— Je suis content que tu m'aies suivi, j'ai à te parler, fit Ismaël tout bas. Tu peux venir dormir chez moi si tu n'as pas d'endroit où trouver refuge. Tu m'as l'air un peu désemparé. Il y a des choses qu'il faut que tu saches sur la prospection diamantifère. Viens, ce soir, tu es mon invité.

Wallid remercia la bonté de Dieu qui avait mis ce Ismaël sur sa route. Il aurait été trop dur de dormir sous le vieux camion en panne. Une bonne nuit de sommeil lui permettrait de reprendre des forces pour la journée du lendemain, qui serait certainement encore très éreintante. La femme d'Ismaël reçut l'invité avec un large sourire. La famille Bangoura habitait un petit hameau isolé en pleine brousse. Trois paillotes disposées en cercle clôturaient une petite place centrale sur terre battue. Une dizaine d'enfants couraient deçà, delà, un petit poussait avec un bâton sur un véhicule miniature fabriqué en bambou. Ah, que cette nuit devrait être agréable, se disait Wallid déjà plus en forme. Les deux hommes s'assirent sur un banc bas sous un manguier en fleur et Ismaël demanda à boire à sa femme.

— Je comprends pourquoi vous pouvez supporter ce travail d'esclave depuis si longtemps. Avec une famille comme la vôtre, un homme peut être comblé malgré les difficultés de la vie. C'est un petit paradis que vous avez ici, fit Wallid, flattant volontairement son hôte pour le remercier.

— C'est vrai qu'on est bien ici, mais ce n'est pas l'avis de tous. Plusieurs me disent fou de vivre en retrait dans la brousse. Ils ont peur des bêtes sauvages. C'est drôle, moi, j'adore ça, les bêtes sauvages, c'est tellement bon! Tu aimes le phacochère? Mon aîné a tué ce matin.

— Je dirais que je n'y ai jamais goûté. Ma mère a toujours dit que c'était trop proche du porc et nous sommes musulmans, chez moi. Aujourd'hui, cependant, je ne refuserai rien, je suis affamé! En plus, cela sent tellement bon!

Il prit une grande inspiration et ferma les yeux. De la viande... cela faisait tellement longtemps qu'il n'en avait pas mangé. L'odeur l'enveloppa et le fit saliver.

— Hélène, envoie-nous des brochettes de *phaco*, s'il te plaît.

Les femmes s'affairaient autour du plat de charbon rouge et une fillette aux tresses décorées de coquillages vint porter des jus d'orange, versant dans chaque boîte de conserve, faisant office de verre, une *topette* de gin.

— Il y a des choses qu'il faut savoir quand on travaille dans le diamant. C'est pour cela que je ne laisse jamais un petit comme toi seul au début. De mauvaises idées leur passent toujours par la tête et je ne veux plus voir de jeunes hommes tués en raison de leur témérité. On va manger, et après, je te conterai mes histoires d'horreur; d'ailleurs, j'ai l'habitude de conter des histoires autour du feu. Les enfants aiment bien cela.

La toile du ciel s'était teinte d'indigo et tous avaient bien mangé. Ils étaient nombreux dans cette famille constituée des enfants d'Ismaël et des enfants de son aîné, celui qui avait chassé le phacochère. Celui-ci était père de trois petits, dont le plus jeune n'avait visiblement pas vu plus d'une douzaine de soleils. Sa femme portait le nouveau-né au dos en balayant d'un bouquet de foin les miettes du repas tombées sur la terre battue. Le deuxième enfant d'Ismaël était un gros gaillard qui n'avait pas encore pris femme. Il semblait plus renfermé; il avait certainement hérité du sang de Forestier[26] de son père. Venait ensuite une très jolie fille du nom de Maria. Elle avait un corps de nouvelle femme, et pourtant, affichait la sensualité d'une femme expérimentée. Elle arborait une bouche bien charnue et de grands yeux rieurs qui voletaient souvent vers Wallid. Elle ne s'était pas gênée pour venir à quelques reprises auprès des hommes assis sous le manguier, prétextant le service de quelque chose ou pour quérir les plats salis. Elle savait marcher en faisant rouler ses fesses sous son pagne trop serré, ce qui n'avait pas échappé à Wallid, qui bouillonnait de jeunesse. La peau foncée de Maria luisait aux sommets de ses épaules rondes et nues, attirant l'œil affamé de l'invité. Il devinait la rondeur des cuisses qui mouvaient, enivrantes, sous le tissu frissonnant qui couvrait la fille. Des bouffées de chaleur avaient ravigoté le corps du jeune homme, et ne sachant pas trop comment se contrôler, Wallid fuyait du regard les délices sucrés qui émanaient du corps de celle-ci. S'il devait se délecter du corps de cette jeune femme, cela ne se passerait certainement pas à ce moment où la famille était réunie. Si Dieu voulait bien le combler, il le permettrait la nuit tombée. D'ici là, le respect qu'il devait à Ismaël l'emporterait et il se comporterait dignement.

La nuit était tombée, le temps d'un souffle, et Wallid aida les

---

26 Les Forestiers sont les ethnies de la région de la Guinée forestière.

hommes à allumer un feu au milieu de la place centrale. Les femmes et les enfants s'étaient assis tout autour sur des tapis et chantaient doucement une chanson sur la bonté de Dieu et sur les choses douces de la vie. Wallid ne connaissait pas ce chant catholique qui devait venir de la forêt, loin dans l'enfance d'Ismaël et de sa femme. Cette femme d'ailleurs semblait d'une étrange douceur, comme si elle n'avait jamais crié de sa vie. Chaque parole, chaque geste coulaient sans heurt comme si dans ses veines ne circulait pas du sang, mais du lait. Ismaël avait été choyé par son Dieu en connaissant cette femme qui agrémentait sa vie.

Le feu étant bien pris dans le tas de petit bois, les hommes s'assirent séparés des femmes et des enfants. Ismaël prit la parole, faisant taire tout le monde rassemblé.

— J'ai connu un homme qui a payé de sa vie ses rêves de grandeur, affirma-t-il solennellement, en ponctuant sa déclaration d'un long silence chargé d'émotion. Il avait été gâté par la vie, continua-t-il, énigmatique. Il vivait avec une bonne femme, avait engendré trois beaux enfants et travaillait courageusement à la compagnie de diamant, du matin au soir. Cependant, chaque jour que Dieu faisait, cet homme se rongeait le cœur en se convainquant qu'il était pauvre, qu'il avait hérité d'une vie de misère et qu'il ne désirait qu'une chose: la richesse. Il élabora longtemps un plan diabolique qui le rendrait, selon lui, riche. Il se pratiqua pendant des jours, des semaines et des mois à pelleter la terre en se lançant, sans que personne ne puisse voir, un caillou dans la bouche. Pendant des semaines, il garda une grosse arachide entre ses mâchoires et sa langue, afin de créer une cavité invisible. Quand son plan lui sembla au point, il tenta sa chance. Pendant qu'il creusait dans le trou avec les autres travailleurs, il aperçut une pierre diamantifère de la bonne taille. Sans attendre, il la prit dans sa pelle et projeta la pelletée de manière à faire tomber un peu de sable et le diamant dans sa main. La pelletée suivante, en lançant le sable au dessus de sa tête, il se lança le diamant dans la bouche où il se logea dans la cavité sous la langue. Il aurait été plus facile d'avaler le diamant car il aurait pu parler normalement, mais les surveillants inspectaient les fèces des travailleurs, les obligeant à faire leurs besoins dans des sacs et à heures fixes tous les jours. S'ils trouvaient un morceau dur quand ils pressaient le sac, ils avaient le droit de tirer sur le voleur qui venait de se mettre à l'aise. C'était trop risqué. Ainsi, l'homme garda le diamant dans la bouche le reste de la journée, en s'efforçant de parler norma-lement. Le soir venu, il rapporta son trophée à sa femme et lui dit qu'il allait partir le lendemain, vendre le diamant à Conakry. Il demanda congé au patron de la compagnie, prétextant la mort de son oncle et partit tôt. Ce qu'il ne savait pas, c'était que son patron, alerté par les congés, avait coutume d'appeler à Conakry, chez l'acheteur de diamant et de prévenir celui-ci de l'arrivée potentielle d'un voleur en lui demandant de le faire prendre par la police. Le pauvre homme fut donc arrêté et emmené en prison. Il passa deux mois dans une cellule d'un mètre par un mètre en ciment sous le soleil dévorant. Quelquefois on lui tirait un pain sec et on l'arrosait, ce qui permettait d'emmagasiner des flaques d'eau sur le sol poussiéreux. Il passa deux mois à se ratatiner de jour en jour, à devenir squelette. Au bout de ces deux mois, on vit sortir un paquet d'os desséchés se tenant sur deux bâtons lui servant de jambes. Il prit un long moment à se rendre à la case du sous-préfet où il s'étendit devant la porte d'entrée. Il ne se releva jamais.

Ismaël laissa traîner un long silence et chacun laissa sortir un long soupir, les yeux fixés sur les flammes dansantes. Toute la famille, même les enfants les plus jeunes, avait coutume de ces histoires tristes, comme s'ils savaient tous depuis longtemps l'extrême dureté de la vie.

L'histoire terminée, chacun garda le silence et les femmes

allèrent coucher les enfants. Le feu crépitait et faisait danser des lueurs chaudes sur la peau de Maria. Wallid ne pensait déjà plus à l'histoire triste qui leur avait été contée. Déjà ses yeux glissaient le long des épaules de la jeune fille. Il la regarda gratter de ses longs doigts son mollet qui, sous la pression, semblait avoir la consistance d'une mangue fraîche. Elle discutait à voix basse avec sa mère. Ses lèvres se mouvaient, humides et appétissantes, semblant demander à être dévorées. Chaque mouvement de la tête suivit une ligne lente et gracieuse donnant l'impression d'une danse dans l'eau. Il la scruta longuement, affamé, le sang bouillonnant dans son corps. Il voulait sentir ses odeurs, palper la volupté de ce corps, exploser dans la douceur des sens. Il attendit que le temps lui offre sa chance, ce qui ne fit qu'augmenter sa faim et le faire souffrir. Son corps enflammé suppliait son esprit, engourdissant ses muscles de chaleur. Ismaël appela sa douce Hélène et l'emmena dans une paillote. Tous partirent, laissant d'un commun accord Maria et Wallid seuls au feu. Si les deux jeunes avaient quelques affinités, ils s'uniraient et personne ne pouvait empêcher le corps des autres de faire fleurir leur désir. Si l'un des deux n'était pas enclin à se donner à l'autre, il le repousserait comme il l'entendait. Personne n'interviendrait entre eux, Wallid le savait, mais est-ce que Maria le recevrait? Il n'était pas ce genre d'homme qui avait du plaisir avec une femme qui ne voulait pas de lui.

Il attendit, fixant doucement la jeune fille qui, immobile, regardait le feu. Il ne dit rien, mais se leva et s'avança doucement vers elle. Là, elle leva les yeux et entrouvrit la bouche. Ils se regardèrent, affamés l'un de l'autre, et elle se leva, pressant ses seins sur la poitrine de Wallid qui haletait. Elle partit sans se retourner, esquissant un mouvement de danse invitante en attendant à chaque pas que le jeune homme se presse derrière elle. Lentement, elle avançait vers un sentier de brousse, créant des vagues avec ses fesses, sentant monter leur désir mutuel chaque fois que le jeune homme la rejoignait en la serrant par derrière. Elle entra dans la brousse et s'arrêta devant un minuscule sentier au sable mou. Elle se retourna vers Wallid et fit trembler ses cuisses en détachant son pagne. Des clochettes agitées par les mouvements de bassin rythmaient l'air chaud du soir et Wallid, meurtri de tensions, se jeta sur sa proie à la chair tendre et sucrée. Il la renversa sur le sable encore tiède, dévorant ses seins dressés, empoignant ses hanches moelleuses et bien huilées de beurre de karité. Une tempête de fièvre éclata au milieu des soupirs. Les corps secoués de spasmes délicieux dansaient, endiablés. Les sexes brûlants se heurtèrent, les corps devinrent fous. Deux êtres célébraient la vie sous la lune rieuse, qui devait en voir plusieurs de là-haut.

Fatima Soumah

Fatima, cette petite convalescente du serpent, n'avait pas eu de mal à convaincre le marabout de la prendre comme apprentie. Elle démontrait maintenant une grande maturité pour son âge; ayant vécu des épreuves difficiles, elle avait pris de la force de caractère et de l'assurance. La jeune femme s'exerçait matin et soir, curieuse concernant les différents soins et les plantes médicamenteuses. Elle avait informé son maître de son désir de se spécialiser dans les animaux fétiches et dans la manière de les manipuler et d'en tirer profit. Depuis déjà trois mois, elle était au service du Vieux et avait atteint les compétences de Lansana qui, un peu piqué dans son orgueil, avait mis les bouchées doubles pour maintenir son avance. Malgré cela, elle commençait à le devancer et vint le jour où Lansana explosa. Ils s'étaient obstinés le matin sur les bienfaits de traiter les problèmes de couples devant toute la communauté proche. Le maître avait expliqué, ce matin-là, qu'il fallait toujours s'efforcer de maintenir cette manière guinéenne de régler les conflits entre les époux. Que, depuis toujours, les gens se voyaient contraints de montrer à tous une discorde survenue entre eux. Lansana avait soutenu que cette manière de se mettre à nu devant la collectivité permettait au groupe d'exercer son droit de regard et de coercition. Fatima, elle, avait plutôt opté pour le bienfait de mettre en commun des avis différents afin d'avoir la plus sage solution possible au problème.

— Lansana! Comment peux-tu dire que la coercition exercée par le groupe est une manière acceptable de maintenir l'ordre! Il y en a d'autres plus subtiles et plus sages! s'était écriée Fatima, surprise de s'apercevoir de la faillibilité de son acolyte.

Lansana n'avait pu que répliquer que les deux réponses étaient possibles et qu'il n'avait pas à supporter cette critique personnelle.

— Tu deviens de plus en plus invivable, Fatima, je ne sais pas ce qui s'est passé avec la femme qui avait su toucher mon âme. J'imagine bien que les difficultés t'ont endurci le cœur, mais je ne croyais pas que tu deviendrais hargneuse avec moi! avait ajouté le jeune homme, rouge de rage.

Trop de rage avait été réprimée en lui depuis un certain temps et elle s'écoulait à présent d'une manière qu'il ne pouvait contrôler. Dans le flot de paroles qui avait libéré ses frustrations, il avait enfin avoué les sentiments qu'il avait eus pour la jeune femme amputée. Cette déclaration, qui aurait dû être plutôt romantique, avait en fait eu l'effet d'un verre d'eau glacée qu'on jette au visage. Fatima ne sachant plus quoi ajouter s'était levée, avait quitté la case du marabout et s'était réfugiée chez elle. Elle ne savait plus quoi penser et était allée rejoindre sa grande sœur qui faisait la lessive derrière la maison, entourée de bassins d'eau savonneuse. Les épreuves passées les avaient considérablement rapprochées, ayant même généré une grande complicité. Fatima s'assit sur un petit banc peul et lâcha un soupir qui alerta Binta. Celle-ci laissa sa lessive et s'approcha de sa petite sœur.

— Qu'est-ce qui se passe, ma grande? Il me semblait que le bonheur avait mouillé ton cœur depuis quelque temps et tu m'arrives complètement abattue.

— Ah, Binta, je ne sais plus trop quoi penser. Il m'est arrivé quelque chose de bizarre tout à l'heure. Moi et Lansana avons eu un différend. Je crois qu'il est sensible à moi…

— Non, ne me dis pas que tu n'avais pas remarqué qu'il était amoureux de toi! Mais c'est évident! D'ailleurs, je croyais qu'il t'avait avoué son penchant, fit Binta, faisant mine d'être surprise, moqueuse.

— Il vient de le faire… en ajoutant que ses sentiments venaient de changer. Je ne sais plus quoi penser, ajouta Fatima dans un sanglot. Je crois que je lui en veux de m'avoir amputé le bras. Je ne peux m'empêcher de lui en vouloir, malgré que je… je ne sais pas.

— Tu sais bien, Fatima, qu'un jour, tu devras te marier, et je dirais même qu'il serait grand temps de te trouver un homme assez rapidement, afin de ne pas te faire tourmenter par les autres hommes affamés. Ce n'est pas moi qui te l'apprends, tu as connu ce Nabi Yaya, n'est-ce pas?

— Je sais, je sais, mais Lansana m'a coupé le bras! s'entendit-elle répondre, la voix brisée.

— Fatima, ma grande, consola Binta en prenant sa petite sœur dans ses bras, tout cela, c'est la volonté de Dieu. Personne ne sait où elle nous mène sur les chemins de la vie, mais nul ne peut la contourner. Ce n'est pas tellement Lansana, qui t'a coupé le bras, mais plutôt Nabi Yaya. S'il n'avait pas emporté la rage de Dieu sur toi, Lansana n'aurait pas eu à te sauver la vie.

— Mais, ma Binta, il était improbable que mon animal fétiche puisse me tuer.

— Au contraire, je crois qu'il aurait pu, mais qu'en fait, le serpent t'a poussée dans le cœur de Lansana, que c'est ta destinée.

— Chère Binta, tu es bien sage. Je suis très heureuse que nous nous soyons rapprochées, toi et moi. Tu es ma mère maintenant et j'écouterai tes conseils comme on écoute une vieille, qui a hérité du temps, qui a une vue claire des réalités de la vie. Tu me demandes d'épouser Lansana, je le ferai; ainsi, mon fétiche sera satisfait et peut-être me donnera-t-il la grande chance de faire naître l'amour dans notre union.

— Je ne doute pas que l'amour naîtra, il a déjà mouillé le cœur de ton futur époux. Je n'ai pas eu cette chance quand mon mari et moi nous nous sommes épousés, tu sais. Je te conseillerais aussi de ne pas le connaître avant le mariage, cela salirait à jamais votre union, fit Binta avec un sérieux qu'elle ne se connaissait pas. Elle venait de se rendre compte qu'elle était devenue, avec le départ de sa mère, la plus vieille femme de la famille et qu'elle devrait donc apprendre le comportement d'une personne sage. Ce mariage de Fatima était nécessaire, car elle le savait, aucun homme ne pourrait autant aimer une handicapée que Lansana. Elle devait veiller sur le bonheur de sa sœur. Il fallait donc qu'elle change ses rapports avec les siens. Seulement, Fatima resterait sa petite préférée, comme elle avait été celle de sa mère.

«L'une de Ses Merveilles est de vous avoir créés et répandus sur la terre en êtres pensants[27]» avait dit le vieux marabout en parlant de Dieu ce matin-là à ses deux apprentis. Ils s'étaient tous les trois assis sous l'immense manguier et discutaient des paroles mystiques. Fatima comprenait bien celle-ci, qui semblait venir à point dans sa vie. Elle était heureuse de pouvoir se libérer des idées ridicules de vengeance qu'elle avait eues afin de purger sa peine.

---

27 Coran XXX, 20.

Elle en avait voulu à Nabi Yaya de l'avoir engrossée, mais aussi à Lansana de lui avoir coupé le bras. Seulement, désormais, elle comprenait, grâce au don de la pensée, que la vengeance n'était pas la meilleure solution. Nabi Yaya était plein de haine et d'inconscience. Il n'était qu'un idiot. Lansana lui avait sauvé la vie, elle ne pouvait pas lui en vouloir. Elle s'efforçait toujours de changer ses sentiments. Quelque chose avait ouvert ses yeux, un souffle d'espoir l'emportait. Aujourd'hui, elle se sentait plus légère, son cœur redevenait un diamant clair, nettoyé des idées noires. Elle examinait les paroles du Vieux comme on scrute les pierres précieuses. Enfin, elle avait retrouvé le bonheur, elle avait repris confiance en la vie, en sa destinée, en Dieu. Une flamme d'espoir s'était allumée au plus profond d'elle-même. Elle connaîtrait l'amour d'un homme et, ensemble, ils apprendraient l'amour de Dieu et des esprits. Elle sentit sa poitrine s'ouvrir et eut envie de s'emplir les poumons de toutes les joies qui habitent l'air. Sa vie avait bel et bien un but: celui de générer l'amour et la lumière tout autour d'elle et elle était sur le bon chemin.

La leçon tirait à sa fin et Fatima lança un regard affectueux à Lansana qui, lui aussi, semblait recueillir les paroles du Vieux comme on récolte des fruits bien gros et bien juteux. Le vieux maître termina la leçon et regarda ses apprentis. Tous les deux souriaient et, il n'en doutait pas, il avait reçu de la vie de bons élèves qui le couvriraient de fierté le jour où il ne pourrait plus prendre soin des siens. Il se leva et entra dans sa case d'un pas lent. Les deux jeunes restèrent silencieux sous le manguier digérant encore les paroles du Vieux. Fatima rompit le silence et dit d'une voix douce et sereine que Lansana ne lui connaissait pas:

— Je connais maintenant ma voie, Lansana. Je suis désolée de ne pas t'avoir traité de la manière dont on doit traiter un frère.

— Cela est bien, fit Lansana, surpris de retrouver la lumière qu'il avait su découvrir dans le regard de la femme enfant qu'il avait soignée. Cette lueur qui avait touché son âme s'était rallumée dans les yeux de Fatima. Mais quelle voie s'est offerte à toi? demanda-t-il doucement.

— Je sais maintenant que j'ai le puissant désir d'aider les miens dans les pistes que leur offre leur vie. Je suis assoiffée des paroles du Vieux comme je ne l'ai jamais été. Quelque chose en moi souffle et m'emporte, illumine mon chemin, mouille mon cœur. Veux-tu unir ta vie à la mienne, allier nos savoirs afin d'être toujours plus éclairés?

Lansana ne répondit pas tout de suite, il lui fallait contrôler les élans de son cœur afin de sonder les significations cachées dans ces mots, dans cette importante demande, la demande de sa vie.

Après un long silence où il regarda Fatima droit dans les yeux, il demanda:

— Mais tu ne parles pas d'amour. N'est-ce pas l'amour qui te pousse dans ma vie? demanda-t-il d'un ton inquiet.

— J'aimerais bien que ce soit le cas, fit Fatima en baissant les yeux. Je ne peux pas te mentir même si cela me rendrait les choses plus faciles, j'ai trop de respect pour toi. Non, je ne t'aime pas d'un amour différent de l'amour qu'on porte à un frère, mais j'ai confiance en notre capacité à tous les deux de le faire naître, fit-elle en relevant la tête et en plongeant son regard dans celui de Lansana. N'est-il pas mieux de mettre une bouilloire froide sur le feu de l'amour que de mettre une bouilloire bouillante de passion sur la terre froide? J'ai confiance.

Une vague avait frappé le regard de Lansana qui, les yeux mouillés, semblait incapable de contrôler son cœur serré. L'émotion le prenait à la gorge et, muet, il ne put que prendre la main de Fatima en guise de réponse. Ils restèrent plongés dans les yeux l'un de l'autre, ne pouvant dire un mot.

CHAPITRE 6

~~~

Désillusion et amitié étrangère

Aïssétou Youla

Le soir était chaud et éclairé d'une énorme lune ronde. Les gens déambulaient dans les rues de la capitale, se saluant ici et là d'un *I mama!* pour les Soussous, d'un *Diarama!* pour les Peuls. Aïssétou était tout excitée: ce soir, elle sortait dans un bar où seuls les gens importants pouvaient aller. Elle avait amassé, avec sa copine Ndiaye, l'argent nécessaire pour payer le prix d'entrée et deux *sucrés*, des boissons gazeuses. Ce soir était important. C'était celui où elle allait se lancer dans le monde des grands. On avait même dit qu'à ce bar, nommé le Bananier, se rassemblaient parfois des ministres et des chefs de projets de développement. Il y avait même des Blancs. Une longue marche les attendait afin de se rendre là-bas, mais les deux femmes ne reculeraient devant rien pour connaître les joies des riches. Elles rêvaient toutes deux de trouver ainsi un compagnon de vie qui leur ouvrirait les portes dorées du bonheur et de la richesse et, pour cela, elles s'étaient préparées, afin d'être à leur meilleur. Aïssétou portait une longue robe moulante noire en tissu élastique, comme les Américaines. Elle s'était fait tresser les cheveux avec des mèches et ainsi avait de longues nattes qui tombaient sur ses épaules nues et huilées. Ndiaye portait, elle, une robe très courte, indigo. Quelques brillants collés au tissu scintillaient, luisant à chaque mouvement. Ndiaye s'était modelé les cheveux afin de leur donner une forme de vague qui roulait sur le côté. Celle-ci était allée retrouver sa copine et, ensemble, elles marchaient sur la route asphaltée sans voiture mais remplie de piétons. Tous semblaient changer d'endroit au même moment. Les gens profitaient de cette belle nuit pour se balader à la lumière de la lune. Les jeunes femmes marchèrent près d'une heure et demie avant d'arriver au Bananier. Elles se redressèrent à la vue de l'entrée. Déjà, elles sentaient les regards qui jugent, posés sur elles. Il fallait enlever de leur visage tout sourire, car cela pouvait être considéré comme enfantin. Les vraies grandes dames regardaient toujours les autres avec dédain et c'est ce qu'elles feraient ce soir.

Elles entrèrent dans une cour entourée de hauts murs. De grands arbres ornaient les lieux et leurs feuilles ornées de petites lumières multicolores surplombaient les gens. L'endroit était superbe. Une piste de danse attirait l'œil au centre; des tables, tout autour, accueillaient quelques hommes, confortablement assis, buvant à grandes gorgées de la bière blonde et bien fraîche. Aïssétou, contenant son émerveillement infantile, se mordait les lèvres afin de rester de marbre et d'afficher des allures de grande dame. Elles décidèrent de s'asseoir bien en évidence, tout près de la piste de danse et commandèrent deux coca. Quelques minutes plus tard, un jeune homme coiffé d'une casquette vint et dit, comme s'il récitait une phrase habituelle:

— Mon patron m'a demandé de venir vous inviter à sa table.

Ndiaye, habituée à ce genre de proposition, demanda:

— Qui est ton patron, mon frère, tu sais, entre frères et sœurs, on se comprend. On s'entraide?

— Ouais, ouais, je sais, ma sœur. Mon patron est un cadre dans un projet de développement à Labé.

— Dis-moi franchement s'il est un bon parti. A-t-il de l'argent? continua Ndiaye sans broncher.

— Ne t'inquiète pas. C'est vraiment bon pour toi. En plus, les femmes l'apprécient habituellement.

Sur ce, Ndiaye se leva, arrangea quelque peu ses vêtements et fit signe à sa copine de la suivre. Tout au fond du bar, assis dans une luxueuse paillote, se tenait l'homme qui les avait fait venir. Il les regarda longuement s'avancer vers lui comme pour estimer les caractéristiques cachées sous les vêtements de ses deux invitées. Assez amical, il leur fit un bon accueil.

— Mes beautés, vous sembliez si seules, là-bas, je n'ai pu vous laisser ainsi. Mon chauffeur vous a-t-il fait correctement l'invitation?

Sans attendre de réponse, il continua.

— Mon trésor, fit-il en tendant la main à Aïssétou, tu viens danser? Il se leva et comme si un refus avait été impossible, il tira Aïssétou par le bras. Et toi, s'adressant à Ndiaye, poursuivit-il, je suis certain que tu plairas à l'un de mes amis qui ne tardera pas à venir me rejoindre. Ne vous inquiétez pas, mesdames, avec Ibrahima Touré, on ne s'ennuie pas!

Aïssétou était heureuse. Ils avaient mangé des tas de brochettes de filet et même bu quelques bières, tout cela, payé par cet Ibrahima. Il n'était pas extraordinairement beau, mais avait un charme certain. Un corps bien formé malgré ses cinquante années avouées, de beaux habits américains qui sentent bon le parfum dispendieux mais, surtout, une aisance de grand chef. Les flatteries coulaient de sa bouche avec naturel et originalité, il savait démontrer sa supériorité avec douceur, ne laissant d'autre choix que de se placer sous sa coupe. D'autres hommes vinrent et invitèrent chacun une fille pour la soirée. Ndiaye se fit choisir par un vieux Blanc aux cheveux miraculeusement encore noirs. Il ne disait pas grand-chose, comme intimidé devant le spectacle de cette soirée. Ils burent, dansèrent à en être étourdis, discutèrent de tout et de rien, et finalement, la fin de la soirée se laissait deviner. Les compliments allaient bon train de la part des hommes qui, de cette manière, se garantissaient de la compagnie pour le reste de la nuit. Aïssétou, novice en la matière, se fit embobiner sérieusement, allant jusqu'à croire en un éventuel mariage. Ils décidèrent enfin de quitter les lieux et d'aller terminer la soirée chez Ibrahima, qui se faisait très invitant. Déjà, les mains se baladaient plus librement, les yeux avaient faim.

Les six compagnons de la soirée s'entassèrent dans le camion d'allure sportive, poussant davantage les corps à plus de promiscuité. Aïssétou commençait à être inquiète. Elle n'avait pas l'habitude de ces jeux amoureux et se demandait s'il n'était pas mieux de se sauver avant qu'il ne soit trop tard, mais elle savait qu'elle ne pouvait plus reculer, ayant accepté tous les compliments, les brochettes et les verres. C'est à ce moment qu'elle avait accepté et, maintenant, elle ne pouvait plus refuser de satisfaire celui qui l'avait gâtée toute la nuit. Le chauffeur roulait vers la campagne, et déjà, les couples laissaient libre cours à leurs envies. Ibrahima, le plus haut placé dans la hiérarchie du projet, s'était assis à l'avant, laissant Aïssétou à ses pensées à l'arrière. Ndiaye semblait à l'aise avec son Blanc qui, réchauffé par l'alcool, s'était fait plus empressé. D'ailleurs, Aïssétou les examinait se tapoter du coin de l'œil. De plus en plus nerveuse, elle tentait de se contrôler: elle avait eu la chance d'avoir été choisie par le plus respectable du groupe qui, en plus, n'était pas affreux. Elle se l'imaginait père de ses enfants, mari attentionné, mais elle avait quelques difficultés: il était si vieux, il aurait très certainement pu être son père. Elle rassembla ses idées et s'aperçut qu'elle manquait un peu à ce qu'on s'attendait d'elle. Elle commença donc à caresser l'homme assis devant elle. Ils arrivèrent à une superbe maison entourée d'un mur et gardée par un employé. Tant de luxe se dévoilait devant elle qu'elle ne savait plus comment agir et comment être. Un beau plancher de tuiles immaculées gris pâle, des ampoules électriques cachées par des bols de verre au plafond; les murs étaient colorés de rose pâle et l'air était rafraîchi par un climatiseur. Un vieux domestique les accueillit; encore endormi, il amena des canettes de bière et sortit de la maison par derrière, emmenant son patron Ibrahima. Les doigts d'Aïssétou tremblaient et elle avait soudain froid dans le dos. Le système de climatisation avait tellement rafraîchi la maison qu'elle grelottait. Elle n'était pas du tout habituée à une maison froide. Rapidement, les couples se séparèrent et Aïssétou resta assise toute seule, crispée sur le divan. Ibrahima, qui était sorti avec son domestique, revint et s'assit tout près d'elle, trop près d'elle.

— C'est ta première fois, n'est-ce pas? demanda le vieux Ibrahima, amusé.

— Eh bien…oui. Est-ce que cela vous dérange?

— Ma foi, non! C'est toujours un plaisir de… d'ouvrir le chemin, fit-il encore plus hilare. Ses yeux brillaient et laissaient présager une certaine malice. Ne t'inquiète pas, petite, ajouta-t-il, j'ai l'habitude des nouvelles. Es-tu excisée? demanda-t-il sans aucune gêne, comme s'il posait cette question à toutes les filles qu'il rencontrait.

— Eh bien… non. Est-ce que cela vous dérange?

— Pas du tout, mais ce qui me dérange, par contre, c'est ta gêne. Viens danser, je vais te réchauffer un peu.

Elle connut ce qu'elle rêvait de connaître ce soir-là. Elle se demanda par contre pourquoi elle en avait rêvé. Lorsque ce fut terminé, Ibrahima s'endormit encore couvert de sueur, juste à côté d'elle. «L'important, se dit-elle en tentant de repousser son sentiment de déception, c'est que je lui ai plu. Comme cela, demain, je lui parlerai de notre futur.» Elle planifia toute une stratégie pour le lendemain. Elle se lèverait avant lui et irait se refaire une beauté dans la salle de bains. Wow! il y avait de vraies toilettes blanches en céramique de type américaine dans la maison et elle avait été tout intimidée de les utiliser. D'ailleurs, elle ne savait pas trop comment cela marchait, car le bol allait rapidement se

remplir; le récipient étant déjà à moitié rempli d'eau était beaucoup trop petit, et il semblait difficile d'aller le vider à l'extérieur.
Aïssétou se préparait mentalement à ce qui devait se passer au
petit matin. Lorsqu'il ouvrirait les yeux, elle ferait tout ce qu'il
lui demanderait et serait bien soumise. Il fallait maintenant qu'il
la marie, et pour cela, elle comptait bien tomber enceinte. Elle
pria Dieu de lui insuffler une vie en son ventre et s'endormit.

Le lendemain ne se déroula pas comme elle l'avait prévu. Elle
se fit réveiller par Ndiaye qui cognait à la porte.

— Nous partons, le chauffeur vient nous ramener à la maison.
Dépêche-toi, nous t'attendons dans la voiture, fit-elle, pressée.

Ibrahima n'était plus là et elle ne le revit même pas avant de
partir. Elle s'efforça tout de même de localiser la maison de
l'homme qui avait partagé sa nuit afin de pouvoir y revenir si elle
avait reçu de lui un enfant. Quand elle arriva à la maison, tous ses
espoirs s'écroulèrent en un instant, l'instant d'une phrase que
lança le chauffeur:

— Les filles, ne vous mettez pas dans la tête de revenir impor-
tuner les messieurs, ils sont mariés, vous savez. Vous n'avez aucune
chance avec eux, ils ne sont pas des vôtres: à chaque caïman son
eau!

«À chaque caïman son eau, à chaque caïman son eau, pour qui
il se prend, ce petit chauffeur pitoyable!» pensait Aïssétou, enfin
seule dans sa petite maison sombre, son petit chez-soi, son endroit
à elle où elle se sent bien. Elle repensait à la veille, avec un arrière-
goût de dégoût. Elle se lava longuement, comme si elle voulait
éliminer ses mauvais souvenirs. L'ivresse l'avait compromise;
non, elle s'était compromise elle-même. Elle pleura doucement
sur son enfance perdue, sur ce que l'avenir lui réservait de triste;
elle en était certaine, jamais elle n'atteindrait les buts qu'elle
s'était fixés lorsqu'elle était enfant, il n'y a pas si longtemps. Elle
se prépara un café bien sucré afin de trouver un peu de réconfort,

mais la tristesse ne décollait pas de sa peau, ni en se lavant le corps ni en purgeant l'intérieur de celui-ci par du liquide. Il ne fallait pas rester seule dans ces moments, elle le savait. Elle se résolut donc à se rendre chez Ndiaye. Elle marcha lentement, essayant de se remplir le cœur des petites beautés qui s'offraient à sa vue et, finalement, arriva un peu réconfortée chez sa copine. Celle-ci semblait, elle aussi, d'une humeur fade.

— Je me demandais si tu allais bien, fit Aïssétou, lorsque Ndiaye, muette, lui fit signe d'entrer.

— Bah, souffla-t-elle sans entrain. Je ne sais pas trop, je ne me sens pas tellement bien, ce matin. Je crois que je suis un peu fatiguée de tout cela. Je n'ai plus envie de faire semblant de m'amuser, de jouer à la dame qui boit du coca comme de l'eau. Tout ce que je veux, c'est de me trouver quelqu'un! Ce n'est pas si compliqué, il me semble. Chaque fois je me fais ainsi prendre dans les filets des mains sales de Blancs, continua-t-elle en se laissant tomber dans son fauteuil en rotin à la couleur de sa peau. Au début, cela me plaisait de plaire, mais maintenant, je voudrais autre chose.

— C'est drôle, moi, c'était la première fois et je suis déjà fatiguée. Je ne vois pas comment je pourrais supporter cela plusieurs fois, soupira Aïssétou en s'asseyant sur une chaise droite. Comment elles font, les autres filles?

— Je crois qu'elles ne se compliquent pas la vie et apprennent à apprécier le peu qu'elles reçoivent. Dans le fond, ce n'est pas très bien ce que nous faisons. Dieu seul a la clé de nos vies et quoi que nous puissions faire, sa volonté l'emporte sur la nôtre. Je crois que cela m'a pris trop de temps avant de comprendre, mais maintenant, je sais ce que je veux. À la fin des cours, je retourne chez nous, dans le Fouta Djallon, et je m'en remets à mon père pour me choisir un mari. Tu sais, chez nous, les Peuls, c'est comme ça que ça a toujours fonctionné dans le passé et je crois que ce sera toujours ainsi, j'en suis la preuve même. Tout ce que je voulais, dans le fond, c'était de choisir moi-même mon mari, je voulais être une femme moderne. Mais toi? Toi, tu es une Soussou, comment comptes-tu t'en sortir?

— Eh bien, je te dirais que chez nous aussi c'est assez simple. L'homme qui me désire et que je considère acceptable me prendra. Si un enfant naît, il y a de bonnes chances pour que l'homme me demande en mariage, mais il n'est pas obligé. Il y a des familles où les parents ne se sont jamais mariés, mais qui vivent dans le même village depuis longtemps. Moi, je voulais trouver un mari à la ville. Chez nous, à Madinagbe, les gens sont pauvres et moi je voulais être riche.

— Tu sais, Aïssétou, si c'est l'argent qui t'attire, tu peux toujours venir tenter ta chance auprès de mon frère. Il cherche une femme, car il est le futur chef de notre famille, il est l'aîné. Avant que mon père, le chef actuel, quitte ce monde et ainsi ses fonctions, il doit se marier. Mais je ne te promets rien. C'est ma mère qui décide de la future épouse et je ne sais pas si elle te considérera; tu es une Soussou et, en plus, non excisée, ajouta-t-elle, un peu embarrassée par cette marque d'infériorité que laissaient présager ses paroles. Je peux t'emmener si tu veux tenter ta chance. Ce serait bien que l'on devienne ainsi des sœurs.

Aïssétou réfléchissait sérieusement à la proposition. Elle ne pouvait pas passer à côté de cette chance d'entrer dans une grande famille. En plus, elle serait la première épouse, celle qui dirige les autres femmes subséquentes. Aussi, elle bénéficiait d'un contact de premier ordre par Ndiaye: peut-être la mère se laisserait-elle influencer.

— Oui, Ndiaye. J'aimerais bien tenter ma chance au sein de ta famille; seulement, crois-tu vraiment que mon origine peut jouer beaucoup dans l'affaire? Ta famille accepte-t-elle bien les Soussous?

— Pas tellement. Tu vois, mon père est l'imam d'une mosquée à Labé. Il a toujours dit que les Soussous étaient des infidèles, alors, peut-être devrais-tu cacher un peu tes origines et te montrer très pieuse.

— Cela peut se faire, fit Aïssétou qui refusait de se laisser décourager, mais qui ne se réjouissait pas d'avoir à renier ce qu'elle était réellement: une Soussou.

Néanmoins, elle devait saisir cette chance si Dieu la lui offrait. Si elle échouait, ce serait aussi la volonté du Très-Haut. Elle avait oublié depuis trop longtemps la fatalité de l'existence et, maintenant soulagée, elle remettait sa vie entre les mains de Dieu avec confiance, comme on lui avait toujours dit de le faire. Ainsi, elle partirait pour le Fouta à la fin des classes. Cela lui plaisait aussi de visiter d'autres endroits que la région côtière qui l'avait vue naître. Jamais elle n'avait aperçu les montagnes, les villages de bergers peuls. L'on disait même que d'énormes troupeaux de bovins paissaient partout dans les immenses plateaux où l'air était frais. Déjà, elle rêvait du futur voyage qu'elle effectuerait aux côtés de Ndiaye, dans ces paysages nouveaux et fabuleux. En fait, elle pensait davantage au périple qu'au frère de Ndiaye. Elle ne voulait plus y réfléchir, car Dieu se chargerait de la conduire vers sa destinée.

Wallid Sylla

Du sable, du sable partout. Dans les yeux, dans les cheveux, dans l'air et dans les idées. Les travailleurs du diamant comme Wallid méritaient doublement leur maigre salaire du mois. Les bras gonflaient et se boursouflaient de plusieurs muscles. Les jambes se durcissaient, se contractaient à chaque mouvement. Les travailleurs de la pelle puisaient des diamants, le symbole ultime de grand luxe, de leurs bras de miséreux. Ils avaient acquis une réputation d'hommes vaillants et forts, autant physiquement que moralement. Wallid accomplissait sa tâche avec courage, ne rechignant jamais devant le dur labeur. Une idée le maintenait, le motivait, celle de terminer son troisième mois de travail afin de recevoir sa paye, sa dernière. Il avait mis Ismaël au courant de ses plans, qui était devenu une sorte de père pour lui depuis qu'il avait accepté l'invitation d'habiter avec sa famille. Il amasserait suffisamment d'argent pour se rendre jusqu'à Labé, chez son oncle qui, espérait-il, l'emploierait dans un projet de développement.

Ayant travaillé trois mois et économisé sur le logement en habitant avec Ismaël et sa famille, Wallid avait amassé une belle petite somme qui le tiendrait à l'abri du besoin. Il n'avait eu qu'à débourser une petite somme par semaine pour payer sa nourriture délicieusement cuisinée par Hélène. Maria, avec qui il s'était uni un soir, avait accepté sa compagnie pour un temps, mais ayant été mise rapidement au courant du départ prochain de son nouvel amoureux, s'était éloignée et avait refusé de partager de nouveau sa couche. De cette manière, rapidement elle s'était trouvé un autre compagnon au village, ce qui, dans le fond, avait soulagé Wallid. Trois mois s'étaient écoulés dans les champs de diamants, trois mois durant lesquels il s'était interdit de voler ces petites pierres à l'apparence si ridicule, mais qui représentaient une garantie de richesse pour sa vie entière. Il avait résisté à l'envie de tenter sa chance, résisté au rêve d'être riche, très riche. Quelques-uns avaient essayé l'impossible, mais les dirigeants de la compagnie avaient toutes les astuces et des yeux partout, et savaient garder leurs richesses pour eux seuls. Wallid, lui, n'avait même pas risqué une idée, ayant peur de se faire repérer, car il était persuadé que même les pensées des travailleurs étaient surveillées. Des ouvriers se faisaient prendre pour n'importe quoi, se faisaient expulser sans aucune explication. C'était pour cela que les travailleurs avaient appris à marcher sur des œufs, à se faire invisibles. Trois longs et pénibles mois allaient se terminer, il allait enfin partir, tenter sa chance ailleurs. Enfin, tous les travailleurs furent payés. Plusieurs allaient démissionner en même temps que Wallid, d'autres allaient les remplacer et connaître la douleur musculaire.

Wallid avait finalement remercié chaleureusement Ismaël et sa famille. Il leur avait donné quelque mille francs guinéens comme cadeau d'adieu, mais aussi, il avait promis de donner le nom d'Ismaël au premier garçon dont il serait le père. Cela était la plus grande marque d'affection que Wallid pouvait faire et son hôte, ému, avait eu du mal à le laisser partir. Le jeune homme était tout de même parti, promettant de revenir un jour.

— Un jour, je viendrai te présenter mon Ismaël! Tu verras comme il sera beau et fort!

Le taxi-brousse serpentait difficilement dans les montagnes. Les heures étaient passées en rapprochant les passagers du ciel. Tant de montagnes avaient été escaladées par l'engin pouvant à peine se vanter d'être un véhicule; le temps s'était rafraîchi, les palmiers avaient disparu pour laisser la place à d'immenses plaines tachetées de vaches aux robes couleur de feu. De temps en temps, le taxi devait s'arrêter pour laisser passer ces énormes bovins qui barraient la route. Au pays de la vache, le royaume des Peuls, de grands espaces défilaient de chaque côté de la voiture; l'homme était petit, ici, perdu dans d'immenses pâturages. Wallid frissonna. L'air s'était considérablement refroidi et les fenêtres du taxi, des trous percés dans la carrosserie de la fourgonnette, ne pouvaient pas se fermer. Arrivé à Labé, Wallid descendit à l'entrée de la piste qui menait au projet de développement de son oncle. Il marcha d'un pas rapide, car la nuit étant tombée, il faisait un froid insoutenable pour ce côtier venu des grandes chaleurs. Arrivant à un ensemble de maisons de style occidental, Wallid se fit arrêter par un gardien coiffé d'une grosse tuque de laine et enroulé dans une longue couverture rouge.

— Eh, toi là-bas! Tu as un ordre de mission?

— Qu'est-ce que c'est, un ordre de mission?

— Mais tu te crois où, ici, le paysan? Non, mais c'est pas possible, ça ne connaît même pas ce qu'est un ordre de mission et ça croit que je vais le laisser entrer dans le village du projet! Allez! Va, ne reste pas là, les Blancs vont m'engueuler s'ils te voient dans leur village.

— Tonton, attends, supplia Wallid. Je viens voir mon oncle Touré, Lamarana Touré. Il est là?

— Qu'est-ce que tu lui veux, à ton supposé oncle? Je connais ça, moi, les gars dans ton genre qui sont attirés par l'odeur de l'argent. Oust! Là-bas, pars là-bas!

— Envoyez quelqu'un, je vous dis, il sera fâché s'il apprend que vous avez chassé son Wallid. Allez, allez; commissionnez un petit, vous verrez! continua le jeune homme avec une pointe de défi dans la voix.

— Awa Awa[28], mais si ce n'est pas vrai, je vais te bastonner, moi!

Sur ce, il commissionna une fillette, écrasée sous le poids des trois chandails qu'elle portait, et celle-ci partit en courant vers une énorme case de briques jaunes. Tout le village était illuminé de lampes accrochées à de longs poteaux. Des jardins de fleurs avaient été plantés. Wallid se demanda pourquoi on avait mis en terre des plantes à fleurs inutiles et se dit qu'il ne comprendrait jamais les Blancs. «Les fruits et légumes servent à être mangés au moins!» se disait-il. La fillette revint et dit en poular que monsieur Touré était au petit bar et qu'il demandait à voir son neveu. Wallid, qui comprenait un peu ce dialecte, comprit et se dépêcha d'entrer par la porte grillagée et demanda à la petite de l'y conduire.

Monsieur Touré était un homme important. Cadre du projet

28 Signifie: *allez, vas-y* ou *O.K., O.K.* en soussou.

et chef du génie rural, il avait une très bonne position. Âgé d'une cinquantaine d'années, il semblait vivre grassement, ayant pu épouser une jeune et jolie femme malgré la doublure de gras qui enrobait sa taille. Il était là, sirotant une bière avec quelques autres hommes importants. «Ce sont probablement ses collègues de travail», se dit Wallid. Un Blanc assez bavard était assis avec eux et il contait une histoire avec tant d'entrain qu'il s'était levé de sa table et, jouant l'idiot, faisait rire ses amis. Wallid se décida à se présenter et avança vers le groupe. Il dut attendre quelques minutes, debout aux côtés de son oncle avant que celui-ci, attiré par des regards posés derrière lui, s'aperçoive de la présence de son neveu.

— Mon fils! s'exclama-t-il avec une chaleur sincère. Je vous présente le fils de la sœur de ma première femme! fit-il en le prenant par les épaules. Qu'on apporte une chaise, cria-t-il enfin, se rendant compte de la gêne de Wallid.

Le jeune homme ne savait pas trop comment il devait réagir. De hauts dignitaires du pays posaient le regard sur lui! Il serra une à une les mains de tous les gens assis autour de la table et quelqu'un amena une chaise. Aussitôt qu'il fut assis, la discussion continua en français comme si rien ne s'était passé. Le Blanc discutait et personne ne l'arrêtait. Il est vrai que ce qu'il racontait était assez cocasse. Il narrait très rapidement plusieurs histoires qui se terminaient par des rires. Quelquefois, il gesticulait, imitait des gens aux comportements déplacés et, de fait, se rendait un peu ridicule. Aucun Guinéen n'aurait autant osé manquer de respect envers soi-même devant un groupe; mais de la part d'un étranger, on excusait ces manières bizarres. Wallid écouta sans dire un seul mot de la soirée. D'ailleurs, visiblement, il n'avait pas droit à la parole. On lui apporta un coca sans qu'il ait même eu le temps de commander et il se cramponna à sa bouteille comme à une bouée afin de ne pas sembler perdre pied, même si, dans le fond, son sourire était davantage dû à la crispation qu'au plaisir. Tant de paroles difficiles à comprendre coulaient des bouches; Wallid se débrouillait en français, car il avait fait ses classes jusqu'à la cinquième année, mais il aurait eu énormément de difficulté à composer une phrase esthétique, art que chaque homme se devait de maîtriser dans sa langue. À cause de cela, il n'osa ouvrir la bouche, il n'en n'avait pas le droit; d'ailleurs, selon les lois du respect envers son oncle, il se contenta de rire quand les autres riaient. Quand les effets de la bière firent trop échauffer les esprits, un homme prit la parole. Une aura de respect semblait l'avoir gardé dans une position dominante, malgré son mutisme d'homme sage. L'homme dont émanait une incontestable prestance de chef se leva, prit la parole et tous se turent en tentant d'enlever le voile alcoolisé qui embrumait leur regard.

— Je considère qu'il est grand temps de retrouver l'acuité intellectuelle que procure le lit, je propose donc à tous ceux à qui j'ai l'habitude de prendre la main[29] de suivre la voie de la sagesse et de contenir les débordements de la parole, déclara-t-il habilement, comme si la phrase qui sortait de sa bouche avait été sculptée par un artiste.

Les mots étaient soigneusement travestis par des enjolivements discrets et merveilleusement insignifiants qui rendaient incompréhensible leur réel sens aux oreilles indiscrètes des tables voisines, tout en étant clairs pour les interlocuteurs. Cet homme, par cette démonstration cuisante de la maîtrise du verbe, montrait aussi sa position dominante au sein du groupe. Il inclina la tête en guise de salutation et quitta la table, attirant les regards bien malgré lui. Trois membres de la tablée se levèrent et le suivirent en saluant les autres de la main.

Wallid, encore intimidé, commençait à ressentir la fatigue,

---

29 Comportement démontrant l'amitié en Guinée.

mais pour rien au monde, il ne voulait déranger les trois hommes qui restaient. Il dut attendre encore une demi-heure avant que son oncle ne décide de quitter le bar. Tous les hommes qui restaient se levèrent et suivirent monsieur Touré jusqu'à la barrière de la cité du projet, où ils partirent chacun vers une case différente. Wallid n'avait pas encore parlé, mais il savait que son oncle le logerait cette nuit. Personne n'avait le droit de refuser l'asile à une connaissance et encore moins à un neveu. C'est ainsi que les deux parents se trouvèrent enfin seuls et purent donc discuter.

— Oncle, je viens vers toi. Je te demande de m'accueillir dans ta maison pour ce soir.

— Allons, mon fils, viens, tu sais bien que je ne te refuserais rien! fit-il d'un ton paternaliste. Tu prendras la dépense, il y a un matelas de foin, tu y seras à ton aise. Demain, nous discuterons plus amplement.

Il tourna les talons et entra dans une belle maison rectangulaire de briques jaunes. Un minuscule cabanon annexé à la maison s'offrait à Wallid et, malgré l'odeur de gibier récemment dépecé, il trouva la dépense au toit de tôle plus que confortable. Une porte de bois donnait sur un matelas qui prenait toute la superficie du cabanon, laissant un mince couloir permettant d'ouvrir la porte à moitié. Il s'affaissa sur le lit et s'endormit sans aucune peine. Une nouvelle partie de sa vie commençait.

— Que crois-tu pouvoir faire ici? demanda, embêté, l'oncle Touré. Tu n'es ni chauffeur ni domestique, que peux-tu offrir à notre projet?

Wallid, déçu, tentait de savoir ce qu'il pouvait faire. En tant que neveu de l'un des cadres, il se ferait facilement embaucher, mais il ne savait rien faire. Le jeune, toujours dans ses pensées, ne répondait pas. Il se demandait incessamment de quoi il était bâti, de quoi il était rempli. Devant ce triste tableau d'un homme qui se rend compte qu'il ne se connaît pas, Touré tenta une réponse:

— Sais-tu t'occuper d'un jardin? le questionna-t-il, comme s'il venait tout juste de trouver une solution. Mais oui! s'écria-t-il. Le directeur général vient de renvoyer son jardinier. Un fainéant, celui-là, je te dis. Mais toi, tu ferais certainement l'affaire.

— Je planterais des plantes à fleurs? Je crois qu'il faudra que vous me donniez quelques renseignements, tonton, répondit Wallid, peu certain de posséder les savoirs nécessaires à cet emploi.

— Mais si, mais si, mon grand. Mais avant tout, je vais te donner un conseil.

Wallid connaissait l'importance qu'avaient les recommandations. Quand un vieux parlait, il fallait l'écouter et y réfléchir sincèrement. Les mots d'un vieux représentaient pour Wallid l'un des plus beaux cadeaux qu'un homme peut recevoir. Il baissa la tête et attendit la parole offerte par son oncle.

— Ne montre jamais ton visage démoli par une quelconque faiblesse à aucun œil autre que celui de ton père. L'erreur est possible, certes, la faiblesse et la peur aussi, mais jamais tu ne gagneras le respect d'autrui si tu ne te respectes pas toi-même, fit l'oncle en ponctuant son affirmation de pauses et d'intonations superbement bien placées.

— Merci, tonton, fit Wallid, comme s'il venait de recevoir des paroles sacrées.

Il n'avait pas connu les joies d'avoir un père, ayant toujours habité avec sa mère et son frère, et soudainement, il ressentit toute la tristesse de ce qui lui avait manqué. Une bouffée de chaleur dégela sa mélancolie habituelle et enfin, il le savait, il allait connaître une vie meilleure ici, entouré de tous ces gens bizarres.

À l'ombre du manguier

Il n'avait pas su vraiment qui serait son patron, mais lorsque Wallid s'aperçut qu'il aurait affaire au grand patron, au chef des cadres, il eut peur. Cet homme qui avait un comportement si ouvragé, des manières si artistiques et qui parlait comme seuls les rois africains peuvent le faire, lui glaçait les membres de peur. La première fois qu'il l'avait vu, au petit bar, il avait tout de suite reconnu le directeur du projet. En grand boubou blanc, il n'avait ouvert qu'une fois la bouche, mais c'était suffisant pour prendre conscience de son importance. Sa peau dorée et d'un beau brun trahissait par contre une certaine douceur. Si ce n'était du conseil qu'il avait eu l'honneur de recevoir de son oncle, il se serait bien soumis aveuglément, tremblant de crainte devant le maître. Le directeur, exhalant l'honorabilité, le parfum des grands hommes, serait son patron. Mais il ne devait pas faiblir, il agirait en se respectant lui-même, même si la soumission totale semblait plus facile.

C'est ainsi que Wallid commença à arroser, soir et matin, les arbustes chargés de feux d'artifices colorés mais inutiles. Il apprit à tailler les bananiers, coupant la fleur lorsque le régime comportait plus de cinq mains, le coupant quand on avait récolté ses fruits, afin de permettre au rejet de se développer. Il cueillait les papayes tout en haut du long tronc lisse, grimpant avec aisance ces arbres à fruits, car il était habitué de monter aux palmiers. Il se plaisait dans sa nouvelle vie, habitant la minuscule dépense qui était devenue son chez-lui, sa maisonnette confortable. Tranquillement, il s'intégrait aux gens du projet, aux voisins et à leurs femmes et fut rapidement connu de l'ensemble de la cité. Un jour où, particulièrement fier des résultats de son travail, il s'était assis sous une cascade de fleurs roses et jaunes qui embellissaient l'affreuse clôture barbelée qui limitait la cité, le directeur vint vers lui :

— Je suis content de toi, Wallid. À la réunion hebdomadaire, il a été question du bel environnement fleuri que tu nous donnais. C'est bien. Je crois bien que tu es le seul à avoir compris pourquoi il était bien d'apprécier les fleurs. Mais je sais aussi que, pour apprécier ces choses de la vie, on doit avoir la poésie dans son cœur, ce qui est, de fait, très difficile quand la vie nous fait affronter la faim et la souffrance. Tu sais, les fleurs sont les preuves données par Dieu de la beauté de la vie. Elles naissent comme nous, peuvent être issues d'une terre impure et sale, mais éblouissent de pureté et nous montrent l'odeur que procure une vie saine.

Sur ce, il était parti, laissant Wallid pensif, toujours assis sous un ciel fleuri. Les *Fotés* emmenaient parfois du bon malgré leur amour parfois incompréhensible des choses futiles. Ils avaient de drôles de manières, ces Blancs! Wallid décida tout à coup d'en approcher un. Il se décida à parler au vieux, coiffé de cheveux blancs si légers qu'ils volaient au vent comme des plumes d'oisillon. Souvent, cet homme, que l'on appelait monsieur Bouchard, allait s'asseoir tout seul sous une paillote en sirotant un whisky. C'était décidé, Wallid irait le voir, il voulait en savoir plus sur les Blancs, ceux qui vivent dans des paradis lointains, ceux qui mangent des pains mous. Leur nourriture était, selon ceux qui avaient eu la chance de visiter leur pays, si molle qu'un vieux qui n'a plus de dents pouvait croquer dans leur sorte de sandwich nommé *hamburger*. Était-ce vrai, toutes les histoires qu'on racontait? Les énormes cocas que l'on boit dans des tonneaux de carton ciré? Et toute cette richesse! Il voulait savoir comment grand était le bonheur des hommes riches.

Il mourait d'envie de savoir pourquoi les Blancs voulaient monter sur des montagnes pour rien. Une fois, il avait entendu parler de gens qui se tuaient à vouloir monter sur des sommets où il n'y avait personne et où on ne pouvait rien y faire. «Mais qu'est-ce qu'ils vont foutre là-bas?», se disait-il. Il voulait aussi entendre les histoires d'énormes oiseaux, gros comme des petits hommes, qui marchent et qui nagent dans de l'eau où flotte de la glace. Mais aussi des humains blancs mi-hommes mi-femmes qu'ils appellent *hermaphrodites*, et surtout de la vie de palais pour tous. Wallid n'y croyait pas trop. Souvent, les gens racontaient de fausses histoires pour se rendre intéressants, et il le savait. Aussi, tout en réfléchissant, se disait-il que, peut-être, il ne travaillerait pas très longtemps au sein de ce projet, car personne ne savait quand les Blancs allaient quitter la Guinée. Il se résolut donc à profiter du temps qu'il avait pour connaître ces albinos naturels. Peut-être apprendrait-il comment devenir si riche?

Un soir, au coucher du soleil, ayant terminé son travail, il entreprit d'aller parler au Blanc du nom de Bouchard, sûrement une famille de boucher, ce qui n'était pas très noble; ainsi, il ne devait pas être trop difficile d'approche, s'était-il convaincu afin de s'encourager. Il avança jusqu'à la paillote et salua le vieux qui, surpris de se faire interpeller, dévisagea Wallid en répondant d'un ton dur:

— Qu'est-ce qu'il y a encore?

— Oh rien, patron — tous les cadres du projet étaient ses patrons — je me demandais si vous aviez besoin de compagnie. Vous savez, chez nous, en Afrique, on ne laisse jamais son patron s'ennuyer.

— On sait bien, continua le Blanc d'un air mauvais, on ne peut jamais avoir la paix quand on est Africain, tout le monde vous bouffe votre liberté. Non, c'est vrai, je suis un peu dur… que me voulais-tu, déjà?

— Je m'offrais pour faire la discussion, mais je vois que vous croyez n'avoir besoin de personne, s'entendit répondre Wallid.

Il s'aperçut de l'impolitesse dont il venait de faire preuve et se mit à regretter ces dernières paroles offensantes. Il savait qu'un si grand manquement devant un supérieur pouvait lui coûter son travail, mais il était trop tard.

— Eh bien! Un Africain qui veut discuter avec moi. Viens, petit, on va parler de choses sérieuses, fit-il avec une étrange lueur au fond du regard.

Bouchard continua et fit un étrange sourire faisant apparaître des dents jaunes qui juraient avec la couleur de sa peau. Wallid tentait de détacher ses yeux des traits du visage de son interlocuteur; ses yeux scrutaient malgré lui toutes les particularités des corps de Blancs. La fente qui lui servait de bouche laissait présager des baisers d'une froideur coupante sur la peau d'une femme. Les poils de sa barbe faisaient irruption sur ses joues comme des aiguilles noires sur une peau semblable au pis d'une vache. Il aurait bien voulu toucher à ces cheveux si mous et indisciplinés qui, s'imaginait-il, devaient glisser entre les doigts comme de l'eau. Il se ressaisit, se rendant compte qu'il ne fallait pas que l'on s'aperçoive que c'était la première fois qu'il voyait un Blanc de si près.

— Oui, Vieux, qu'y a-t-il de si sérieux, fit Wallid avec grand respect.

— Petit, d'abord, on ne doit pas appeler un Blanc «vieux», je n'ai que soixante ans, tu sais, fit-il en se retenant de rire. Mais je sais que c'est gentil quand vous dites cela ici, continua-t-il. Sais-tu pourquoi nous sommes ici? fit-il sur le ton d'un instituteur qui demande une leçon à un enfant.

— Bien sûr, patron, vous êtes venus nous aider à nous organiser et à améliorer nos manières de faire en nous donnant aussi beaucoup d'argent, répondit-il avec fierté.

— Comment ça, de l'argent! «Encore un autre qui croit que les Blancs sont des chèques en blanc et qu'il faut, si on est brillant, en abuser. C'est ça, le problème, avec ces gens-là», se dit-il à lui-même.

Bouchard se retourna vers Wallid pour continuer d'un air interrogatif:

— Vous ne comprenez pas que vous vous tirez une balle dans le pied?

Il avait adouci le ton et semblait heureux de pouvoir parler avec quelqu'un de ce qu'il croyait bon, et quelque chose dans sa voix laissait croire qu'il désirait réellement dire ce qu'il avait sur le cœur.

— Nous, on vient seulement pour vous aider à développer vous-mêmes des infrastructures, mais vous bouffez tout l'argent sans même vous soucier qu'on puisse bâtir quelque chose. C'est vraiment déprimant de travailler ici, tu sais. Tu sais ce qui nous motive à venir ici, quand on est là-bas? C'est de vous aider à vous prendre en main et non de vous guider comme des parents. Seulement, dès que nous arrivons, nous sommes aux prises avec une réalité toute autre. Ici, les gens ne veulent pas travailler, ils ne veulent rien d'autre que de nous faire cracher des billets pour enrichir ceux qui sont déjà plus riches que la population. J'avoue que je n'y comprends plus rien. On s'est fait prendre tout l'argent que nous voulions apporter ici chez les groupes les plus pauvres par les gros que vous appelez «patrons» et que vous traitez avec le plus grand respect.

— Ah, je croyais que ce projet allait bien, les gens ne semblent pas agités par des problèmes, ajouta Wallid, mal à l'aise et regrettant maintenant de s'être avancé vers le Blanc.

Il ne voulait pas avoir un cours sur les projets de développement. Tout ce qu'il savait, en fait, c'était que les Blancs qui avaient pitié et trouvaient affreuse la vie africaine envoyaient tout plein d'argent que les plus riches que lui pouvaient ramasser. Un jour, il avait vu cette grosse machine qui servait à prendre les images qui bougent et que l'on voit à la télévision. Des Blancs avaient filmé les enfants de sa voisine qui jouaient autour de la case. Ils étaient tout crottés, et la mère, qui était arrivée sur le fait, s'était mise à crier, indignée. S'ils voulaient prendre des images, il fallait le dire d'avance afin qu'elle puisse nettoyer les enfants et les habiller de leurs plus beaux vêtements. Pauvre femme, elle qui était si fière, elle avait eu très honte. Wallid, voulant changer de sujet afin d'alléger la discussion, se mit à vanter les efforts des Blancs, comme tout bon employé guinéen sait le faire. D'ailleurs, il était fréquent qu'un griot, un homme qui se fait payer pour chanter des louanges, passe par là, et il avait entendu toutes les flatteries possibles à faire aux gens du projet. Mais Bouchard, perplexe, écouta les louanges et continua:

— Justement, Wallid, les gens d'ici ne se rendent pas compte que tout ce qui se fait en ces lieux ne vaut rien à long terme. Ce n'est pas ça qui améliorera vos conditions de vie. Moi, je m'en vais bientôt chez moi au Canada, c'est pour cela que je n'ai pas peur de te parler franchement. D'ailleurs, c'est pour cela qu'on me retourne chez nous, parce que je n'ai pas assez peur de dire ce que je pense. Ils appellent cela une *évacuation sanitaire*.

— Mais monsieur, s'entendit répondre Wallid avec courage, vous allez nous quitter, mais pourquoi?

Bouchard prit une grande bouffée d'air chaud du soir et regardant sa paillote s'obscurcir, il se leva pour allumer les lampes au gaz accrochées aux poutres qui soutenaient le toit. Il commença à dévoiler sa vie, comme un vieux sait le faire. Il raconta son arrivée et dit qu'il avait eu peur des gens, tellement ils étaient différents. Il expliqua qu'eux, les Blancs de chez lui, ne sont pas habitués aux Noirs. Plus il parlait et plus Wallid trouvait que cela ressemblait étrangement aux sentiments qu'il éprouvait lui-même face au Blanc. «Un monde les séparait mais, en fait, leur réaction était la même», se dit Wallid. Le vieux Blanc continua en une sorte de monologue, mais s'arrêta tout à coup pour s'écrier avec une rancœur apparente:

— Et vous me jetez à la poubelle de cette manière, après tout ce que j'ai tenté de faire pour vous. Pourquoi? se demanda-t-il, en fronçant le sourcil de douleur. Et je ne sais même pas quand ils vont se décider à m'interdire le droit à ma maison. Cela peut arriver d'un jour à l'autre et je devrai m'enfuir en voleur en laissant tout derrière moi.

Bouchard s'arrêta et la douleur déformait maintenant son visage. Un long silence lourd s'abattit sur eux et, ne sachant que faire, le jeune se redressa sur son banc bas et, brisant le silence, demanda d'un ton mal assuré:

— Mais pourquoi croyez-vous qu'ils veulent que vous partiez?

— Euh... répondit Bouchard, s'apercevant que ses propos étaient beaucoup trop durs et compliqués pour son interlocuteur.

Il se calma un instant avant de continuer.

— Un jour, lorsque je buvais mon whisky sous ma paillote comme aujourd'hui, j'ai tenu un discours sur l'égalité des hommes à un haut placé local du projet. Je me doutais à ce moment que j'aurais dû me taire, mais cela était plus fort que moi. Il avançait que les hommes étaient comme les doigts de la main, qu'aucun n'était de la même grandeur et cela expliquait l'inégalité naturelle entre les hommes. Le fait que je ne sois pas d'accord avec lui l'avait outré. En plus, je suis reconnu pour vouloir inclure les femmes dans les processus de décision, alors tu imagines, il n'en fallait pas plus. Bah, mon petit, j'aurais pu le prédire. Tu sais, je ne suis pas le premier à me faire expulser parce que je dis ce que je pense et que je ne lèche pas les derrières des rois d'ici.

Voyant le visage de Wallid s'assombrir, le vieux s'efforça de sourire et continua:

— Mon petit, oublie cela, je ne ferai que m'en aller si on ne veut pas de moi, et je les comprends, en fait. Tu sais, on devrait se revoir avant que je parte, si cela te tente; demain, je t'apporterai une Skol bien froide sous la paillote. Cela me fera du bien de parler avec un jeune qui ne connaît pas encore la vie. Et tu pourras me jaser de ta vie à toi, la vraie vie des gens d'ici, c'est cela, qui m'intéresse, tu sais. Mais au fait, fit le vieux Blanc, j'ai une Skol au froid, et je dois aller remplir mon verre. Tu veux que je te l'apporte?

«Wow! se dit Wallid en pétillant de bonheur. Je discute avec un Blanc et il m'offre une bière! Une vraie bière en bouteille et froide!» Il n'avait jamais bu une boisson refroidie par l'électricité. Personne, dans son village, n'avait une machine à refroidir, sauf Izopah qui tenait un petit bar en brousse où il y avait l'électricité — un raccord illégal à une ligne qui passait là, c'est d'ailleurs pourquoi il y avait établi un bar —, mais malheureusement, la machine ne fonctionnait plus.

— Euh bien sûr, répondit Wallid tout excité.

Sur ce, Bouchard se leva et partit. Des millions d'idées tourbillonnaient dans la tête du nouveau jardinier. Il ne s'était jamais vraiment intéressé à la politique ou même à son pays. Il n'en savait pas grand-chose. En fait, il s'était toujours contenté de sa propre vie et de la manière de la bâtir afin de manger tous les jours et de peut-être, un jour, fonder une famille. Mais parler de son pays, wow! c'était gros, pour lui, trop gros pour espérer y comprendre quelque chose. Mais il essaierait, ne serait-ce que pour avoir l'occasion de boire des bières froides!

À cet instant, il vit le vieux Blanc sortir de sa maison de briques jaunes et s'aventurer d'un drôle de pas dans l'allée bordée d'arbustes qui menait à la paillote. Voyant que sa démarche devait avoir l'air bizarre aux yeux du jeune, il s'écria à l'attention de celui-ci qu'il tapait du pied pour éloigner les serpents qui pouvaient se cacher là. Wallid regarda l'homme marcher comme s'il voulait faire le plus de bruit possible à chaque pas et il ne put s'empêcher de laisser échapper un petit rire, mais il s'arrêta net lorsqu'il s'aperçut que Bouchard n'avait pas rapporté de bière pour lui.

— Désolé, mon grand, je n'avais plus de bière au frigo; en fait, je l'ai oubliée au congélateur et elle a explosé, mais je crois que tu ne seras pas déçu. Je te fais l'honneur de goûter à ma vodka, je la garde depuis cinq ans dans mon congélateur pour les moments difficiles ou très importants et je crois que ça en est un aujourd'hui.

Wallid prit le minuscule récipient qui était fait de verre mince, très clair où étaient gravés des dessins bizarres en forme d'étoiles. Il n'avait jamais vu de telles marques et se demandait comment on pouvait sculpter du verre sans qu'il casse. Le vieux Blanc avança son petit contenant bizarre vers celui de Wallid et les frappa l'un contre l'autre. Il fit signe à Wallid de goûter avec un petit sourire en coin. Le jeune homme porta le minuscule récipient fin à sa bouche et huma le liquide. Un effluve vint brûler ses lèvres et sa gorge d'une flamme épouvantable. Il prit une gorgée de la boisson et le feu devint brûlant de froid. La boisson brûlante et à la fois glacée descendait le long du chemin qui mène au cœur. Ouf! Quelle impression que ce feu de glace! Il se souviendrait toujours de ce moment important de sa vie, une expérience inoubliable. Les deux hommes buvaient sans dire un mot, chacun perdu dans ses pensées. Leurs idées venaient de deux réalités si différentes que si, par miracle, ils avaient pu échanger leurs réflexions le temps d'un instant, ils seraient certainement devenus fous.

CHAPITRE 7

Plaisirs, unions et convoitise

Aïssétou Youla

Il restait deux mois avant la fin des cours et le début des vacances. Aïssétou se réjouissait à l'idée de se rendre dans le Djallon avec son amie Ndiaye. Elle s'imaginait des paysages de montagnes parsemés de vaches aux longues cornes. Elle était fatiguée des cours qu'elle donnait à ses quatre-vingt-trois élèves. Eux aussi, d'ailleurs, étaient de plus en plus las et Aïssétou devait leur asséner de plus en plus de coups de bâton pour maintenir l'ordre dans un local fermé où il devait faire au moins quarante degrés. Le vent avait de la difficulté à pénétrer par les minuscules trous qui ajouraient la brique.

Désormais, elle avait de gros doutes sur le sérieux de l'école. Pourquoi enseigner en français à des enfants qui parlent soussou depuis leur naissance et qui ne peuvent parler français ailleurs qu'à l'école? Pourquoi apprendre à lire à des enfants qui ne verront jamais un livre, un vrai en papier? Quelquefois, on pouvait en voir à la capitale, mais bien sûr, ils étaient hors de prix. Une fois, Aïssétou avait failli en acheter un. Elle avait été attirée par la couverture d'un roman qui était dans la vitrine. Elle était entrée dans la boutique et avait demandé à le voir, mais il coûtait quinze mille francs guinéens! Une fortune, pratiquement un mois de salaire! Elle avait demandé au vendeur s'il y avait un ouvrage qu'elle pourrait se payer et il l'avait emmenée dans l'arrière-boutique où l'on pouvait trouver des livres très usés. Il y avait une vieille Bible sans couverture et très jaunie et, juste à côté, un livre intitulé *Natacha et le soupir de la rose*. Aïssétou était très intéressée par un roman américain, mais il valait tout de même mille francs guinéens, ce qui représente une journée de travail, et elle n'avait pu se résoudre à faire cette folie.

Pourquoi apprendre cela à ces pauvres jeunes, à l'âge où de l'énergie pure coule dans leurs veines, et les obliger à rester assis pendant des heures dans cette pièce surpeuplée? De plus, plusieurs d'entre eux ne comprenaient que le tiers de ce que leur professeure disait, laquelle était obligée de parler uniquement en français. Elle ne saisissait pas pourquoi elle faisait cela. Les lettres ne nourrissent personne. La seule chose que les gens pouvaient lire était l'unique journal du pays. Un périodique de trois pages qui n'était en fait que de la propagande au profit du président et des publicités pour les Blancs de la capitale. Non, elle ne voulait plus enseigner au cours de la prochaine année. «Mais que vais-je faire?»

Aïssétou, qui avait espéré un bon mariage avec un homme riche de la capitale, avait perdu son rêve. Maintenant, elle ne savait plus ce qu'elle deviendrait. Elle prit une décision; elle allait partir avec son amie dans le Fouta Djallon afin de rencontrer ce frère qui devait se marier, mais avant cela, elle devait terminer cette année scolaire, et cela lui pesait. Elle voulait quitter cet endroit, arrêter tout cela et se retrouver dans un autre lieu où elle se sentirait bien. Mais où? Elle avait passé son samedi de congé à nettoyer son plancher de ciment en l'aspergeant de plusieurs seaux d'eau savonneuse et maintenant, devant la porte, coulait un petit ruisseau, transportant une mousse brun-rouge. Elle avait bien travaillé, mais cela ne lui avait pas enlevé ses idées déprimantes. Elle ne cessait de se demander ce qu'elle devait faire, où elle devait aller, qui elle devait devenir. Avant de sombrer encore dans des réflexions qui rendent fou, elle décida de sortir pour aller faire quelques emplettes au marché. Elle se changea, revêtit sa robe rouge à grosses fleurs et se coiffa du foulard de tête qui était du même tissu. Elle avait maintenant l'air d'une vraie dame. Elle avait pu s'acheter des habits comme ceux des femmes importantes, c'est-à-dire bien cintrés et cousus sur mesure. Elle avait trouvé un couturier habile qui lui avait cousu ce vêtement, exactement comme elle le lui avait demandé, avec des épaules bouffantes et les bras très serrés. Elle se sentait belle. Aussi avait-elle enfin réussi à prendre du poids et elle en était très heureuse; d'ailleurs, elle était aussi de plus en plus fière, car elle sentait davantage le regard scrutateur des autres hommes professeurs. Néanmoins, cela ne la réjouissait plus autant qu'elle ne l'avait imaginé. Elle avait toujours rêvé de devenir femme, de danser les danses chaudes comme elle avait vu les autres filles de son village le faire dans le petit bar de brousse. Du temps qu'elle n'avait pas le droit d'y participer, elle avait gardé une attirance pour la danse; seulement, maintenant, cela impliquait de vouloir attirer le regard des hommes, mais pourquoi vouloir cela? Pourquoi faire toutes ces choses que font les autres? «Est-ce vraiment ce que je veux?»

Elle se dépêcha de sortir de sa case, elle avait un grand besoin de se changer les idées. Elle fit un petit saut pour traverser le ruisseau qu'elle avait engendré dans le chemin de terre battue qui menait à sa maison en lavant son plancher. Elle descendit l'allée et arriva à la route principale. Elle arrêta un taxi. Trois autres personnes y étaient déjà assises. Heureusement, ils allaient dans des directions pas trop éloignées de la sienne; ainsi, le chemin ne serait pas trop long. C'était vraiment une chance, car elle n'aurait pas voulu rester dans ce taxi trop longtemps; en effet, la poussière rendait la respiration difficile. Il n'y avait pas de vitres sur les côtés ni à l'arrière de la voiture. Celle d'en arrière, décorée de drôles de lignes inutiles, avait été transférée à l'avant et celles des portières étaient probablement cassées. Néanmoins, les autres passagers n'étaient pas trop désagréables et ils se mirent tous à bavarder amicalement.

Le trajet dura vingt-cinq minutes, et parvenue à destination, elle dut se masser doucement les jambes et le dos afin de laisser les crampes s'évanouir, avant de marcher. Lorsqu'elle eut repris son souffle et ses esprits, elle regarda tout autour d'elle. Le spectacle valait le déplacement. Il devait y avoir une centaine de petits kiosques aux marchandises colorées. Une rangée d'une cinquantaine de marchandes accroupies sur des tapis chargés de leurs richesses, jacassaient et marchandaient leur prix. Le son puissant de la foule faisait vibrer l'air. L'une vendait des branches d'arbustes servant de brosse à dents, l'autre, des savons qu'elle fabriquait elle-même, mais surtout, ce que tous vendaient, et ce qui se retrouvait sur toutes les tables, c'était la récolte de la nouvelle saison de mangues. Il y en avait partout, des pyramides par-ci, des pyramides par-là, des tas de pelures de mangues pourries partout, vestiges des anciennes transactions économiques. Une odeur forte de mangue mûre et parfois trop mûre prenait possession des narines des passants et leur montait à la tête. Ces gros fruits normalement attachés au bout d'une longue corde ornant les arbres tels des pendentifs, avaient maintenant atterri au marché. «Il y en a tellement! se dit Aïssétou, il y en a encore trop et nous en perdrons au moins la moitié encore cette année. Pourquoi la nature donne-t-elle toute sa richesse en même temps?» Il y avait toujours énormément de mangues mûries au même moment et quand tout le monde en avait trop mangé, le reste de la récolte ne pouvait que pourrir pour disparaître. Après cela, les gens recommençaient à avoir faim. «Pourquoi la nature est-elle aussi mal adaptée? Pourquoi, pourquoi...» Tout la tracassait, elle n'aurait donc jamais de repos? «Je suis ici pour me changer les idées, alors bon, arrêtons de réfléchir autant», se dit-elle à elle-même. Qu'elle aurait aimé être sotte, parfois, la vie semblait tellement plus facile pour les simples d'esprit. Elle acheta deux belles mangues bien rouges à une grosse dame qui riait comme un babouin, et après les avoir coupées, celle-ci les lui donna. Aïssétou prit une longue inspiration et croqua dans la chair crémeuse et riche, comme pour y trouver le réconfort du sein d'une mère. Le nectar de soleil sucré, cette crème luxueuse et bien grasse, procurait à la bouche une extase sans pareille. Aucun autre plaisir n'était comparable à celui d'embrasser la chair pulpeuse d'une mangue, c'était comme une petite explosion de soleil, un grand bonheur abordable. Elle décida d'en rapporter une vingtaine à la maison, même si, pour cela, elle devait les transporter dans le taxi-brousse bondé. L'atmosphère était agréable; tout autour, les gens s'adonnaient au plaisir du commerce, un art très raffiné et un passe-temps très apprécié. Elle se promènerait toute la journée et bavarderait avec ces gens qui semblaient ne pas connaître de préoccupation; l'heure était à la joie et le marché prenait des allures de grande fête. Elle acheta deux mesures de mil[30] afin de se faire une bonne bouillie, un peu de sorgho et un gros sac de petits cubes d'épices au goût de bœuf. Elle en utilisait beaucoup pour préparer la sauce qui nappe son riz.

Après avoir réglé tous ses achats, elle aperçut une vieille dame qui se tenait dans un coin et qui, apparemment, regardait avec envie les énormes tas de grains et de farine, versés sur les tapis. Leurs regards se croisèrent et la vieille fit signe à Aïssétou de la rejoindre.

— Mon enfant, tu sembles souffrir, tu as le regard triste, tu sais, je peux te donner un remède si tu me donnes cinq cents francs[31]. J'ai beaucoup de temps et j'ai besoin d'argent.

---

30 L'unité de mesure est une boîte de conserve vide.

31 Cinq cents francs guinéens équivalent à cinquante sous en dollars canadiens.

— Vous savez, mère, je ne suis pas une enfant, vous ne pouvez pas avoir de remède pour moi si vous ne savez pas de quoi je souffre, fit-elle en pouffant de rire.

— Je ne sais pas encore ton mal mais, ma fille, moi, je suis vieille et je sais que si tu me contes et me dis ce dont tu souffres, je te donnerai un remède au mieux de ma connaissance et si tu n'es pas satisfaite, tu n'as qu'à continuer ton chemin sans me donner un franc. Tu vois, je ne suis pas de mauvaise foi. Moi, je n'ai rien à faire ici et j'ai besoin d'argent pour m'acheter un repas, alors j'aimerais tenter ma chance, si tu es d'accord, affirma la vieille sur un ton de défi.

Aïssétou était abasourdie. Elle n'avait rien à perdre; seulement, l'offre de la vieille était surprenante. «Pourquoi ne pas essayer», se dit-elle. Si c'est une attrape, elle n'aura qu'à continuer son chemin et puis elle aussi avait beaucoup de temps. Elle ne voulait pas retourner chez elle tout de suite et elle savait que, si une vieille voulait lui donner des conseils, c'était toujours bon.

— Alors, mère, si vous avez le temps, je vous conterai l'ensemble de ma vie et vous me donnerez votre remède par la suite.

C'est ainsi qu'Aïssétou s'assit sur le tapis de foin tressé, usé, aux côtés de l'étrangère, et entreprit de lui raconter ses angoisses. Elle savait qu'une vieille ne pouvait pas comprendre son désir de devenir une femme importante et de pouvoir s'acheter des vêtements comme les Américaines, elle ne pouvait pas comprendre non plus qu'elle aurait voulu se marier avec un Blanc, car les vieux les dédaignaient et disaient encore qu'ils étaient dangereux. Aussi, savait-elle que tous trouvent que les Blancs sentent le cadavre, car ils sentaient toujours le parfum des fleurs que l'on pose habituellement sur les morts. Seulement, le fait d'avoir une nouvelle amie, de pouvoir bavarder, la rendait heureuse et l'allégeait de ses réflexions pendant un instant. Elle lui raconta les pensées récurrentes qui l'obsédaient à tout moment, ses idées sur l'école, la bastonnade, les hommes, l'argent et, surtout, le bonheur! Elle avoua aussi que, parfois, elle aurait préféré ne pas avoir été instruite, ne pas s'être posé autant de questions étant jeune, ce qui fait qu'aujourd'hui, elle serait plus naïve et ainsi, elle aurait le luxe de vivre un bonheur tranquille comme toutes ces femmes qui ont dansé toute leur jeunesse au lieu d'étudier. Toutes ces filles qui se trimballent dans les marchés avec leur marmaille tout autour. Bien sûr, maintenant, elle ne valorisait pas ce manque de raffinement, mais il en aurait été tout autrement si…

— Je veux trouver à me marier avec un homme qui me permettra de vivre dans un autre monde que le mien, en fait, se vit-elle dire avec étonnement. Je veux plus, je veux mieux.

— Mieux que quoi? fit la vieille en gardant toujours ses yeux fixés au loin sur les tas de grains en pyramide.

— Mieux que moi.

— Et qu'es-tu?

Aïssétou, surprise, ne savait que répondre. Elle resta bouche bée. Qui était-elle? Comment pouvait-elle le savoir? Elle était un tas de choses à la fois. En fait, elle n'était rien d'autre que quelqu'un qui veut un tas de choses. Mais pourquoi était-elle comme cela, qui était-elle? Elle resta silencieuse un long moment et la vieille se tourna enfin vers elle:

— Ma fille, je suis prête à te donner ton remède. Toi, es-tu prête à le recevoir?

— Bien sûr, répondit Aïssétou, incrédule.

La vieille prit une longue inspiration et commença:

— D'abord, ma fille, dit-elle d'une voix maternelle qui manquait tant à Aïssétou, nous ne pouvons savoir qui nous sommes tant que nous n'avons pas trouvé notre mission, ici, sur terre. Que veux-tu être pour les autres? Tu veux être réconfort, guérison, amour maternel, un être de savoir? De plus, nous ne pouvons pas trouver le calme de l'esprit tant que nous ne savons pas qui nous sommes. Donc, pour te guérir, je te dirai ta mission et, par la suite tu feras le reste.

— Alors, j'ai une mission, fit Aïssétou, qui se sentait enfin soutenue par quelqu'un.

Elle aurait tellement aimé avoir une mère à ses côtés lorsqu'elle se sentait faible devant la vie, et maintenant, elle recevait un peu de réconfort et d'empathie.

La vieille la regarda d'un regard rempli de bonté et continua:

— Tu fais partie d'un petit groupe de l'humanité qui possède le besoin inné de se donner un but important, un autre but qu'exister et travailler pour continuer d'exister, et tu en es consciente. Pour que notre espèce survive, un certain nombre d'individus doivent posséder un élan qui les entraîne au-delà des obligations quotidiennes, sans quoi, parvenue à un certain stade de confort et de stabilité, cette espèce ne manquerait de se dégénérer rapidement. Ainsi, tu es ce genre de personnes qui doivent agir. Tu dois travailler à améliorer le sort des tiens et pas seulement ton sort à toi. Comme cela, tu trouveras ta voie et cela te fera retrouver ta joie propre.

Aïssétou ne savait quoi dire. C'était si évident et si clair, pourquoi n'y avait-elle pas pensé avant? Parfois, il nous faut discuter avec les autres pour nous voir sans les lunettes de notre propre perception. Effectivement, elle devait trouver ce qu'elle voulait changer, améliorer le monde et non pas l'accepter et s'y adapter sans broncher. Elle serait désormais seule, car rares étaient ceux qui allaient à l'encontre du sens commun, de ce que la majorité avait établi comme bon ou mauvais. Elle se condamnait en quelque sorte à d'éventuelles souffrances dues à l'incompréhension des gens simples, au bonheur naïf.

Revenue à la réalité, Aïssétou regarda sa vieille salvatrice et lui offrit un grand sourire.

— Seulement, ma fille, continua la vieille en lui prenant la main droite dans sa main droite[32], je dois te prévenir. Je sens que tu vivras des moments atroces. De grands malheurs t'accableront. Mais en fait, ces difficultés seront aussi ta chance, car ainsi, tu apprendras, et ces événements te fourniront les armes qui te serviront tout au long de ta vie. Sois forte, ma fille, tu es née pour combattre et, pour cela, tu devras apprendre à manier les armes face à la vie. Lorsque tu seras perdue, pense à moi et rappelle-toi ceci: tu vaincras, tu es la fille d'ancêtres guerriers puissants.

Les deux femmes se fixaient d'un regard perçant, comme liées par le destin. La Providence les avait placées là l'une pour l'autre en cette belle journée. Au terme de ce long moment intense où les rapports maternels libéraient les deux femmes d'un manque respectif, Aïssétou reprit ses esprits: elle sortit les cinq cents francs de sa poche, les donna à sa nouvelle mère qu'elle ne reverrait jamais, sans dire un mot. Les deux femmes se regardèrent, complices, l'une heureuse d'avoir reçu et l'autre heureuse d'avoir donné. Aïssétou demanda la route à sa vieille compagne et, avant de la quitter, l'interrogea sur la façon dont elle avait pu voir aussi clair dans sa vie à elle, où elle-même n'y voyait rien. La vieille se contenta de répondre:

— Je fais partie, moi aussi, de ce pourcentage des gens qui se sont donné un but et qui souhaitent améliorer le sort des siens. À la prochaine, fit-elle, en se retournant pour se rendre aux tas de grains avec les cinq cents francs à la main.

De retour à la maison, Aïssétou était épuisée par sa longue journée à l'extérieur, mais un sourire de délivrance agrémentait son visage. Elle se sentait légère et pleine d'une énergie qui emplissait sa vie d'un bonheur nouveau. Elle avait rapporté de peine et de misère une vingtaine de grosses mangues et, malgré

---

32 En Guinée, on ne doit jamais toucher autrui ou saluer de la main gauche, considérée sale, car on l'utilise pour se nettoyer après avoir fait ses besoins.

le mauvais traitement qu'elles avaient reçu, compressées sous le siège du passager avant, elles avaient tout gardé de leur luxuriante qualité. Aïssétou se remplit l'estomac de deux de ces gros bijoux d'arbre en guise de repas, avant d'aller se coucher sur sa natte au coin de la case. Elle connaîtrait enfin le bonheur, il ne lui restait qu'à trouver sa voie, ce qu'elle comptait bien faire le lendemain. Elle resterait à la maison à réfléchir aux paroles de la vieille.

— Heille Houuuu! Ouvre-moi! criait Ndiaye en cognant à la porte de son amie.

Aïssétou se leva courbaturée de la longue journée de la veille. Elle s'attacha rapidement un pagne à la taille, laissant ainsi son torse nu et alla ouvrir à Ndiaye.

— Alors, qu'est-ce que tu fais à dormir, il sera bientôt neuf heures. Si je ne te connaissais pas, je dirais de toi que tu es paresseuse. J'espère que tu ne feras pas cela lorsque nous serons à Labé, mon frère ne voudra jamais d'une femme qui dort passé six heures! s'écria-t-elle, en entrant en coup de vent, un petit rire excité lui dessinant de drôles de lèvres. Que fais-tu de bon? Moi, je me suis ennuyée toute la journée d'hier et aujourd'hui j'ai décidé que je t'emmènerais à la piscine.

— Mais je ne sais pas nager, fit Aïssétou, soulagée de trouver une bonne excuse pour se défiler.

— C'est bien vous, les Soussous, vous habitez sur la plage et ne savez même pas nager! Allons! Il est grand temps que tu apprennes, je vais te montrer; tu vois, nous n'avons pas la mer dans le Fouta, mais nous avons envie d'apprendre, nous!

— Bon, j'en ai assez! Je ne suis pas une Peule, et tu n'es pas une Soussou, mais moi, je ne te traite pas comme cela! Vous n'êtes pas meilleurs que nous, vous, avec vos vaches, et j'ai tout autant envie d'apprendre que toi. Moi aussi, je suis professeure!

Il était bien temps que Ndiaye arrête les *snobinardises* de Peule avec elle. Elles étaient amies, oui ou non? Depuis toujours, les Soussous et les Peuls entretenaient une guerre froide. Lorsque les deux femmes avaient commencé à travailler ensemble, elles avaient cru que leur haut niveau d'éducation les affranchirait de cette haine ethnique, mais quelquefois, les pensées péjoratives sur l'autre refaisaient surface.

— Bon, alors, tu nous trouves idiots, hein? Je sais ce que les Peuls pensent de nous, mais si tu savais ce que nous pensons de vous, avec vos airs hautains! Si vraiment tu veux qu'on en discute, je suis prête, mais ce serait bien idiot de notre part.

Aïssétou, déçue de cette discussion avec sa seule amie, continuait à croire qu'elles avaient la sagesse de reconnaître leurs différences sans la haine des frères sots qui se font la guerre. Mais de toute évidence, c'était plus difficile pour son amie.

Restée immobile et surprise de se voir ainsi répondre par cette amie soussou qui semblait si douce à l'habitude, Ndiaye ne savait que dire. Elle se rendit compte qu'effectivement, leur amitié au beau milieu d'une guerre ethnique entraînait certainement des différences d'opinion, mais le plus grand danger était bien de répéter ce qu'elle avait entendu toute sa vie à propos de ces idiots de Soussous qui ne savent qu'élever des poulets «bicyclette». C'était un fait, toute son enfance, elle avait ri des Soussous comme tout le monde. Mais elle s'était liée d'amitié avec Aïssétou, cette femme naïve qui avait bien besoin d'une grande sœur; mais voilà que la petite sœur se rebellait et voulait être traitée comme une égale. Soit, si c'est ce qu'elle voulait. Elle savait que son amie soussou, malgré son manque de savoir-vivre peul avait amplement démontré son intelligence et sa bonne volonté. Ndiaye se devait de combattre encore une fois ses préjugés.

— Tu as raison, n'en fais pas tout un plat, tu sais qu'il est difficile d'être amies quand toi et moi avons été élevées à nous haïr. Je sais, je suis peut-être allée trop loin aujourd'hui, mais, tu sais que je ne fais que répéter des phrases toutes faites. Je te considère beaucoup et tu en as la preuve: je veux t'emmener pour que tu tentes ta chance auprès de mon frère! C'est que je te fais confiance car la compétition sera difficile mais je sais que tu as des chances de gagner le cœur de ma mère.

— Ah! Je ne savais pas qu'il faudrait faire la cour à ta mère pour avoir ton frère…

— Oui, en fait, il a pris tout plein de filles comme copines, mais il n'est pas capable de choisir convenablement, alors il s'est entendu avec ma mère pour que ce soit elle qui choisisse sa femme. Tu sais, une mère sait trouver une bonne épouse douce, travaillante et bonne cuisinière. Il est important que mon frère trouve une bonne compagne car quand mes parents mourront, lui et sa conjointe seront responsables d'une cinquantaine de personnes. Cette dernière devra être capable de diriger toutes les femmes de la famille et en plus, tu sais, nous avons quelques esclaves dont nous avons la responsabilité. Je sais que tu pourrais prendre soin de toute la famille après que ma mère t'aura formée, mais bien sûr, tu devras rester très secrète sur ton passé soussou et surtout sur ton état de femme complète. Tu sais, je ne suis pas certaine, mais je crois que ce pourrait même être bon pour toi, car j'imagine bien que mon frère aimera ta chaleur de femme encore un peu animale, cela sera peut-être différent pour lui et bon pour toi.

Les deux jeunes amies avaient réussi à rendre la conversation agréable et maintenant elles parlaient des vacances et de toute l'agitation qui viendrait avec elles.

— Tu sais, *guinée*[33], il faudrait discuter de notre plan avant

33 *Guinée* signifie aussi sœur, mère, tante, amie.

qu'il ne soit trop tard. Moi, je connais ma famille et je pourrai te dire quoi dire et quoi ne pas dire ou faire pour lui plaire, fit Ndiaye, excitée comme une enfant qui prépare une fête.

Elle s'était accroupie sur le tapis tressé au centre de la case et elle peignait sa tignasse fraîchement sortie de sous un large foulard de tête. Les cheveux habituellement frisés de Ndiaye étaient étirés par les anciennes tresses et cela lui donnait une chevelure très volumineuse. Pour avoir de belles longues tresses, il fallait y consacrer beaucoup de temps et de soins, car si les cheveux étaient non tressés, ils formaient une énorme boule qui encerclait la tête et il fallait toujours cacher cela sous des chapeaux ou des foulards. Ndiaye continuait de se peigner et défaisait les nœuds à l'aide d'un minuscule peigne de plastique blanc orné de petites fleurs orangées.

— Tu sais ce que j'aimerais? Que tu tresses mes cheveux. J'ai vu une femme avec des tresses collées qui partaient d'une raie sur le côté de la tête et qui suivaient celle-ci jusqu'à l'arrière. Tu saurais faire cela? lui demanda Ndiaye, sur un ton suppliant. Je sais comment je te remercierai, je te paierai une Skol lorsqu'on sera au bord de la piscine cet après-midi.

C'est ainsi qu'Aïssétou commença cette longue tâche qui consolide les liens entre femmes depuis des générations. Elles auraient l'occasion, durant les quatre ou cinq heures que nécessitait le tressage des cheveux, de discuter d'une foule de choses et, surtout, de ce voyage important où Aïssétou deviendrait peut-être la femme importante qu'elle avait toujours rêvé de devenir.

Il ne restait maintenant que deux minuscules tresses à faire et les deux femmes étaient franchement courbaturées. Ndiaye, immobile tout ce temps, devait rester la tête sur la cuisse de la tresseuse et avait des raideurs dans le cou, tandis qu'Aïssétou avait le dos endolori parce qu'elle était restée penchée trop longtemps.

— Ouf! J'aurai bien mérité ma bière, tu sais. Elles sont très belles, ces tresses. Tu en attireras, des regards! fit Aïssétou, fière de son habileté à tresser les cheveux, ce qui était très valorisé. Tu sais, je pourrai me faire tresser toutes les deux semaines quand je serai la femme de ton frère, avec toutes ces femmes qui seront sous mes ordres.

Elle s'imaginait dans sa future maison où vivaient tous ces gens qui l'attendaient sûrement avec hâte. Ils devaient être excités à l'idée de connaître leur nouvelle matrone.

— Tu sais, ma chère Aïssétou, que ce ne sera pas facile. Il y en aura d'autres, des jeunes filles, qui veulent devenir la femme de la maison des Bah de Labé. Nous sommes reconnus pour être assez riches et, de plus, tu sais que nous avons trois esclaves. Nous sommes une famille de premier choix et plusieurs voudraient marier mon frère. Mais je crois que tu auras une arme que les autres n'auront pas.

Les deux belles jeunes femmes partirent, vêtues de leurs plus belles robes. Aïssétou avait pu essayer ce vêtement qui patientait, bien repassé, accroché au mur de la case depuis qu'elle se l'était offert dans un moment où elle avait un peu d'argent de côté. Sachant sa mère assez prospère depuis qu'elle opérait son petit restaurant devant leur case à Madinagbe, Aïssétou n'avait plus à lui envoyer une grande partie de son salaire.

Qu'elle était heureuse! Elle se sentait toute-puissante de beauté et, pour la première fois de sa vie, Aïssétou allait tremper son corps dans l'eau bleue et montrer ses courbes, seulement habillée du vieux maillot que Ndiaye lui avait prêté. Jamais elle n'avait montré ses cuisses au soleil et elle aurait certainement à réprimer sa pudeur et prendre tout son courage pour s'exhiber, comme le font les Américaines. Jamais, au grand jamais, sa mère ne lui aurait permis de dénuder cette zone, comprise entre le nombril et les genoux! C'était la seule partie du corps taboue; donc, c'était tout à fait interdit. Jamais, non plus, elle n'aurait eu le droit de se coucher sous le soleil durant des heures: seules les personnes malades et qui ont froid à cause de la fièvre faisaient cela à Madinagbe. Encore une fois, se disait-elle, elle allait essayer les choses réservées aux grandes dames, aux Blanches.

Après quarante-cinq minutes dans un taxi surpeuplé, elles étaient arrivées à la porte de l'hôtel où Ndiaye était déjà venue avec un Blanc. Passé le mur sale et moisi qui protège l'hôtel de la rue, le paysage était magique. Un énorme château aux murs blancs, qui devait contenir au moins trente chambres, était assis sur la plage, et les vagues de l'océan Atlantique frappaient le muret qui séparait la mer de la piscine. Le serveur les vit entrer et s'amusa de voir leur grande gêne à se dénuder; ce comportement, qui trahissait leur statut de pauvres, leur donnait des allures d'imposteurs aux yeux de tous, dans ce repaire de personnes riches. Seulement, par chance, il n'y avait pas de clients importants ou de Blancs, alors pour cette fois, le serveur décida de ne rien laisser paraître et leur laissa la chance de tenir, une fois dans leur vie, un rôle qu'elles ne pourraient probablement plus jamais jouer. Il les regarda s'émerveiller de cet endroit jusqu'à rire aux éclats et s'amusa de les voir mélancoliques. Il savait très bien qu'elles ne comprenaient pas l'injustice dont elles étaient victimes, c'est-à-dire de ne pas être nées et de ne pas avoir grandi dans ces paradis de riches. Elles étaient de très belles jeunes femmes pleines de rêves, de naïveté et d'énergie, et la vie les regardait arriver en préparant son chargement de malheurs, et aussi, bien sûr, quelques bonheurs. Elles auraient à passer les épreuves que leur réservait la destinée.

Fatima Soumah

Fatima qui, de jour en jour, devenait de plus en plus femme, se laissait pénétrer par son ami Lansana, quoiqu'elle ne ressentit absolument rien d'agréable. Elle avait était excisée enfant, donc elle avait été débarrassée de ce bouton qui donne du plaisir; elle commençait à ne pas trop redouter les emportements de son Lansana qui la tartinait de semence lors de cette drôle de danse des corps nus. Elle s'y était habituée maintenant.

Ils s'étaient mariés deux mois auparavant. Un petit mariage tout ce qu'il y a de plus simple et où les invités n'étaient pas trop nombreux. Une soixantaine de parents et amis étaient venus et avaient mangé les deux chèvres que Lansana avait pu se payer. En fait, Fatima et sa grande sœur avaient passé la journée du mariage à dépecer les deux bêtes tuées le matin et à tout réduire en cubes afin de constituer les brochettes qu'elles cuiraient sur le charbon. C'était un travail très dur, surtout pour celle qui n'avait qu'un bras pour travailler et, dès le coucher du soleil, elle était épuisée. Ce soir-là, elle s'était gardé une brochette faite du foie et du cœur, pour se récompenser — elle y avait bien droit — c'était son mariage, après tout! Fatima se leva et alla se laver la main sous le filet d'eau coulant de la théière en plastique. Le sang encore chaud de la bête s'était incrusté sous ses ongles et, pour le dégager, elle gratta le sol sableux. Elle regarda la petite montagne de brochettes terminées et fut un peu déçue:

— Je me demande s'il y en aura assez pour tout le monde, dit-elle à sa sœur en grimaçant, sachant qu'il y en avait bien peu pour une soixantaine de personnes.

— Bah, ne t'inquiète pas, ma petite sœur, je cuirai plus de riz et puis je mettrai un peu de sauce grasse dessus, on n'y verra rien.

Fatima savait qu'elle et Lansana n'avaient vraiment pas les moyens de se payer un grand mariage, mais elle était aussi consciente du fait qu'une vie allait bientôt pousser en elle. Elle en avait rêvé, il y avait quelques semaines, et elle tenait de plus en plus à se marier. Elle savait que c'était important. Elle se devait de respecter les règles de la bienséance de la population générale et de se montrer impeccable au sein de son couple, et dans tous les autres aspects de sa vie. Elle risquait gros si elle ne cachait pas ses dons mystiques. Les gens qui sont considérés comme sorciers sont lourdement critiqués et, tôt ou tard, on la jugerait durement. Parfois, les marabouts pouvaient être condamnés pour sorcellerie lorsqu'ils allaient trop à l'encontre des pensées des villageois. Il fallait donc qu'on ne puisse pas la prendre en défaut sur autre chose que sur ses dons de sorcier, pour limiter les risques. Ainsi donc, ils avaient décidé très rapidement de se marier.

Fatima avait fait son boubou cérémoniel traditionnel de couleur jaune éclatant et, au centre du rectangle parfait que forme la robe, s'ouvrait un énorme iris violet, tel celui d'un œil. Il était hors de question pour elle de s'acheter une robe blanche en faux tissu très à la mode. D'abord, parce qu'elle n'en avait pas les moyens, mais aussi parce qu'elle trouvait que le blanc ne lui allait pas du tout. «Pourquoi revêtir une robe comme ça, même si c'est la mode; moi, je veux me marier dans une robe comme celle que nos mères ont portée lors de leur mariage», s'était-elle dit afin de se convaincre.

C'est ainsi qu'elle avait pris Lansana pour époux. La fête avait été éreintante pour les deux mariés. Fatima avait cuisiné toute la journée et, après, ils avaient dansé dans le petit bar d'Izopah, en brousse, où il y avait l'électricité. Ils avaient bu l'unique caisse de bière que le propriétaire du bar avait pu acheter en après-midi, sur le bord de la rue, en se rendant à la ville voisine. Ils avaient bien dansé et les jeunes hommes non mariés avaient pu facilement trouver des compagnes pour la prochaine nuit. Après tout ce brouhaha, les nouveaux mariés furent très heureux de regagner la case du vieux marabout afin d'y trouver le repos.

Deux mois passèrent et Lansana commença à planifier la construction de leur paillote. Ils avaient longtemps discuté de l'emplacement qu'ils choisiraient et ils avaient arrêté leur choix sur une petite plage de sable et de cailloux le long de la rivière, assez loin du village. De cette manière, Fatima n'aurait pas à aller puiser l'eau à la pompe et ils pourraient tout de même en avoir. Il était aussi plus facile de trouver un emplacement près d'un cours d'eau car personne ne voulait y habiter en raison des histoires de diablesses des rivières, qui n'intimidaient pas du tout les deux jeunes marabouts.

Aussi, il était plus que temps que Fatima et Lansana aient un endroit à eux car le vieux marabout avait bien besoin de retrouver sa solitude, d'autant plus que, maintenant, les ébats amoureux de ses apprentis l'empêchaient de dormir. Ils avaient donc bien hâte de bâtir leur paillote, de se construire un nid.

Fatima et Lansana devaient se lever tôt chaque matin pour travailler à leur futur foyer, protégés par la fraîcheur que procurait l'aube naissante. Seulement, cette nuit-là, Fatima ne trouvait pas le sommeil. D'étranges visions lui apparaissaient. Elle aurait bien voulu réveiller son nouvel époux pour qu'il la réconforte, mais elle devait être raisonnable, elle n'était plus une petite fille maintenant, et son mari avait beaucoup de travail à faire le lendemain. Malgré cela, d'étranges sensations la faisaient frissonner. Son cœur s'était mis à battre à tout rompre et elle avait chaud. Ne sachant pas trop ce que cela pouvait signifier, elle se leva et tenta de reprendre ses esprits. «Allons, allons, je n'ai pas peur, je suis une adulte maintenant. Ce ne sont que des sensations venues de mes dons, je suis habituée.» Elle se parlait à elle-même pour tenter de garder la tête froide et de ne pas se laisser emporter. Mais la sueur commençait à perler dans son dos et des gouttes se formaient sur son ventre et sa poitrine. Elle n'avait plus tellement le contrôle, c'était trop, trop pour une simple apprentie. Prise d'angoisse, elle se rendit dans le coin où dormait le vieux marabout et le réveilla.

— Mon père, ça ne va pas. S'il vous plaît, levez-vous, j'ai besoin de vous.

Le Vieux prit quelques minutes pour revenir dans le monde éveillé et s'assit en petit bonhomme sur son tapis.

— Alors, que se passe-t-il, ce sont tes visions, encore? l'interrogea-t-il, d'un ton intéressé et d'une voix qui démontrait sa grande faculté de passer du monde des rêves à celui des humains.

Fatima prit la main du Vieux et la déposa sur sa poitrine afin qu'il sente la pluie de sueur qui inondait maintenant celle-ci.

— Mon cœur cavale malgré l'état de langueur de mon corps chaud et je sens comme de petits vents parcourir tout mon corps. Je vois aussi d'énormes yeux affamés qui me fixent lorsque je ferme mes yeux. J'ai peur, avoua-t-elle, honteuse.

Elle était presque marabout et elle était encore craintive quand elle était témoin de visions, c'était embarrassant, mais jamais elle n'avait été l'objet d'appels de l'autre monde aussi intenses.

— J'ai peur, mais je sens aussi comme une force puissante et rassurante à la fois, qui me donne une grande chaleur en moi, ajouta-t-elle en tentant de réprimer son agitation.

Le Vieux alluma la chandelle qu'il tenait près du lit et fixa Fatima droit dans les yeux pendant un long moment.

— Va vite me chercher le chanvre et le pot à feu, nous recevrons un message important ce soir, affirma le Vieux avec une pointe d'excitation dans la voix.

— Crois-tu que nous devrions réveiller Lansana afin qu'il puisse être avec nous? demanda Fatima et, sans attendre sa réponse, elle sortit de la case en appelant son époux pour qu'il se réveille.

Elle revint avec le pot à feu allumé, le mit au centre de la pièce et s'accroupit afin d'y jeter des feuilles de chanvre. Lansana, à moitié endormi, s'était joint à eux, mais ne semblait pas apprécier ce rituel au beau milieu de la nuit. Fatima commença à fredonner une incantation répétitive et, brusquement, elle perdit connaissance et se coucha par terre. Son corps se mouvait en ondoyant. Ses paupières sursautaient, comme si elles recevaient des petits chocs électriques. Des spasmes lents la parcouraient et elle tremblait des pieds à la tête. Des gémissements langoureux sortaient de sa bouche et de petits cris de plaisir s'en échappaient. Elle se tordait de plaisir et lâchait de longs soupirs. Incrédules, le vieux marabout et Lansana ne savaient que faire. Elle bougeait, s'arc-boutait et se caressait de son unique main avec une telle sensualité qu'il était évident aux deux hommes que leur amie avait atteint un monde où elle se consumait de désir; ou était-elle en train de consommer l'union? Sa bouche humide s'entrouvrait et laissait s'échapper de longs soupirs qui ne tardèrent pas à échauffer le corps de Lansana. N'en pouvant plus de désir pour cette femme d'une telle sensualité qu'il ne connaissait pas chez sa petite Fatima, Lansana lança un regard au Vieux, en demande d'approbation. Celui-ci, ne pouvant que s'incliner devant cette demande puissante venue de l'au-delà, se leva doucement et s'en alla. Lansana, qui n'en pouvait déjà plus, se jeta sur ce corps enflammé, ouvrit les cuisses molles et humides de désir de sa femme et y plongea avec toute la violence de sa jeunesse. Les mouvements des jambes qui s'entrechoquent; les cris de plaisir qui sortent de la petite bouche de Fatima; la fougue d'une sensualité intense; une passion dévorante prenant possession de ces deux corps réunis. Ce fut la dernière image qui resta dans l'esprit du Vieux avant de s'en aller dans l'autre pièce. Une chose étrange s'était produite ce soir-là, mais elle l'était moins que ce qu'elle allait engendrer.

Le soleil s'était levé en même temps que Lansana. Il laissa dormir sa douce Fatima et sortit de la case. Il voulait travailler le plus tôt possible pendant qu'il faisait encore frais. Il lui faudrait au moins une semaine pour construire la paillote, leur maison, à eux. Il voulait qu'elle soit belle, le plus possible, malgré leur pauvreté grandissante. Il ne pouvait pas encore faire payer ses patients pour ses services de marabout, il n'était encore qu'un apprenti. Mais il se devait de donner le plus de confort possible à sa Fatima. Il prit une grande respiration pour se donner du courage et s'en alla seul au bord de la rivière pour préparer les instruments. Il devrait d'abord trouver de longues branches droites qui serviraient de charpente au toit, des racines qui la lieraient; ensuite, il ramasserait beaucoup de foin, les brins les plus longs et les plus solides, il les garderait pour constituer la toiture, et les moins beaux serviraient dans la composition des briques de boue. Il y avait beaucoup de travail à faire avant qu'il puisse procéder à la dernière étape, soit l'épandage de bouse de vache fraîche sur le sol qui, une fois séchée, donnerait un beau plancher lisse, facile à balayer. Il travaillerait dur, et s'il le fallait, il travaillerait de nuit. Il avait désormais très hâte de vivre en vrai couple avec la femme de son cœur.

Fatima se leva très tard ce même jour. Elle avait dû se remettre des événements de la veille. Elle se souvenait de tout. Elle se souvenait de l'être qui l'avait pénétrée cette nuit-là. Il était d'une beauté impossible. Il lui parlait avec sa langue de serpent. Elle l'avait reconnu comme un vieil ami et elle comprit tout de suite l'importance de cet événement. C'était son animal fétiche. Comment pouvait-elle avoir fait l'acte sexuel avec une chimère? Elle savait qu'il y avait eu pénétration et cela la rendait nerveuse. Se pourrait-il… Se pourrait-il qu'elle donne naissance à un enfant anormal à cause de cela? Elle le savait, il y avait désormais de grandes chances qu'elle enfante d'un être trop puissant, et cela risquait de le rendre albinos. Elle ne voulait à aucun prix que son bébé souffre de cet état, car les tout-petits qui naissaient sans couleur étaient reniés et fuis, et ne pouvaient jamais avoir une vie normale. Ils étaient obligés de devenir des sorciers suspectés ou des mendiants. Ou, si elle était chanceuse, elle donnerait naissance à des jumeaux. Ceux-ci étaient craints et ne pouvaient pas, eux non plus, avoir une vie tout à fait normale, mais ils étaient beaucoup plus acceptés par la communauté.

Il fallait qu'elle fasse quelque chose. Elle comprenait beaucoup mieux ses visions. Depuis l'épisode où elle avait uni son corps à cette puissance de l'au-delà, elle savait ce qui se passait, comme si elle avait désormais la capacité de lire entre les lignes de la vie. Comme lors d'une conversation, elle pouvait discuter avec l'immatériel et recevoir des réponses. Elle sentait une étrange force d'amour émaner de sa poitrine et les difficultés de la vie semblaient prendre un sens nouveau pour elle. Devant l'adversité, elle n'était plus seule, cette grande puissance d'amour et de réconfort ne la protégeait pas des difficultés, mais du désespoir. Enfin, l'angoisse, qui avait été sa plus fidèle compagne, l'avait quittée. Elle savait… savait la réalité, réalité dénudée d'interférences.

Pour protéger son enfant d'une trop grande puissance, elle se devait de trouver un moyen de limiter l'énergie qui grandissait en elle. Dès que Lansana et elle eurent emménagé dans leur nouvelle paillote au bord de la rivière, elle commença à se baigner tous les jours dans la rivière. L'eau pouvait absorber l'énergie qu'elle sentait dans son ventre. C'est ainsi qu'elle commença ses ablutions journalières, passant au moins une heure submergée dans le courant frais de la rivière. Elle avait, à l'occasion de ce nouveau rituel bizarre, le temps de réfléchir à sa nouvelle vie, sa nouvelle identité. Envahie par l'eau, elle ne pouvait que se sentir comblée de son monde, un monde où, enfin, elle se sentait chez elle. Tous les cours d'eau sont mères du Niger; la source mystérieuse de ce fleuve que tous les mystiques cherchaient en vain, c'était en partie sa rivière. De la puissance pouvait certainement être puisée dans cette eau où elle rejetait volontairement de l'énergie, pour quelqu'un qui en aurait besoin. Ainsi, rien ne se perdrait. Elle savait qu'elle donnerait naissance à un fils. Elle l'avait appris de son contact avec le monde immatériel. Elle avait aussi appris qu'il se devait d'être très puissant pour faire face à sa destinée. Elle ne délaisserait ainsi dans la rivière qu'une petite partie de l'énergie qui l'aurait rendu trop fort et ainsi probablement inapte à remplir ses fonctions. Elle le sentirait quand il faudrait qu'elle cesse ces ablutions.

Vint le jour où elle arrêta ses baignades, sachant que son fils devait avoir atteint un pouvoir suffisamment modéré, tout en étant suffisamment fort, davantage que ses pairs. Lansana en était heureux car il trouvait très curieux qu'une femme enceinte ait ce comportement. Il ne la comprenait plus depuis un certain temps, mais il s'y était habitué et il continuait de l'aimer avec une pointe nouvelle d'admiration. Il était un merveilleux mari. Elle n'était plus cette enfant trop fragile, maintenant, il aurait même pu compter sur elle pour le soutenir, lui. Il savait que ses talents de marabout avaient dépassé les siens depuis longtemps. Lui avait plus d'habileté pour prodiguer des soins précis, il était plus agile pour les réparations de blessures et il était certes plus facile d'approche pour les villageois, car il leur faisait moins peur que Fatima, qui avait parfois de drôles de comportements à leurs yeux. Et surtout, il lui manquait un bras. C'est pour cela qu'il avait davantage l'occasion de pratiquer ses techniques de maraboutage et de soins. Il gagnerait ainsi plus d'argent que sa femme, mais il continuait d'admirer celle qui démontrait des dons d'un autre ordre.

C'est ainsi qu'un bon jour, elle ressentit les douleurs de la délivrance et qu'elle accoucha, par une fraîche matinée de la saison des pluies, dans la paillote que Lansana avait fini de construire. Le sol en bouse de vache avait gardé un peu d'humidité jusqu'à l'arrivée des grandes pluies, et ainsi, ils passeraient toute la saison à vivre dans l'humidité. Mais cela ne semblait aucunement affecter Fatima, qui aimait l'odeur du foin humide que dégageait le toit, et de plus, cela n'avait pas donné le temps aux lézards d'élire domicile dans leur toiture. Elle donna naissance à son fils, seule, savourant les douleurs comme des épreuves extrêmes, mais bénies. Elle avait l'impression de ressentir la souffrance de l'humanité et cela était si intense que ça pouvait sembler agréable. Sa douleur était le plus beau cadeau qu'elle pouvait offrir à son maître immatériel et à son fils. Elle déversa ses liquides, nectar de vie, accroupie sur le sol en bouse humide. Il n'y eut plus de temps, plus d'espace. Le monde se dévêtit de la réalité, laissant Fatima dans un univers à part où l'émotion est la plus intense, où le tangible n'existe plus. Au bout d'un moment long ou court, sans temps, elle le vit enfin, ce fils, cette célébration de l'être qui naît. Elle vit le nouvel individu, cette création magique. Pour la première fois, elle étudia le visage parfait de son petit. Elle le regardait au travers des larmes qui brouillaient sa vue, il était beaucoup trop beau et, malheureusement, il était malgré tout né avec cette maladie de peau qui enlève tout pigment. Il était né ni Noir ni Blanc. Il avait les traits des Noirs, mais sa peau n'avait aucune couleur distinctive. Plus blanc qu'un Blanc: un albinos. Mais il était si magnifique! Il avait hérité de son visage doux, mais aussi de ses lèvres très généreuses et bien dodues. Les cheveux tout frisés du tout-petit avaient une teinte rousse pour le moins bizarre. Mais il était quand même trop beau!

Au bout d'un long moment où elle somnolait, le bébé bien au chaud dans ses bras, elle alla le laver dans la rivière et elle-même put ainsi rafraîchir son sexe détruit. Ils restèrent ensemble dans l'eau fraîche à se découvrir l'un et l'autre, tandis qu'une puissante pluie leur massait la tête de millions de minuscules marteaux. Il était si merveilleusement différent, cela allait leur causer d'énormes problèmes et elle redoutait déjà les regards des autres lorsqu'ils inspecteraient le bébé, bien attaché à son dos.

Durant sa grossesse, elle s'était contrainte à faire le commerce de ses gris-gris et talismans au marché, mais maintenant, elle se doutait bien que les affaires iraient encore plus mal. Avec cette beauté affreuse qu'elle porterait au dos. Malheureusement, ses souffrances ne faisaient que commencer, ou peut-être que maintenant, elle serait moins sensible aux souffrances? Les deux êtres en parfaite symbiose se mangeaient des yeux dans les courants de la rivière, celle qu'ils avaient déjà baptisée ensemble; ils y restèrent jusqu'à ce qu'une immense fatigue les ait gagnés. Ils se couchèrent tout amoureux, mère et fils repus du milliard de baisers, savourant toute l'immense tendresse du moment sur le tapis, au centre de la paillote, où flottait encore cette odeur de sueur et de sang.

La vision était fabuleuse et atroce. Lansana avait poussé le rideau de la porte. Son cœur se serra devant cette image: sa Fatima, son amour, tenant de son unique bras le fruit de leur amour. La mère et l'enfant dormaient; ces deux visages avaient été modelés par un sentiment de parfaite plénitude. C'était si merveilleux, mais en même temps, si laid. Les liquides de l'accouchement avaient baigné la couche de fumier humide qui constituait le plancher de la paillote, l'odeur faisait grimacer. Mais surtout, l'enfant, le nouveau-né, laissait son père perplexe. Il semblait normalement constitué, mais si surprenant! Il choquait l'œil par ses traits parfaits et faisait peur en même temps. Après s'être remis du choc, Lansana nettoya le plancher de la case à grands coups de balai et de seaux d'eau, tout en changeant l'air ambiant, laissant le rideau ouvert malgré la pluie. Les idées se chamaillaient dans sa tête. La beauté de son enfant contre sa laideur, l'amour intense qu'il sentait pour lui et sa mère était mis à l'épreuve. «Pourquoi, pourquoi m'a-t-elle donné un fils comme cela?»

Aïssétou Youla

Enfin, les classes allaient bientôt se terminer. Aïssétou n'en pouvait plus de cette case trop humide, des rigoles d'eau sale qui coulaient devant la porte et de la moisissure qui commençait à ronger dangereusement les clous retenant les pentures en cuir. Elle en avait assez de cette pluie diluvienne de la saison. Assez de son bol de riz quotidien agrémenté uniquement de cubes au goût de bœuf! Elle gardait toutes ses économies pour son voyage à Labé. Elle avait si hâte de voir les montagnes, de respirer l'air frais et dénudé des odeurs d'ordures de la ville. Tout sentait mauvais, ici, et les averses les confinaient tous à leurs minuscules cabanes humides et sombres. Le soleil était resté emprisonné derrière l'énorme couche de nuages depuis le début de la saison des pluies et ne semblait plus avoir la force de sortir.

Elle en avait assez, assez de cette vie à la capitale qui n'avait été que déception. Enfin, elle allait connaître le bonheur, se disait-elle; elle allait partir dans peu de temps pour le Fouta Djallon. Trois jours, et les cours allaient être terminés; par la suite, il ne resterait qu'à attendre la victoire du soleil sur les nuages pour quitter Conakry, quitter son bidonville, quitter sa misère.

Le temps s'était écoulé si lentement, mais enfin, après une attente insoutenable, l'heure du départ avait sonné. Les affaires personnelles qu'elle voulait garder avaient été bien emballées depuis longtemps. Elle avait tout comprimé dans un gros baluchon de tissu noué qu'elle pourrait mettre sur sa tête lors du voyage. Ndiaye avait, elle, une vraie valise comme les Américaines, mais Aïssétou trouvait que cela ne valait pas la peine de s'en procurer une. Cela faisait plus distingué, mais c'était beaucoup moins confortable sur la tête. Tout était fin prêt et l'excitation avait pris possession de son cœur qui battait fort dans sa poitrine.

Elles prirent donc le transport public vers Labé. Elles furent surprises de voir ce véhicule dans lequel elles devraient rester assises plus de neuf heures. De fait, ce n'était qu'un gros camion *dix roues* vide où la palette arrière servait de plancher et où les passagers devaient se tenir assis pour ne pas risquer d'être emportés par le vent. Chaque individu paya au conducteur les quinze mille francs demandés et monta sur la plate-forme arrière à l'aide d'une échelle de bambou. Tous s'efforcèrent de se placer en rang assez droit, laissant les femmes et les enfants devant, près de la cabine du chauffeur, pour les protéger du vent et de la poussière. Quand tout fut fin prêt, le groupe d'une trentaine de personnes vit partir l'engin avec anxiété. Le voyage serait très long. Seuls trois arrêts étaient prévus afin de grignoter, de permettre aux mères d'allaiter les nourrissons et de se mettre à l'aise dans les herbes hautes qui bordaient la route des montagnes.

Le voyage fut horrible. Quelquefois les courbes très violentes de la route les faisaient tomber sur le côté, ils se félicitaient tous d'avoir eu la sagesse de se compresser les uns contre les autres au centre de la plate-forme. Une fois, un homme faillit tomber, mais celui-ci fut retenu par son voisin. Le périple fut si difficile, si traumatisant pour certains, qu'arrivés à destination, ils avaient un air éberlué, comme sous le choc. Une vieille dame eut besoin d'aide pour se remettre à marcher; les muscles de ses jambes étaient complètement crampés par les douze dernières heures qu'elle avait passées assise, les jambes pliées sous elle. Ils étaient tous exténués et frigorifiés et Aïssétou remercia le ciel que quelqu'un les attende à l'arrivée. Elle ne pensait à rien d'autre qu'à la maison confortable qu'avait décrite Ndiaye en parlant de son chez-soi. Ni les vaches aux longues cornes, qui barraient parfois la route, ni la forme différente des paillotes ne l'avaient sortie de sa torpeur tout au long du trajet, dont elle resta frigorifiée et terrorisée.

Un petit[34] de la famille des Bah était venu tirant une charrette. Il y plaça les bagages des deux femmes. Son habillement frappa Aïssétou. Il portait trois chandails, ce qui témoignait de la grande fraîcheur des lieux. Il devait ne faire que vingt-cinq degrés et elle ne pouvait s'empêcher de frissonner. Ouf! C'était la première fois qu'Aïssétou sentait autant le froid et elle eut un moment de panique. Elle garda sa couverture, qu'elle avait sortie de son baluchon pour le trajet, et tenta de se réchauffer.

Après avoir marché les trente minutes de chemin de terre gris qui menait aux cases des Bah, les deux femmes ne virent personne et le petit leur montra la paillotte peule[35] que les deux amies allaient partager avec les deux sœurs cadettes de Ndiaye. Elles ne tardèrent pas à s'endormir tout habillées sur un tapis en peau de vache, en se couvrant de plusieurs autres peaux pour combattre le froid.

C'est au matin qu'Aïssétou comprit le défi qui lui avait été lancé et qu'elle avait accepté sans en connaître les clauses. Aïssétou fut présentée en tant que Soussou très, très distinguée et comme une invitée de marque, à tous les membres du foyer, lors d'une petite cérémonie, où les hommes et femmes influents de la famille avaient été conviés. Elle devait se comporter comme une femme très digne et respectueuse des traditions, qu'elle ne connaissait pas. Ndiaye lui montrait toujours comment agir en lui lançant des regards. Le jeu semblait bien fonctionner, mais c'était

---

34 Expression locale pour dire *un enfant*.

35 Paillotte avec le toit de paille plus long et qui descend plus bas que la paillotte soussou.

épuisant pour Ndiaye qui devait à tout moment lui expliquer des choses sur les bonnes manières peules, mais surtout pour Aïssétou, qui ne se sentait pas du tout à la hauteur. Elle était une femme fière et volontaire, mais aussi une femme simple qui aimait prendre la vie beaucoup plus à la légère que chez les Bah. Pourtant, à Madinagbe, où elle avait grandi, elle s'était toujours considérée plus raffinée que les siens, les Soussous. Au fond d'elle, elle était une Soussou, mais elle aurait toujours à le cacher. Ici, tout ce qui pouvait ressembler à ses origines était dénigré. Tous les comportements étaient faits à l'opposé des siens, considérés idiots, pour s'en distinguer. Aïssétou se demandait si elle pourrait vivre selon des règles si différentes toute sa vie. Mais le jeu n'en valait-il pas la chandelle? Cette maison était beaucoup plus confortable que toutes celles où elle avait habité, les gens, ici, la traitaient comme une dame et elle avait droit à tous les égards. Il ne lui restait qu'à être présentée au fameux frère, cet homme qui pouvait lui ouvrir la porte à tout ce luxe. Qu'adviendrait-il si elle ne lui plaisait pas? Où allait-elle aller? Qu'allait-elle faire, retourner enseigner à la capitale? Rien qu'à cette idée, elle eut une moue de dédain. Il fallait qu'elle gagne le cœur de cet homme qu'elle ne connaissait pas encore, mais qu'elle ne tarderait pas à rencontrer.

Ce fameux frère allait être de retour chez lui pour deux semaines et, après, il repartait travailler comme cadre dans une plantation d'ananas. Il devait se marier pendant ces deux semaines et il repartirait seul, laissant sa femme dans la maison familiale afin que sa mère puisse bien la former. Il ne reviendrait habiter les cases de ses parents que lorsque son père serait trop vieux pour gérer la maisonnée et ainsi, il reprendrait contact avec son épouse. Elle n'avait que deux semaines pour l'ensorceler et provoquer en lui le désir de la marier, elle, et personne d'autre.

— Comment tu fais pour qu'un homme tombe amoureux de

toi, Ndiaye? Tu sais que je ne suis pas aussi expérimentée que toi avec les garçons; tu as des trucs? demanda Aïssétou à son amie, alors qu'elles s'étaient étendues toutes les deux, côte à côte, sur la couche en peau de vache.

— Chut! Franchement, si quelqu'un t'entendait dire que j'ai de l'expérience avec les hommes! Ici, tous sont certains de ma virginité, tu sais…

Elle chuchotait si faiblement qu'Aïssétou avait dû se rapprocher très près de la bouche de son amie. Comme dans un souffle, elle répondit:

— Mais alors, as-tu des trucs, j'en ai vraiment besoin, tu sais, je ne me sens pas du tout prête à conquérir ton frère et, en plus, j'ai le trac.

— Je vais te conter une histoire que ma mère m'avait racontée lorsque j'étais toute petite, commença-t-elle sur un ton solennel. Une femme voulait avoir l'amour d'un homme et elle était allée demander de l'aide à un marabout. Celui-ci lui avait dit qu'il pouvait lui donner une potion à boire à ce garçon et qui le rendrait follement amoureux d'elle. Seulement, pour cela, elle devait aller lui chercher un ingrédient qu'il n'avait pas: le lait d'une lionne. Quand, après plusieurs semaines, elle revint avec le lait, le marabout lui dit qu'elle avait son remède. Il fallait qu'elle agisse comme avec la lionne pour qu'elle lui laisse prendre son lait. Avec l'homme, on doit l'apprivoiser tranquillement, le rassurer et le rendre moins farouche, tout doucement.

— Je n'ai que deux semaines pour apprivoiser ton frère! se plaignit Aïssétou.

Elle était découragée. Elle se tourna sur le dos et regarda nerveusement le toit de paille où un énorme lézard mangeait un insecte dodu.

— Mais tu as une arme spéciale, fit Ndiaye en se tournant vers Aïssétou en s'appuyant sur ses coudes. Ses yeux pétillaient, elle fit un clin d'œil. Tu es chaude, une femme complète!

— Ben… chaude, je ne sais pas trop, fit Aïssétou nerveuse.

— Mais oui, ma chère, ton sexe, il est complet! Mon frère, je le sais, est très porté sur la chose. Ici, quand il vient à la maison, il y a toujours deux ou trois femmes qui sortent de sa case le matin. Et ce ne sont jamais les mêmes. Mais aucune n'était complète comme toi! C'est extrêmement rare, ici, tu sais. Je pense qu'il devrait être curieux et même excité en t'imaginant. Cela pourrait faire pencher la balance pour toi. Tu aurais cette particularité cachée qui n'est pas négligeable quand on aime le sexe comme mon frère. Moi, je vais m'arranger pour qu'il apprenne que tu es naturelle et brute, mais il doit être le seul à le savoir. Ici, tout le monde serait outré que tu sois encore comme un animal.

Le stratagème plaisait à Aïssétou. C'était la première fois qu'elle pouvait tirer avantage de sa condition de femme non excisée. En plus, le combat pour avoir son mari semblait simplifié. Seulement, elle avait un peu peur de cet homme très exigeant sexuellement. Elle ne se voyait pas avec un mari qui devait avoir plusieurs amantes pour se satisfaire. Elle serait certainement jalouse de toutes ces femmes, mais c'était le prix à payer. De plus, il était fréquent que les épouses aient des copines chez les amantes de leur mari, elle n'aurait donc aucune difficulté à se trouver des amies. «Bien sûr, voilà la clé de mon problème. J'utiliserai mes charmes de femme pas comme les autres», se dit-elle en sombrant dans un profond sommeil, morte de fatigue.

Il était imposant. Personne n'avait le droit de le nommer par son prénom, sauf son père, son unique supérieur. Tous devaient l'appeler par son surnom, Souaré, qu'il portait depuis sa naissance. Cet homme qui, semblait-il, allait devenir son mari, était arrivé en voiture la veille et, aujourd'hui, c'était la fête en son honneur. Les esclaves avaient sacrifié une vache le matin et tous allaient manger cette viande lors d'un grand festin. Il n'était pas très beau, mais il agissait avec tant de dignité qu'il avait le charme des grands hommes. Tout en lui était cérémonieux, jusqu'à sa manière de saluer chacun, même les plus vieux que lui, avec trop de familiarité. Il gardait néanmoins beaucoup de respect pour les frères de son père, des hommes qui, par leur âge très avancé, restaient hors de la hiérarchie familiale. Aïssétou et Ndiaye avaient passé la journée à cuisiner les accompagnements du repas. Elles étaient avec le groupe des femmes dans les cuisines extérieures et jamais le frère n'était venu ou ne s'était intéressé à elles. Aïssétou l'avait épié toute la journée du coin de l'œil. Elle était nerveuse et, pour se changer les esprits, elle avait besogné très fort, ce qui avait plu à la vieille mère, selon elle. Aïssétou devait la conquérir elle aussi, et même elle d'abord, pour avoir accès au frère. La vieille mère s'approcha d'Aïssétou et lui dit d'un ton grave:

— Petite, il est temps que tu partes te faire belle. Tu ne dois jamais laisser le travail et le temps t'enlever le peu de beauté que tu as. Allez, va dans ta case t'arranger, afin que mon fils ne te voie pas comme une paysanne! fit-elle avec un ton condescendant. Allez, obéis! lui ordonna-t-elle en coupant les salutations de politesse que la jeune Soussou s'apprêtait à lui faire.

Surprise par tant de dureté, Aïssétou tourna les talons et s'en alla rapidement à sa case. Elle devrait accepter de se soumettre et de se laisser former par la vieille mère mais, elle le savait maintenant, ce serait très difficile. Elle se parlait à elle-même: «Je dois m'y habituer, pourvu qu'elle ne me batte pas» et si elle se le permettait, qu'allait-elle faire? «Non, non elle ne pourrait pas», se dit-elle.

Elle revêtit sa plus belle robe, cousue spécialement pour elle. Elle avait bien tapé les plis du vêtement à l'avance en frappant sur le tissu avec le marteau de bois. Ce processus lissait le vêtement lorsqu'il était humide. Elle passa beaucoup de temps à faire le nœud du foulard de tête formé à la manière de la ville. Elle demandait toujours les avis de Ndiaye, qui devait s'habiller elle aussi et qui aidait en plus ses deux sœurs. Quand toutes les quatre furent fin prêtes, elles s'étudièrent toutes l'une et l'autre afin de voir si tout était impeccable.

Une foule était massée devant la case principale où logeaient les parents. Le frère convoité, ce Souaré, n'avait jamais vu Aïssétou, et quand les trois jeunes femmes s'approchèrent de lui, Ndiaye présenta sa copine soussou comme sa fiancée potentielle. Elle prit soin de la nommer seulement par son prénom, afin de ne pas dévoiler tout de suite son origine. Souaré la scruta longuement, s'attardant impoliment à ses courbes et cherchant de toute évidence à évaluer la qualité de la marchandise. Dents trop jaunes, peau trop bleue, mais bonne poitrine, semblait dire son regard scrutateur.

Aïssétou faillit défaillir. C'était trop! Ni la vieille mère ne semblait intéressée à elle ni même celui qui devait devenir son mari! Peut-être que l'arme dont elle disposait n'aurait pas de poids lors du dernier jugement! Elle s'efforça de sourire respectueusement en gardant les yeux baissés afin de se protéger de l'adversité. Mais tout ce qu'elle avait de courage et d'espoir se fracassa lorsque Ndiaye la présenta aux autres fiancées potentielles qui, comme elle, tentaient leur chance avec Souaré. L'une d'elles, nommée Fatimatou, était si belle qu'Aïssétou voulut courir se cacher dans sa case et y rester pour toujours. Jamais elle ne pourrait l'emporter contre cette grande Peule aux traits parfaits. Lorsqu'on la regardait, on s'imaginait qu'elle avait été sculptée par le meilleur des artistes. Sa féminité et son raffinement émanaient de tout ce qu'elle faisait, ses mouvements étaient si raffinés qu'on aurait dit qu'elle avait préparé ses déplacements comme une chorégraphie, mélangeant les plus beaux mouvements des plus belles danses. Sa démarche semblait si étudiée, si parfaite, que les regards ne pouvaient que s'y arrêter et se surprendre de tant de douceur et de sensualité. Ses cheveux avaient été tressés et on y avait ajouté de longues et fausses mèches qui caressaient son dos nu. Elle portait la tunique traditionnelle de forme rectangulaire. Le tissu du vêtement était fait d'une toile épaisse, d'un blanc immaculé, et recouverte d'une couche de dentelle vraisemblablement ouvrée à la main. Une jolie ouverture circulaire, finement brodée de fils blancs, ornait ses reins et les dénudait juste ce qu'il faut pour que le regard des hommes puisse s'y arrêter.

Jamais, jamais elle ne pourrait triompher contre de telles adversaires! Il n'y avait qu'une chance, son arme secrète, son sexe qui pouvait lui permettre de l'emporter et elle allait s'en servir aussitôt qu'elle le pourrait. Tout le reste de la soirée fut comme un concours de beauté où la belle-mère potentielle posait un œil critique et peu encourageant. Le principal juge, Souaré, ne prêta aucune attention aux femmes qui se battaient pour lui avec leurs armes de femelle. Il était visiblement ennuyé et partit très tôt dans le but de passer la soirée avec ses amis d'enfance et, très certainement, il ramènerait une femme ou deux chauffer sa couche.

Aïssétou était détruite. Son cœur pleurait toutes les larmes de sang qu'il pouvait et son visage était endolori par un sourire figé et raide. Elle combattait ses larmes et sa panique devant cette masse de gens, ne se gênant pas pour évaluer les aspirantes femmes qui deviendraient possiblement leur mère à tous. La famille au grand complet semblait avoir son mot à dire sur celle qui constituerait le pilier de cette noble lignée.

Aïssétou entendit néanmoins un commentaire qu'elle jugea positif, ce soir-là, avant d'être délivrée par le sommeil. Deux hommes, qui discutaient en retrait pour ne pas être trop entendus, avaient choisi le coin qui donnait derrière la case principale pour échanger, coin qui servait de cachette pour faire ses besoins. Aïssétou, ayant enfin l'occasion de se sauver sans que personne ne s'en aperçoive, était allée se mettre à l'aise dans les hautes herbes cachées derrière la case. Elle avait dû boire du thé toute la soirée pour avoir toujours sous la main une échappatoire; prendre une gorgée, et ainsi, prendre un instant pour réfléchir avant d'agir ou de répondre. Elle avait entendu une discussion et elle s'était cachée quelques instants, l'oreille tendue:

— Moi, mon vieux, je te dis, avec toute mon expérience, je suis certain que la vieille devrait choisir cette Aïssétou de la capitale. Elle a le corps d'une bonne reproductrice et c'est de cela dont on a besoin, beaucoup d'enfants pour s'assurer la naissance d'un futur chef. Elle a de bonnes grosses mamelles et de belles grosses fesses dodues. Elle est certainement moins jolie, mais tu sais comme moi que ce n'est pas la beauté qui fait une reine au foyer! avait dit le plus vieux, appuyant ses propos d'un rire gras.

— Mon très cher, je ne peux qu'approuver votre jugement si réaliste; seulement, elle aura de la difficulté à se faire respecter des autres femelles avec son manque flagrant de raffinement, ne croyez-vous pas?

— Non, vous savez comme moi que ce n'est pas la femme qui se fait respecter, mais l'homme, qui fait pression pour qu'on la respecte. Ce sera le rôle de Souaré d'imposer la domination de sa femme sur les autres. Elle, elle n'a qu'à produire beaucoup de descendants et à avoir de bons bras vaillants, avait conclu l'aîné des deux en se frottant les mains, fier de sa réflexion.

Aïssétou ne savait que penser, mais enfin, quelque chose de positif avait été dit après qu'elle se soit fait ridiculiser toute la soirée. Elle ne pouvait plus penser, elle était si confuse! Pourquoi était-elle heureuse de se faire comparer à une bonne vache reproductrice, pourquoi acceptait-elle tout cela? Pour la possibilité de devenir importante pour un groupe de gens qu'elle ne connaissait pas et pour qui elle n'avait aucune affection? Elle s'était si longtemps convaincue que c'était sa voie pour devenir quelqu'un, et que c'était son but sur terre. Elle s'endormit donc avec l'angoisse d'être au front, dans une guerre où l'on se doit d'être victorieux, même si, au fond, elle avait l'impression de monter sur le pont des pendus[36].

Le lendemain matin vint trop tôt. Le soleil n'avait pas encore sorti ses épées de feu qu'Aïssétou était déjà réveillée. Elle avait eu d'effrayants cauchemars et elle avait émergé tout en sueur. Des visions d'horreur lui venaient en tête, elle se voyait mangée de l'intérieur par des millions de petits insectes. Même sortie du sommeil, elle sentait des picotements dans tout son corps, comme si elle était effectivement dévorée de l'intérieur. Elle se mit à paniquer en se grattant partout encore et encore, comme si cela pouvait faire en sorte que cessent ces sensations affreuses. Elle réussit tant bien que mal à se calmer, mais elle était incapable de se rendormir. Elle put donc réfléchir jusqu'au moment où tous allaient se lever et où il lui faudrait commencer les tâches domestiques de la journée.

Les restes de la soirée attendaient les femmes, tout éparpillés sur les tables de bois brut. Elles auraient beaucoup de travail. Elle réfléchit longuement à ce qu'elle avait entendu de la bouche des deux vieux: «Elle a de bonnes grosses mamelles et de belles grosses fesses dodues. Elle est certainement moins jolie, mais tu sais comme moi que ce n'est pas la beauté qui fait une reine au

---

36 Le pont des pendus est une référence à un réel pont qui passe au-dessus de l'autoroute qu'on peut voir à Conakry sur lequel les exécutions publiques ont lieu.

foyer!» Elle avait une chance, comme l'avait déjà dit Ndiaye, elle devait garder espoir.

Lorsque sa copine fut enfin réveillée, Aïssétou put lui raconter la soirée et ce qu'elle avait entendu. Cependant, ce qui surprit le plus Ndiaye, c'était les cauchemars qu'Aïssétou avait faits la nuit dernière.

— Je veux que tu me racontes tous tes rêves O.K.? fit-elle, un peu inquiète. Je veux que tu sois bien, c'est important pour moi. Ah! tu sais, j'ai pu dire ton secret à mon frère hier et je crois que notre plan va fonctionner. Il était surpris de ce cadeau inattendu et il avait déjà l'air de saliver en pensant à toi, une femme encore animale. Je crois que j'ai bien vu en toi, tu vas peut-être devenir ma mère[37] après tout! Ce serait bien, tu seras gentille avec ta vieille amie, hein, quand tu seras ma supérieure, fit-elle en ricanant. C'est toi qui pourrais me choisir un mari, tu sais, les deux se regardèrent et pouffèrent de rire.

Elles purent ainsi voler quelques moments de plaisir avant d'aller besogner.

Il était l'heure du retour des vaches au bercail, après la chaude journée de travail. Aujourd'hui, tous avaient dû reprendre l'ouvrage: les hommes avec les vaches, les femmes avec les enfants et les tâches ménagères. Seuls Souaré et son père étaient restés à la case. Aïssétou fut surprise de voir se lever Souaré si tard, mais fut encore plus surprise de voir qu'il n'avait pas emmené de filles dans sa couche le soir d'avant. Pourquoi s'était-il refusé le plaisir de prendre toutes les filles qu'il voulait? En effet, en raison de son rang dans la hiérarchie de cette région, les Bah étaient des descendants des anciens nobles Peuls; aucune femme non mariée ne pouvait le refuser, car elles étaient toutes de castes moins élevées. Il pouvait aussi évidemment prendre n'importe laquelle

---

37 *Mère* a un sens large et nomme toutes les femmes de rang supérieur.

des filles non mariées des griots, la caste encore plus basse. Seulement, il se résignait rarement à prendre de force des femmes des hiérarchies plus basses car c'était répugnant de les choisir de si basse classe sociale.

Pourquoi n'avait-il pas pris de femmes ce soir-là? Était-ce bon ou mauvais signe? Elle le regardait manger son pain et sa bouillie au lait, assis avec son père sur un tapis placé sous le gros arbre à épines. Ils discutaient lentement et le firent longuement, et ainsi Aïssétou pouvait les épier du fond de la cour, penchée sur son seau où elle lavait les vêtements de jour des membres de la famille. Elle avait beaucoup de travail, mais elle préférait les seaux de linges à laver que ses quatre-vingts élèves indisciplinés et sa case moisie et nauséabonde. Elle voulait changer de vie, changer la Aïssétou qui vit dans la misère pour cette Aïssétou travaillante, femme mariée et désormais importante aux yeux de tous. S'il le fallait, elle deviendrait ce que tous voulaient qu'elle soit; elle avait enfin un but, elle allait gagner une vie où elle mangerait tous les jours à sa faim, où elle pourrait élever ses enfants entourés et chéris par une grosse famille. Non, elle ne retournerait pas à sa case d'enseignante, à cette prison de crasse de Conakry. Elle ferait tout pour qu'il la choisisse, elle.

La vie normale avait repris dans le hameau des Bah. Ce soir-là, tous avaient mangé en silence. Le concours des futures épouses continuait, mais dans le contexte de la vie de tous les jours, où Aïssétou se sentait plus à l'aise. Elle n'était pas aussi raffinée que la belle Fatimatou, mais elle semblait l'emporter sur la vaillance et la force au travail. Aïssétou se sentait de plus en plus à l'aise, malgré les yeux haineux de sa rivale. Si les gens avaient pu voir les regards noirs que lançait Fatimatou à Aïssétou, celle-là aurait facilement été disqualifiée, mais bien sûr, elle prenait beaucoup de précautions à préserver son image d'ange de douceur. La guerre féminine avait éclaté. Il n'y en avait qu'une qui pouvait régner et les deux dernières en lice étaient prêtes à tout. Il y a moins de sang à la guerre des femmes, mais autant de morts et de souffrance.

Réveillée encore au petit matin par des cauchemars qui étaient de plus en plus terrifiants, Aïssétou se réveilla en sursaut dans les bras de Ndiaye qui lui giflait le visage.

— Tu as un cauchemar! Allez, c'est moi, Ndiaye!

La jeune Soussou ouvrit les yeux, encore terrorisée. Elle gémissait doucement, tentant de se calmer.

— Tu n'arrêtais pas de pleurer, à quoi as-tu rêvé, cette fois? demanda Ndiaye, aussi paniquée que son amie.

— *Hanoummmm*, gémit-elle, il y avait des gens tout autour de moi et tous riaient comme des hyènes en me pointant du doigt. J'étais toute nue au centre, et ils riaient et riaient. Ah, c'était affreux!

— Je pense que tu es très éprouvée par ce qui arrive, ma pauvre. Je comprends, en fait, ce doit être très énervant ce que tu vis avec mon frère et toute ma famille que tu ne connais pas. En plus, tu dois tout apprendre de nos manières. Je me demande si tout cela, ce n'est pas trop pour toi.

— Non, affirma Aïssétou, je ne suis pas venue ici pour tout laisser tomber par faiblesse, fit-elle en usant de toute sa volonté pour se calmer et reprendre courage. Tu sais que c'est mon unique chance d'avoir une vie comme je veux. Tu connais ma situation, je n'ai rien d'autre et, ici, on m'offre une certaine célébrité, de la nourriture, des vêtements et une grande famille. Je n'ai pas le droit d'échouer! C'est la chance de ma vie.

— Tu sais, je ne crois pas que ce soit normal que tu aies tous ces cauchemars. Je sais qu'il y a des femmes qui ont des moyens cachés pour combattre quelqu'un de loin. Des fois, je me demande si tu ne serais pas la cible d'un sort ou de quelque chose du genre. Tu sais que plusieurs peuvent te vouloir du mal maintenant.

Cela faisait longtemps que Ndiaye y pensait et, en fait, elle s'y était attendue depuis le jour où, lors de la première festivité, elle avait surpris le regard de la trop belle Fatimatou sur son amie.

— Tu devrais peut-être demander conseil à ma mère, elle pourrait t'emmener voir quelqu'un.

— Tu n'y penses pas sérieusement! Elle me prendrait tout de suite pour une sorcière, de parler de ces choses-là, tu ne crois pas? En plus, j'aurais l'air d'une femme faible et craintive. Je ne peux pas parler de mes cauchemars avec ta mère.

— Je ne crois pas que cela te causerait de problème. Une fois, ma sœur a été frappée par une maladie bizarre et elle s'était fait guérir par le marabout. Il avait dit des choses et elle allait mieux après. Aïssétou, je crois que tu devrais lui en parler, ce n'est pas normal, tous tes cauchemars.

— Tentons plutôt d'oublier cela, il ne me reste que cinq jours avant les fiançailles et je n'ai pas le temps de penser à cela; peut-être, après. De plus, ton père étant l'imam, je ne crois pas que ce soit bien vu de pratiquer le maraboutage dans la famille! Allons, levons-nous, ce sera une belle journée aujourd'hui, fit Aïssétou pour se donner courage.

Les nuits mouvementées où elle avait du mal à dormir se faisaient sentir. Elle avait beaucoup moins d'énergie et cela paraissait dans son travail, malgré toute sa volonté. Elle ne souriait plus si facilement et, parfois, elle aurait cent fois préféré aller se coucher seule dans la case que d'avoir à continuer à besogner toujours plus que la toujours splendide Fatimatou. À la tombée du soleil, elle était épuisée. Elle s'arrêta de balayer le sable durci de la cour pour s'asseoir sur une bûche. Elle avait besoin de souffler un peu, ses mains étaient toutes crampées et desséchées par les nombreuses immersions dans l'eau savonneuse.

— Que fais-tu là, assise toute seule dans ton coin? fit une voix joyeuse dans son dos.

Elle se retourna et fut stupéfaite de voir Souaré avec un petit sourire sur son visage. Il était très rare de le voir souriant et elle fut encore plus stupéfaite.

— Eh, j'ai la malchance d'avoir été prise en pleine pause.

— Pourquoi, est-ce une malchance de me voir? dit-il, amusé.

— Ce n'est certes pas une malchance de vous voir, monsieur, mais ça en est une que vous me voyiez paresser. Je vous assure que c'est la première fois depuis mon arrivée que je me risque à ralentir mon travail.

— Il est donc grand temps que je m'en mêle, conclut Souaré, comme s'il parlait à une enfant. Il est important que vous me gardiez des énergies, ma belle. Vous savez que je ne suis pas insensible à vos charmes, il ne faudrait pas que vous deveniez fatiguée et vieillie par le travail. J'ai envie d'une femme débordante d'énergie et de toute sa chaleur. J'ai connu votre secret de par ma petite sœur, donc j'imagine que vous avez plus à offrir que toutes les autres femmes; alors je vous ordonne de regagner votre case et d'y rester toute la journée de demain. Je donnerai des directives pour que l'on vous donne votre part de bouillie de lait et votre riz de l'après-midi, directement dans votre paillote. Seriez-vous heureuse de cela? dit-il avec un regard chargé d'une bonté qu'elle ne connaissait pas à ce visage habituellement dur.

— J'en serais complètement comblée, répondit-elle en baissant la tête, comme le doit une grande dame.

Elle n'en croyait pas ses oreilles. Elle devait rêver, s'être perdue dans un monde impossible. Il était gentil avec elle, il lui parlait en souriant. Elle en était si touchée et si heureuse! On lui donnait enfin une chance, une chance de prouver qu'elle était la meilleure, de montrer qu'il devait la choisir, elle, et personne d'autre. Elle savait comment. Elle utiliserait son arme secrète, il lui en donnait la chance. Elle continua, en tentant de garder tout le respect qu'elle lui devait, et lança:

— J'en serais comblée, monsieur, et peut-être ainsi pourrais-je vous combler, le soir venu.

C'était direct, mais c'était l'unique façon, pensait-elle, d'user de ses charmes et de rester compétitive, sa seule chance, se persuadait-elle. Seulement, la réaction de Souaré n'était pas celle attendue. Il semblait très surpris et gardait le silence.

— Alors, ma chère, si je comprends bien, vous êtes ce genre de femme qui fixez vous-même les rencontres, et ce, avant même le mariage. Ce qui est pour le moins décevant. Et si j'avais eu envie de vous ce soir? Vous me refuseriez? Vous prétexteriez la fatigue?

Aïssétou pensa qu'elle n'en aurait pas le droit, mais comment lui faire comprendre qu'elle était complètement épuisée et qu'elle ne serait certes pas la meilleure amante pour ce soir? Elle ne le pouvait pas, elle ne pouvait que le lui démontrer par son allure peu attirante, rongée de fatigue. Elle le regarda avec des yeux volontairement plus fatigués qu'ils ne l'étaient en réalité et elle répondit:

— Jamais je ne vous refuserais, mon très cher, c'est mon devoir.

Malheureusement, encore une fois, sa réaction ne fut pas celle qu'il attendait. Il la regarda avec un air pour le moins surpris et tourna les talons brusquement.

Le lendemain, comme il l'avait dit, il lui fit parvenir tous ses repas dans sa case. Elle avait, pour la première fois, l'impression d'être gâtée par ses hôtes, et cela ne fit que lui donner encore plus le goût de rester pour toujours dans cette famille. Plus jamais elle ne reverrait cette puante case au bidonville de la capitale. Conakry, toutes les images qu'elle en avait dans sa mémoire, étaient imprégnées de mauvaises odeurs et de moisissures. Seule l'image de la piscine, dans l'hôtel des *trop riches pour elle*, lui laissait un souvenir agréable. C'est en pensant à tout cela qu'elle passa sa journée de congé, bien méritée. Elle dormit longtemps et, enfin, ses mains purent prendre du repos et se faire huiler au beurre de karité, pour éteindre le feu des gerçures, dues au travail. Elle était néanmoins nerveuse. Comment devrait-elle se livrer à lui? Au plus vite? Attendre un peu? Comment s'y prendre? Elle était très intimidée par cet homme qui ne lui avait jamais adressé la parole jusqu'à la veille, où il avait été insondable. Comment pouvait-elle se donner à ce garçon qui lui faisait peur? De plus, elle ne pouvait s'empêcher de trembler de nervosité lorsqu'il était près d'elle. Elle devait se battre, encore une fois. Combattre ses sentiments, combattre ce qu'elle était pour atteindre son but, celui d'assurer sa survie.

C'est ainsi que, le soir venu, elle huila son corps de beurre de karité et attacha sa chaînette de clochettes autour de la taille. Elle mit son plus beau pagne brodé en guise de sous-vêtement et y ajouta son pagne de jour par-dessus, lui aussi le plus serré possible afin d'aider les choses. Elle voulait qu'il soit très attiré pour que cela se déroule le plus rapidement possible. Après cela, les dés allaient être jetés, et enfin, elle pourrait respirer. Enfin... s'il daignait venir la rencontrer ce soir. Si c'était le cas, demain, ce serait un nouveau jour, celui où elle aurait la certitude qu'il l'avait choisie.

Elle l'attendit toute la soirée, et enfin, vers les neuf heures, il demanda le droit d'entrer en chuchotant de l'autre côté du rideau épais de la porte. Elle accepta et fut choquée de voir qu'il avait, de toute évidence, bu quelques bières. Il avait les yeux d'un homme affamé, mais aussi brouillé par l'alcool. Il la regarda déjà étendue sur le lit et dit:

— Alors, je vois que ce qu'on m'avait dit était bien vrai, tu es une vraie chaude! Je m'en viens te chauffer les fesses, moi, grogna-t-il.

Elle ne comprenait pas trop, mais tout ce dont elle était certaine, maintenant, était qu'elle n'avait aucune envie de se laisser toucher par cet homme qui la traitait maintenant sans aucun respect. Elle le vit avancer vers elle et elle ne put que laisser sortir un long soupir, elle n'avait aucun choix, semblait-il. Elle ouvrit les cuisses et attendit, essayant de fixer ses idées sur l'énorme araignée qui parcourait le plafond en quête de nourriture. Ce n'était pas si affreux, finalement; elle se mit même à sentir les chaleurs du désir, que seules les femmes dans sa condition — non excisées — pouvaient sentir. Elle se laissa donc aller et ne tarda pas à être sensible aux caresses de cet homme qui, de toute évidence, n'en était pas à sa première douzaine de femmes. Seulement, alors que la symbiose des corps devenait plus enlevée, Souaré se retira brusquement.

— Beurk, c'est impossible! s'écria-t-il assez fort pour que tous les voisins puissent l'entendre. Tu es répugnante, tu meugles comme une vache en chaleur! Tu n'es pas humaine, tu es une vraie femelle. Je suis incapable de m'unir physiquement à toi, c'est trop répugnant, tu n'as donc aucun savoir-vivre. Je savais que tu étais chaude, mais quand même, meugler! Une vraie femelle en chaleur, dans mon lit, avant même les épousailles, et cela veut devenir ma femme! criait-il, le visage rougi et faisant une moue de dédain en la regardant.

Elle était terrorisée et incapable de comprendre quoi que ce soit. Elle s'accroupit, cachée sous une peau de vache au coin de la case. Les gens commençaient à chuchoter au dehors.

— C'est un monstre, elle gémit et souffle comme un animal en chaleur, beurk! C'est tout à fait répugnant, continuait-il sans jamais se tarir de paroles, et surtout, sans baisser le ton. Elle fixe elle-même les rencontres, accepte une relation avant le mariage officiel et se donne à un homme qu'elle ne connaît pas. Animal en chaleur, monstre du diable, comment peux-tu bouger comme cela, on ne t'a jamais appris les bonnes manières! Jamais, jamais tu ne deviendras ma femme, tu entends, jamais je ne m'unirai à

une sorcière affamée, une femme qui ouvre les cuisses à la première discussion!

Mais elle n'entendait plus rien. Heureusement, elle s'était
évanouie avant qu'il quitte la case en laissant la porte ouverte aux
nombreux indiscrets qui s'étaient massés, attirés par la série
d'insultes. Personne n'osait entrer pour la réveiller, ils restaient
tous là à regarder la fente entre les rideaux de porte de la case. Elle
gisait là, nue sous un petit morceau de peau de vache, inconsciente.

C'est Ndiaye, le lendemain, à l'aube, qui coucha Aïssétou dans
son lit et la recouvrit mieux afin de cacher sa trop grande nudité.
Elle avait entendu des jeunes rire et conter ce qui était arrivé. Elle
avait été invitée à dormir dans la case des parents avec ses deux
sœurs sans savoir pourquoi. Ndiaye fut incapable de réveiller
Aïssétou de toute la journée. Elle restait absente, complètement
partie dans un autre monde.

— Mais pourquoi t'es-tu donnée si vite! Il te fallait simplement tenter mon frère par ton statut de femme chaude, pas te
donner à lui! disait Ndiaye à sa pauvre amie endormie. J'étais
certaine que tu le savais! fit-elle en la berçant dans ses bras,
comme pour se faire pardonner de ne pas l'avoir informée
suffisamment des coutumes des siens. C'était tellement évident!
Comment se fait-il que tu ne saches pas cela? disait Ndiaye,
bouleversée. Que les différences entre les deux ethnies pouvaient
être importantes!

La vieille Sow, mère de Souaré et de Ndiaye, elle, réfléchissait:

— J'aurais dû suivre mes impressions, cette fille m'avait paru
de mauvaise qualité dès son arrivée chez nous! Maintenant, elle
nous met dans un grave pétrin. Petite folle! disait la vieille,
énervée. Comment allons-nous pouvoir nettoyer la honte qui s'est
abattue sur notre famille? Il nous faudra au moins un an pour
retrouver notre statut de famille sans taches. Tous vont enfin
trouver quelque chose pour rire de nous. Mon fils, au lit avec une

prétendante officielle non purifiée de son animalité, mon pauvre fils! De quoi ai-je l'air, maintenant, d'avoir présenté cette fille à mon fils en tant que potentielle épouse!

La vieille femme continuait son monologue empreint d'une réelle anxiété. Elle avait demandé à parler en toute intimité aux trois hommes les plus vieux de la famille afin de discuter de la manière de réagir à ce malheur qui ne tarderait pas de faire souffrir tous les membres de la famille. Quand les mauvaises langues pouvaient trouver des calomnies nouvelles et assez spectaculaires, les conséquences allaient souvent très loin et étaient assez lourdes. C'est pourquoi la vieille femme avait tout de suite compris ce qui s'était passé et avait décidé de se préparer face à l'ennemi: les gens extérieurs à la famille.

D'abord, il fallait trouver un moyen d'épargner celui qui allait avoir le statut de chef sous peu: Souaré, le futur représentant du groupe. La famille au complet devait s'assurer de la crédibilité de celui qui, plus tard, parlerait pour eux.

— Mais aussi, n'oublions pas qu'il faut se débarrasser le plus vite possible de cette fille. Que faire de cette fautrice de trouble? C'est une honte, nous ne pouvons pas la garder. Personne ne doit savoir ce qui est arrivé réellement. Mon pauvre fils ne doit pas souffrir d'avoir uni son corps à cette diablesse animale. Il n'aurait jamais pu la marier de toute façon, continuait la vieille mère.

Elle ne cessait de se demander pourquoi la jeune fille avait voulu qu'il la couche[38] avant le mariage. Elle ne savait donc pas qu'après cet incident, elle n'aurait plus jamais le droit d'unir sa vie à son fils?

— Cette fille est de très mauvaise qualité, accepter l'inacceptable, causant nécessairement l'impossibilité de voir leur vie unie. Je vous le dis, cette fille est folle, elle devait le savoir, qu'il fallait

---

38 Expression locale signifiant avoir un rapport sexuel.

se réserver en vue du mariage? C'était certainement pour s'assurer de ne jamais le marier, elle ne voulait donc pas vivre ici! continuait la vieille devant les trois hommes assis sur leur tapis.

Le chef, son mari, se leva:

— Alors, femme, as-tu terminé ton discours?

— Oui, fit-elle, la tête baissée.

— Maintenant, laisse-nous et va. Nous allons discuter de tout cela et prendre une décision. Merci de nous avoir si bien informés et cesse de t'inquiéter. Nous nous occuperons de tout. Tu as autre chose à t'occuper maintenant, fit-il en lissant les plis de sa robe longue.

Il tira son tapis en face des deux autres hommes et se rassit en attendant que la femme ait quitté la pièce pour commencer la discussion qui allait leur prendre toute la journée.

Ils sortirent de la case après six heures de délibération. Ce qui s'était dit lors de cet entretien n'allait jamais être connu, mais ce soir même, tous furent convoqués autour de la place centrale. Tous, sauf, bien sûr, Aïssétou qui venait tout juste de se réveiller. Elle était même surveillée par un jeune homme afin qu'elle ne sorte pas de sa case. Toute la famille était assise sur de nombreux tapis et, jeunes comme vieux, hommes ou femmes, avaient un air sérieux. Ce qui allait être discuté était important et tous le savaient. Le principal était de se prémunir contre la mauvaise réputation, les mauvaises langues. C'est ainsi que tous furent d'accord pour changer à tout jamais l'histoire de la veille. Tous allaient s'en tenir à une version améliorée, soit: Aïssétou était une fille venue de nulle part — et que, bien sûr, Ndiaye ne connaissait pas — et Souaré l'aurait ramenée à la maison pour passer une seule nuit avec elle, comme il le fait souvent avec toutes les filles de mauvaise qualité qu'il trouve à la ville. Il aurait découvert qu'elle n'était pas excisée dès le début du rapport, et aurait refusé tout de suite de laisser son corps s'échauffer pour cette femme animale. Tous écoutèrent l'histoire afin de véhiculer la même version. Il ne restait qu'un seul autre problème: les deux autres jeunes filles qui avaient concouru contre Aïssétou pour avoir le privilège de s'unir à Souaré. Elles connaissaient Aïssétou et pouvaient parler. Il fut donc entendu que, pour s'assurer de leur loyauté à toutes deux, on passerait avec elles une entente. Elles allaient être mariées l'une après l'autre à Souaré, et ainsi elles n'auraient pas la tentation de salir leur future famille. Souaré semblait tout à fait comblé par ce double mariage, s'imaginant déjà avec ses deux concubines pour le prix d'une. Il serait à tout jamais satisfait, passant de l'une à l'autre. De cette manière, la famille au complet se prémunissait contre les futures incartades de Souaré.

Tous écoutaient, assis autour des trois hommes placés au centre sur des tapis de belles couleurs. Il restait une question importante à traiter: qu'allaient-ils faire d'Aïssétou? Avant d'avoir à s'assurer de son départ le plus rapidement possible, il fallait qu'elle retrouve un peu ses esprits. Depuis l'incident de la veille, elle semblait comme folle. Elle n'arrêtait pas de crier son innocence. Mais comment pouvait-elle être non coupable, elle n'était pas excisée et c'était un crime en soi! On lui avait donc donné une boisson qui fait dormir afin que les voisins ne soient pas attirés encore une fois par des cris.

Le vieux Sow, père de tous, continua solennellement:

— Nous devons trouver un moyen de l'envoyer quelque part, n'importe où, mais assez loin d'ici. Il ne faut pas qu'elle puisse s'enfuir avant d'être très loin. Il faudrait aussi s'assurer qu'elle perdra un peu la mémoire afin qu'elle oublie ce qui s'est passé et qu'elle ne pense pas à revenir. Nous savons ce que nous avons à faire, mais pour cela, il nous faut trouver de la viande de chimpanzé.

Les membres réunis ne comprenaient pas en quoi un grand

singe pouvait faire quelque chose pour eux, mais ils n'étaient pas du genre à interrompre leur chef. Il n'était pas difficile de trouver la dépouille d'une telle bête; seulement, il fallait que la viande soit encore fraîche afin qu'elle puisse être mangée. Il faudrait donc acheter un primate vivant afin qu'il se conserve pendant tout le voyage, ce qui serait pour le moins coûteux. Un animal comme cela, vivant, représentait une dépense d'environ trente mille francs, plus que le salaire d'un mois, soit l'équivalent de deux livres neufs ou d'une bouteille de rhum. On commissionna l'esclave personnel du père afin qu'il aille au marché du village commander un chimpanzé. Quand celui-ci arriva à destination, il trouva un chasseur, issu d'une tribu forestière du Nord. C'était un homme bon, un bon vivant. Il ne se reconnaissait pas dans les coutumes peules, mais savait que ceux-ci payaient bien pour ses captures. Seulement, sachant que les Peuls sont musulmans et n'ont pas le droit de manger de porc, il ne pouvait pas leur vendre de phacochère ni de sanglier, une viande trop similaire au porc. Ainsi, chaque fois qu'il attrapait un tel animal, il le gardait pour lui ou pour sa grande famille de sept enfants. Il était très heureux d'avoir ce contrat; il devrait partir au mont Nimba et donc recevoir un dédommagement monétaire pour le voyage et se faire payer ses passages dans une auto. De plus, connaissant quelques camionneurs, il pourrait trouver un transport gratuit; il garderait ainsi une partie de l'argent du transport. Au retour, il n'aurait qu'à attacher le primate sur le nez du camion et espérer qu'il survive; mais s'il mourait, ce ne serait pas trop grave car il n'aurait pas le temps de devenir avarié durant les quelques heures que durerait le périple.

C'est ainsi que, deux jours après, on vit arriver un animal à moitié homme, à moitié mort au hameau des Bah. Les mains et les mains de pieds du primate étaient attachées ensemble afin qu'il tienne par ses liens sur un bâton long, porté sur les épaules de deux hommes. Il pendait dos au ras du sol en balançant de gauche à droite aux mouvements des deux porteurs. Il rendit l'âme lorsqu'on détacha ses liens. Par chance, il était encore chaud, ce qui permettait de prouver sa fraîcheur. Le demi-homme ne connaîtrait donc jamais la cérémonie funèbre que font les membres de son groupe à la mort d'un des leurs. Il n'y aurait pas de réunions ni de pleurs à son décès comme les chimpanzés ont coutume de le faire sur son mont Nimba natal.

Le soir même, le primate fut dépecé par les esclaves de la famille et fut mis à cuire. Tout cela avait été fait dans le but exclusif de le faire avaler par Aïssétou. En effet, les vieux hommes de la famille pensaient que le chimpanzé était si près de l'humain, que le fait de manger sa viande, et ainsi de devenir une sorte de cannibale, allait occasionner un choc puissant à l'âme d'Aïssétou. Ils prendraient d'ailleurs la précaution de lui montrer la tête rasée de l'animal pendant qu'elle serait forcée de le manger. Ils espéraient que ce traumatisme l'empêcherait de se rappeler les événements passés au sein de leur famille. Son esprit se chargerait donc de dissoudre ce souvenir insoutenable.

Le soir fut épouvantable pour tout le monde. Les enfants ne pouvaient s'endormir en entendant cette femme folle et enfermée crier et se débattre afin de ne pas ingurgiter les pièces de chimpanzé qu'on lui fourrait de force dans la bouche. Elle fut au moins libérée de sa souffrance lorsqu'un esclave lui fit manger petit à petit les muscles des doigts, semblables aux siens; elle s'évanouit, c'était trop. On ne l'entendit plus, au grand bonheur de toute la famille, qui put ainsi trouver le sommeil. Tous se félicitaient d'avoir des esclaves pour faire le travail à leur place. Quant à Aïssétou, elle trouva enfin un trop profond sommeil qui allait durer fort longtemps. Elle ne dérangerait plus, jusqu'à ce qu'on s'en débarrasse. Seule Ndiaye irait la nourrir à la cuillère chaque jour, se maudissant de l'avoir emmenée, maudissant leur naïveté et regrettant amèrement de n'avoir pas suffisamment informé sa copine de leurs coutumes peules. «Pauvre Aïssétou, pauvres enfants que nous étions, tout est de ma faute», disait Ndiaye en sanglotant.

CHAPITRE 8

Petit chien, discussions et révolte

Wallid Sylla

La journée avait été longue. Wallid avait dû planter cinq bananiers devant la maison d'un des Blancs qui venaient d'arriver. De plus, son ouvrage avait créé une énorme chicane, car l'un des membres guinéens refusait net de laisser Wallid creuser devant sa maison. Il y avait, de toute évidence, enterré ou fait enterrer des choses qu'il ne voulait pas qu'on découvre. Les villageois disaient qu'un marabout avait été sollicité l'été dernier afin d'enterrer des gris-gris. Le Blanc, pour sa part, refusait catégoriquement de recevoir des ordres du Guinéen, argumentant qu'il était chez lui et que, s'il voulait faire planter des bananiers, il en avait le droit. Le pauvre Wallid avait donc dû attendre toute la matinée afin que le chef du projet lui indique de qui il devait exécuter les ordres. Finalement, le Blanc avait eu gain de cause et Wallid, qui aurait préféré profiter de la fraîcheur de l'avant-midi pour creuser les trous, avait été contraint de le faire en plein cœur du midi, alors que la chaleur attaque la peau et nuit à la respiration à chaque bouffée. Après avoir creusé tout l'après-midi, il avait pu enfin prendre congé, expliquant que, si les bananiers étaient plantés tout de suite, le soleil les brûlerait et ils ne survivraient pas.

En se rendant chez lui, Wallid croisa un petit chiot jaune, mort de soif sous le soleil de feu. Il devait l'enlever de là, car les Blancs n'apprécieraient pas la vue du cadavre. Il prit donc la petite touffe de poils par l'échine et se rendit compte qu'elle respirait encore. Il lui donna de l'eau. Si elle buvait, elle s'en sortirait, sinon, il la jetterait dans le dépotoir des Blancs, ce qui veut dire de l'autre côté de la clôture qui entoure le village des *Fotés*. Amené à l'ombre, le chiot se réveilla un peu et releva péniblement la tête pour boire dans le petit bol que Wallid avait posé à sa tête. Le maigre animal se remit rapidement. Quelques heures et deux bols d'eau suffirent à le ramener du côté des vivants. Il avait cogné à la porte de la mort, mais Wallid l'avait rattrapé juste à temps.

Le soir venu, la bête semblait totalement remise et Wallid la prit pour la ramener à sa mère. Tous connaissaient la chienne sauvage qui venait les soirs pour ramasser les déchets de nourriture de la journée. Tous suivaient sa vie et ses grossesses canines comme on suit celle d'une voisine qu'on connaît, mais à qui on ne parle pas. De plus, au grand désaccord des Guinéens, les Blancs avaient tendance à donner de la nourriture de table à la bête. Celle-ci était, par le fait même, moins craintive que les autres. Ce soir-là, par contre, ce furent deux chiennes qui arrivèrent. La plus vieille était accompagnée d'une petite femelle, d'une portée précédente. Elle avait un air épouvantable et c'est probablement pour lui permettre de s'alimenter que la vieille chienne l'avait emmenée chez les Blancs. Wallid approcha doucement. À cet instant même, un Blanc ouvrit sa porte et, sans même regarder Wallid, donna une grosse assiette de riz en sauce aux deux mendiantes qui le dévorèrent avec rage. Elles savaient qu'à cette heure, il y aurait quelque chose à manger. Wallid attendit que le festin fût terminé et s'approcha encore une fois de la chienne mère. Il mit le petit chiot jaune à ses pieds et recula. Elle alla rejoindre le chiot, le lécha affectueusement et, du bout de son museau, le poussa vers Wallid. Elle semblait vouloir le lui donner. Elle regarda le jeune homme longuement dans les yeux et elle partit, suivie de sa fille. Elles quittèrent les lieux et le jeune chiot ne put les suivre. À cet instant, Wallid sut qu'il n'avait d'autre choix. La chienne ne pouvait pas s'occuper de tous les rejetons de sa dernière portée et elle lui laissait ce chiot. Il devait décider de le garder ou de le laisser là, face à une mort certaine.

En rentrant chez lui, l'animal à bout de bras, il rencontra Bouchard sous sa paillote avec son ami de tous les jours, son whisky. Wallid, qui s'était depuis un certain temps lié d'amitié avec le vieux Blanc, s'arrêta afin de voir s'il voulait de sa présence à ses côtés. Il semblait très triste mais était de toute évidence heureux de le voir arriver. Il aperçut le petit chiot jaune qui reniflait doucement dans les mains de Wallid. Tout excité, il prit le bébé chien avec tendresse. Wallid fut amusé de voir cet homme important traiter cet animal tout sale avec tant de respect, comme s'il tenait un bébé humain dans ses bras. Le vieux Blanc leva le petit chien pour le mettre à la hauteur de son visage et sourit.

— Allo, petit trésor, où est ta maman? Hein, où est-elle, beau bébé? Tu dois t'ennuyer d'elle, hein... Il embrassa la bête sur la tête et se tourna vers Wallid. Il est à toi?

— Non, je l'ai trouvé cet après-midi, pratiquement mort sous le soleil. Je viens d'aller le redonner à sa mère, mais elle n'en veut pas. La pauvre chienne en a six autres à s'occuper de la même portée, et quand elle a vu que je l'avais pris avec moi, elle me l'a *donné*.

— Et toi, tu le veux? Si tu ne le veux pas, j'aimerais bien le prendre.

— Je vous en fais cadeau, patron! fit Wallid, soulagé de s'en débarrasser et en même temps, de s'assurer que le petit serait bien avec le vieux Blanc.

Bouchard se retourna vers le bébé et fit un grand sourire.

— Tu veux venir à la maison? Wallid, je vais laver ce petit et j'ai une bière au froid pour toi.

Le jeune était bien d'accord, ce serait sûrement drôle de voir son patron s'occuper du bébé chien et, en plus, il lui offrait une bière froide!

Ils passèrent toute la soirée à laver le chiot et à s'en occuper. Le vieux Blanc enleva les insectes qu'il appelait «tiques». Bouchard expliqua à Wallid qu'il ne fallait pas tirer sur la tique pour l'enlever, car il disait que le parasite risquait de laisser sa tête dans la peau du chien et de former une blessure importante. Il fallait donc faire mal à la tique pour qu'elle lâche par elle-même la peau du chien. Bouchard parlait d'infection, de parasites, de cicatrisation et de toutes sortes d'autres termes compliqués, de sorte que Wallid ne comprenait pas trop ce que ce Blanc faisait. Il avait l'air d'un sorcier! Bouchard trempa un petit bâton blanc avec de la mousse collée aux deux extrémités qu'il appelait «Q-tips», dans une bouteille puante. Il expliqua à Wallid que le liquide qu'il y avait dans la fiole servait à éloigner les moustiques quand on s'en appliquait sur la peau. Le jeune ne pouvait imaginer qu'on se mette sur la peau cette mixture puante; lui préférerait se mettre du parfum, s'il en avait eu les moyens comme Bouchard. Ce fut néanmoins très efficace. Lorsqu'il toucha la tique avec le bâtonnet imbibé de liquide, celle-ci sortit immédiatement sa tête de la peau du chien et Wallid put immédiatement écraser l'insecte sous sa sandale.

Les deux hommes passèrent le reste de la soirée à rire, à enlever les tiques, à faire la chasse aux puces à l'aide d'une petite pince en métal, dans le pelage doux du bébé chien. Le Blanc alla jusqu'à laver le chiot avec de l'eau parfumée à la vanille. Il disait que cette essence éloignait naturellement les puces! En fin de soirée, ils étaient épuisés et ils avaient tous les deux le cœur plus léger à force de rire autant. Wallid annonça son départ. Le vieux Blanc avait endormi le chiot tout propre dans une couverture et lui-même semblait être fatigué, serrant la petite bête sur son cœur.

— Avant que tu partes, Wallid, je voudrais t'inviter à sortir danser demain. Je sais que dans le village voisin, il y a un petit bar où des Blancs comme moi vont, mais je n'ai jamais pu m'y rendre, car je n'ai personne avec qui y aller. Si tu veux, je demanderai au chauffeur de se tenir prêt pour demain et je te paierai autant de bières que tu voudras, fit-il avec l'air d'un père qui donne un beau cadeau à son fils.

Qu'il était drôle, ce vieux, avec son chien qu'il traitait comme un bébé humain!

— Certainement, monsieur, j'irai avec vous, mais vous n'êtes pas obligé de m'offrir toutes les bières que je veux, une seule, ça sera amplement suffisant. Vous savez, je n'ai pas l'habitude de boire autant et je deviens vite embrouillé. Chez moi, on n'avait pas les moyens de se payer des bières et je n'ai pu que goûter à l'ivresse du vin de palme avant de vous avoir connu.

— Ah bon! Alors, un jour, il faudra que tu me fasses goûter à ce vin de palme.

— Mais, monsieur, les Blancs qui y goûtent pour la première fois sont malades, il paraît.

— Pas grave, j'aimerais y goûter un jour. Alors, tu vas venir avec moi demain, on partira vers les huit heures.

Le lendemain, à huit heures tapantes, Wallid cognait à la porte du vieux Blanc. Il avait revêtu sa plus belle chemise, qu'il avait lavée la veille, après être sorti de chez Bouchard. Il s'était aspergé du parfum qu'il avait un jour déniché dans un kiosque du marché et qu'il n'avait pas payé cher. La vendeuse lui avait assuré que cela avait la même senteur que le parfum des Blancs. Il en avait cependant probablement trop mis, car cela sentit très fort quand il ouvrit la porte du vieux qui sourit en le voyant.

— Ouf, il faudra que j'y voie pour ne pas que toutes les femmes ne te préfèrent à moi, fit Bouchard avec un sourire en coin.

Wallid ne comprit pas pourquoi le vieux Blanc disait des choses qui ne l'avantageaient pas. Pour lui, les hommes qui lui sont supérieurs ne s'étaient jamais dévalorisés face à un subalterne et cela l'intriguait que Bouchard ne fasse pas attention à cela. Il le lui demanderait ce soir même au bar, quand il en aurait l'occasion. Le petit chien jaune apparut aux pieds du vieux. Wallid fut surpris de s'apercevoir que le Blanc gardait le chien dans la maison. Il fut encore plus surpris quand ils sortirent en laissant le chiot à l'intérieur et en entendant le vieux dire au revoir à son petit animal!

— Vous n'avez pas peur qu'il souille toute la maison, demanda Wallid en approchant de la Jeep qui les attendait à la porte.

Le chauffeur époussetait les sièges à l'aide d'un vieux chiffon afin d'y déloger les cadavres de coquerelles mortes, tuées l'après-midi à l'aide d'un parfum en bonbonne.

— Il va sûrement souiller le plancher encore quelquefois, mais je vais lui apprendre rapidement à ne pas faire ses besoins dans la maison. D'ailleurs, il semble être déjà propre, car je l'ai sorti quelques fois aujourd'hui et il n'a rien fait dans la maison.

— Ah, je ne savais pas que les chiens pouvaient apprendre à ne pas faire leurs besoins dans la maison.

Le trajet jusqu'au bar parut très long à Wallid, car le chauffeur ne cessait de lui lancer des regards noirs. Le jeune homme savait qu'il n'aurait pas dû être le compagnon de Bouchard, car il n'était pas assez élevé dans la hiérarchie pour avoir ce privilège. Même les chauffeurs n'avaient pas le statut pour accompagner les Blancs dans leurs activités et voilà que le petit jardinier obtenait ce privilège. Seulement, Bouchard ne semblait pas s'en rendre compte, ou peut-être le faisait-il exprès. «Non, se dit Wallid, il n'est qu'ignorant.»

Arrivé dans le bar, Wallid resta émerveillé un bon dix minutes. Il ne faisait que regarder avec des yeux ronds toutes les lumières attachées à un fil qui entourait la piste de danse. La musique était si forte qu'elle lui résonnait dans le ventre. Il contenait du mieux qu'il pouvait son excitation pour ne pas avoir l'air de quelqu'un qui n'a jamais rien vu de si beau. Tous les autres semblaient ne pas se rendre compte de la merveille de l'endroit. Le sol était recouvert de briques, et les murs qui entouraient le bar avaient été peints en blanc; c'était si propre, si magique à ses yeux!

— Vous savez, c'est magnifique, ici. Merci, monsieur, de m'y avoir emmené, fit Wallid.

Celui-ci tentait de cacher son émerveillement devant ce lieu où les couleurs, tout autour, donnaient l'impression qu'il s'agissait d'un monde magique et irréel, où la musique que crachaient les gros haut-parleurs recouverts de tissu épais faisait bourdonner les oreilles et donnait un sentiment d'euphorie, de folie.

— Je suis content que tu aimes; pour ma part, je souffre un peu. Voyons donc, comment peuvent-ils laisser jouer ces haut-parleurs cassés. On n'entend que du *grichage*. Je vais aller leur demander de baisser le son, c'est moins bon moins fort, mais il faut qu'on entende les notes, ma foi.

Sur ce, il se leva et alla tout droit au comptoir où se tenait l'homme avec la radio, ou plutôt la boîte d'où sortaient les fils qui se rendaient aux haut-parleurs.

Wallid resta là, à regarder la piste de danse où une Blanche donnait de drôles de coups de pied en guise de danse. La pauvre femme semblait être incapable de bouger son corps raide, seuls les bras balançaient de chaque côté avec nonchalance. Pauvre femme, ce physique raide et froid lui donnait un air handicapé.

Il n'avait jamais vu un endroit aussi propre. Tout avait été peint et aucune tache de moisissure ne semblait avoir atteint les briques, ce qui était pratiquement impossible dans ce climat chaud et humide. Le propriétaire des lieux devait repeindre chaque année! Une pluie de minuscules lumières multicolores ornait les arbres au-dessus des tables et cela donnait l'impression de se trouver sous des étoiles rouges, vertes et bleues. Le Blanc revint et demanda deux Skol, mais pas de verres, et demanda à la serveuse où se trouvaient les salles de bains.

— Vous voulez prendre un bain maintenant? demanda Wallid avec un air inquiet, ne se voyant pas attendre tout seul pendant que le Blanc se faisait mariner.

— Mais non, mon pauvre ami, je parlais des toilettes. Pauvre gars, c'est vrai que j'ai des expressions du Canada. J'espère seulement que ce n'est pas trop puant là-dedans. Bon, je reviens.

Il se leva et se rendit au bout du bar où un rideau épais et orange cachait la petite pièce sans lumière aux allures de cabine d'essayage des magasins où, effectivement, une odeur impossible régnait. Seul un trou au sol, orné de deux emplacements pour les pieds, maculés d'urine et d'on ne sait quoi, décorait la pièce. Bouchard eut du mal à y pénétrer, levant son col de T-shirt sur son nez pour couper un peu l'odeur prenante. «Pourvu qu'il n'y ait pas de bestioles; pis après, je ne les verrais même pas dans cette pénombre» s'encourageait Bouchard.

Il revint vers Wallid en poussant un soupir de soulagement, se jurant de se retenir jusqu'au retour. Revenu à la table, le vieux Blanc resta surpris de l'air de son accompagnateur. Le jeune homme semblait tellement apprécier l'endroit qu'il avait un sourire d'excitation qu'il semblait vouloir retenir.

— Alors, tu aimes cela, ici, à ce que je vois?

— Mais bien sûr, vieux, merci encore de m'y avoir emmené.

— Hé, qu'est-ce que je t'avais dit à propos de l'expression «vieux», fit Bouchard en éclatant de rire, ne me nomme pas comme cela, par pitié. Il essuya le goulot de sa bière à l'aide du bas de son T-shirt, qui d'ailleurs resta sali d'un trait brun et but une énorme gorgée.

— Tu as faim? Il paraît qu'ils font des brochettes mangeables ici. Tu en veux?

Wallid ne savait pas trop quoi répondre. Il n'avait pas d'argent avec lui et ne voulait pas trop faire dépenser le Blanc, même s'il crevait de faim, surtout à l'idée de savourer des brochettes de vache fraîchement cuites sur le brasero. Cela devait faire un mois qu'il n'avait pas mangé de viande.

— Je ne voudrais pas vous ruiner…

Bouchard pouffa de rire et redevint plus sérieux en regardant Wallid droit dans les yeux.

— Je vais essayer de te faire comprendre quelque chose. Distoi que j'ai beaucoup, beaucoup plus d'argent que tu ne peux l'imaginer. Chez moi, je suis comme la moyenne des gens, mais ici, je vis comme un millionnaire. Euh, comme un homme riche, si tu veux. Mais surtout, je n'ai personne au monde, personne d'autre que toi avec qui je peux avoir du bon temps, alors, s'il te plaît, profites-en. J'ai envie de te gâter comme je n'ai jamais pu gâter un fils ou un parent.

Il fit un clin d'œil à Wallid qui le regardait avec des yeux brillants et demanda la serveuse qui se tenait toujours près.

— Vous faites de bonnes brochettes, ici? demanda-t-il, sachant très bien qu'elle ne pouvait répondre que oui.

Sans attendre qu'elle parle, il en commanda dix en plus d'un plat de frites.

— Eh, Wallid, tu sais que vous faites de très bonnes frites, ici? fit Bouchard avant d'avaler une autre énorme gorgée. Chez nous, nous ne trouvons que rarement de vraies patates frites faites totalement à la maison. Seulement, une fois, j'en ai mangé des épouvantables dans un mauvais restaurant de Conakry. Écoutemoi cette histoire incroyable: la cuisinière les faisait cuire dans de l'huile à moteur. Après lui avoir demandé pourquoi ses frites avaient si mauvais goût, elle m'avait dit que, depuis un certain temps, elle faisait ses fritures avec de l'huile à moteur, car elle durait beaucoup plus longtemps. Incroyable! fit Bouchard en pouffant non pas de rire mais de désarroi. Il y a tant de choses impossibles qui se passent ici, tu sais.

Il sonda la réaction de Wallid et fut déçu de s'apercevoir qu'il n'était pas suffisamment surpris par cette histoire. Un monde les séparait, malgré le plaisir qu'ils avaient d'être ensemble, malgré toute la bonne volonté qui les animait. Tout ce qui semblait impossible à Bouchard était la plus prosaïque réalité de Wallid. Les enfants qui meurent de diarrhée et de malnutrition, la sorcellerie et les esclaves, Wallid intégrait naturellement tout cela dans sa réalité. «Comment cela pouvait-il être possible?» se disait Bouchard.

Aïssétou Youla

Ndiaye était entrée dans le *dancing* de Labé, où parfois, on voyait des Blancs. Elle était accompagnée de sa sœur, en âge, elle aussi, de se trouver un mari. Elle avait besoin de se changer les idées après les événements difficiles passés avec Aïssétou. Elle aurait aimé emmener sa copine, mais celle-ci était toujours enfermée par ordre des vieux de la famille Bah.

Ndiaye avait l'œil: il ne lui avait pas fallu plus d'une minute pour repérer le Blanc attablé avec un Soussou de pauvre allure devant un énorme plat de brochettes alléchantes. Trois minutes plus tard, Ndiaye, en pleine possession de ses moyens, demandait à Bouchard s'il voulait danser, sachant très bien que les Blancs dansent très rarement.

— Ma chère enfant, vous êtes bien mal tombée, car je danse comme un pied, mais si vous voulez vous asseoir avec nous, nous en serions très heureux, mon ami et moi. D'ailleurs, l'une de vous deux veut des petites brochettes?

Les deux sœurs ne se firent sûrement pas prier! Bouchard était heureux. Il commanda encore des brochettes, les dix premières s'étant envolées à la vitesse de l'éclair. Ils bavardèrent de tout et de rien, du projet où ils travaillaient, Wallid et lui. Ils burent tous une autre Skol, ce qui entraîna la nécessité pour Bouchard de retourner dans l'épouvantable lieu d'aisance, à son grand regret.

Dès qu'il fut parti, Ndiaye se tourna vers Wallid:

— Hé, frère, tu es Soussou, toi. Par hasard, est-ce que tu ne serais pas sur le point de partir d'ici? s'informa Ndiaye, d'un air très sérieux.

— Pourquoi est-ce que tu voudrais que je parte? Tu veux avoir le Blanc pour toi toute seule, c'est ça? Ma pauvre, je ne crois pas que cela marcherait. Je te comprends d'essayer, et si je croyais que cela pouvait marcher entre toi et le vieux Blanc, je n'hésiterais pas un instant à m'éclipser en douce, mais comme je te dis…

— Non, non tu ne comprends pas! Je te demande si tu t'apprêtes à quitter Labé! Mais c'est gentil ce que tu viens de dire quand même. Entre Noirs, on est frères face aux Blancs, merci. Je vais peut-être tenter ma chance quand même, mais cela ne me dérange pas que tu sois là. Ne t'approche pas de ma sœur, par contre, elle n'est pas pour un Soussou pauvre comme toi, tu comprends, fit Ndiaye, en essayant d'être claire, tout en restant polie. Je te demande si tu t'apprêtes à quitter Labé, car nous avons une Soussou à la maison… nous l'avons euh… trouvée dans la rue et ma famille et moi l'hébergeons, le temps de rencontrer quelqu'un qui la ramènera chez les siens. Elle est en quelque sorte malade, elle n'a plus toute sa raison, je crois, fit Ndiaye, en espérant ainsi trouver une bonne solution, la meilleure qu'elle pouvait pour son amie.

Ndiaye se sentait tellement coupable de tout ce qui était arrivé à Aïssétou. Tout était de sa faute! Elle s'en voulait tellement de l'avoir entraînée ici, de l'avoir naïvement motivée à tenter l'impossible, à tenter de devenir une autre sans savoir comment cette autre devait être.

— Je cherche un moyen pour la renvoyer chez elle, c'est important pour moi. Si toutefois tu penses partir, s'il vous plaît, passe chez les Bah de Bohkoun. Ma famille peut te donner beaucoup pour l'emmener avec toi, dit Ndiaye, qui le suppliait presque malgré elle.

Elle avait peur qu'on ne donne Aïssétou à n'importe quel homme mal intentionné pour s'en débarrasser et elle ne le voulait pas; elle ne pouvait pas s'y résoudre. La pauvre Aïssétou... Elle ne méritait pas ce qui lui arrivait, tout était dû à son ignorance des coutumes des Peuls, et en même temps à cause d'elle-même.

— Mais je ne veux pas partir, tu es drôle, toi, je ne partirai pas d'ici parce que tu me le demandes! Et surtout pas pour ramener une folle avec moi! Bon, si je repars un jour, j'irai quand même te voir au cas où, répondit Wallid, un peu choqué par l'insistance de cette fille. O.K., maintenant, poursuivit-il, c'est assez; tente ton coup de charme avec le Blanc, il revient. Bonne chance, même si je suis sûr que tu n'y arriveras pas, je ne l'ai jamais vu avec une femme depuis que je suis au projet et ce n'est pas les poules affamées qui manquent ici.

— Poules affamées? fit Bouchard qui, étant revenu, avait entendu les dernières bribes du discours.

— Euh... Je disais que nos poulets au projet étaient bien gras, pas du tout des poulets «bicyclette» comme elle disait, fit Wallid, pas trop convaincu de sa réponse, qui passa curieusement bien.

En effet, Bouchard, qui devait être rendu à sa cinquième Skol, semblait assez échauffé, malgré qu'il se comportait toujours de la même manière, capable d'agir correctement, peu importe qu'il soit à jeun ou non. Il n'était certes pas à sa première soirée bien arrosée.

— Les jeunes, j'aimerais vous parler de quelque chose d'important pour moi, dit-il sur un ton cérémoniel trop sérieux, ce qui fit pouffer son auditoire de bon cœur. Ah! voilà que maintenant, vous riez de moi! fit Bouchard en ricanant. Mais non, non, c'est sérieux, j'ai vraiment des choses à vous dire. Je vais probablement quitter le projet prochainement et je dois parler à des gens avant de partir.

— Ah! Vous partez, fit Ndiaye, soudainement très intéressée, pensant à Aïssétou.

— Je pars très loin, car on ne veut plus de moi au projet. Il paraît que je suis un mauvais exemple pour la jeunesse. Mais moi, je veux vraiment vous en donner un, un mauvais exemple. Il le faut avant que je parte. Vous savez ce que vous devriez faire des Blancs comme moi qui viennent chez vous?

Les trois jeunes Africains restaient muets, ne sachant pas trop que répondre.

— Les renvoyer chez eux! répondit Bouchard en riant. Non, mais sérieusement, il faut être très prudent, plusieurs de ceux qui sont blancs comme moi, prétextant vous aider, vous nuisent. Vous n'avez certes pas encore d'enfants, mais vous savez que, lorsqu'un enfant devient adulte, il faut le laisser vivre sa vie, lui apprendre à se prendre lui-même en main. Vous savez ce qu'il fait, le Blanc qui vient ici? Il ne fait que vous rendre dépendants. C'est cela, l'esclavage de notre temps. Vous êtes nos esclaves, que vous le sachiez ou non! Chez nous, là-bas, les Blancs mangent tellement qu'ils sont malades, pendant que vous, vous êtes malades de ne pas assez manger. Pendant qu'ici, les enfants de cinq ans n'ont pas de pilule pour traiter le paludisme, un médicament qui coûte moins cher qu'un bonbon chez nous, là-bas, des personnes de cent ans mangent des tonnes de comprimés tous les jours, qui coûtent le salaire mensuel de sept hommes!

Bouchard parlait fort et il cognait de son poing la table de bois brut en faisant trembler les bouteilles de bière. Devant le regard figé de ses trois amis, il tenta de se calmer. Il ne voulait pas les choquer, mais plutôt les sensibiliser. Ndiaye et Wallid semblaient songeurs, tandis que la sœur de Ndiaye, perplexe, restait de pierre, en retrait, ne perturbant même pas l'air de ses battements de paupières. Elle ne pouvait pas comprendre ce qui se passait, de toute évidence. Le vieux Blanc laissa un long silence ponctuer leur discussion. Il voulait tellement se faire comprendre; il avait un message à laisser avant de partir.

— Excusez-moi, je m'emporte quand je parle de cela, c'est parce que c'est important pour moi.

— Mais voyons, monsieur, vous n'avez pas à vous excuser, vous avez le droit de tout, nous sommes vos obligés, après tout ce que vous avez fait pour nous ce soir, fit Wallid, mal à l'aise.

— Justement! Je vous dois du respect, même si je paye tout ce soir. Je ne suis pas votre maître parce que j'ai de l'argent, et surtout pas parce que je suis Blanc. Vous êtes mes amis, uniquement mes amis.

— Mais… on ne peut pas être vos amis, vous êtes notre supérieur. Ici, c'est impossible.

— Mais nous sommes tous égaux devant la vie! répondit Bouchard, intrigué.

— Ma foi, non! pouffa de rire Ndiaye. Les humains sont comme les doigts de la main, fit-elle en levant sa main droite encore souillée de sauce de brochettes, aucun n'est de la même grandeur, c'est ainsi que Dieu nous a créés. La famille de nobles est supérieure à la famille de griots, l'aîné est supérieur au cadet, l'homme est supérieur à la femme et ainsi de suite. C'est évident, que nous naissons tous inégaux, voyons!

Bouchard, surpris, réfléchissait. Après quelques minutes, il prit une gorgée de bière et dit:

— Alors, si je comprends bien, si dans une famille, un aîné naît idiot et son cadet est un génie, qui aura la responsabilité de la famille et de ses membres à la mort du père?

— L'aîné, même s'il est idiot, répondit Wallid qui commençait à comprendre où Bouchard voulait en venir.

— Et pourquoi?

— Parce que si Dieu l'a choisi comme aîné, c'est qu'il a ses raisons, raisons que nous ne connaissons pas, répondit Wallid qui répétait ce qu'il avait toujours entendu, se rendant compte que ces idées traditionnelles pouvaient être bizarres et incompréhensibles pour un Blanc.

Comme pour montrer qu'il comprenait où Bouchard voulait en venir, il ajouta:

— En plus, si l'aîné donne un ordre idiot à son cadet, celui-ci est obligé d'obéir. Cela doit vous sembler bizarre, mais c'est ainsi chez nous. Quand même, je crois que c'est mieux de respecter les plus vieux en général. Ils sont souvent plus sages que nous et, souvent, on ne comprend pas tout de suite les choses qu'ils nous imposent, mais on comprend après, avec le temps. C'est donc une preuve que c'est bon, la domination de l'aîné sur le cadet.

— Oui... je vois, fit Bouchard.

Encore une fois, il se frappait au mur de la culture. Mais qu'est-ce qui était effectivement bon? Il ne le savait plus depuis qu'il était arrivé dans cet autre monde où la peau est noire. Était-il mieux d'avoir à exécuter les ordres des supérieurs ou d'être totalement livré à soi-même, tellement libre que tous envisageaient un jour de se suicider sans que les autres s'y intéressent? Était-il mieux d'avoir maison, auto, habit, nourriture autant que l'on voulait ou plutôt d'avoir des gens tout autour de soi qui vous apprécient et savent aimer la vie? Il ne pouvait plus savoir ce qui était mieux. Sa culture ou la leur? Pendant qu'il réfléchissait, il regardait ses trois amis pleins de gaieté et qui avaient la vie devant eux. On aurait dit que, malgré l'extrême dureté de l'existence sous le ciel de Guinée, les gens avaient reçu le plus beau cadeau, celui de connaître la joie. Voilà où se trouvait la justice sur terre. Ceux qui ont tout n'ont pas de sourire et ceux qui n'ont rien ont la joie. Il n'avait rien à leur apprendre, mais eux auraient pu si... s'il n'avait pas été trop tard. Sortant de sa réflexion, Bouchard prit la dernière gorgée de sa bière.

— J'ai terminé ma bière et j'aimerais partir; seulement, je dois absolument vous dire une chose, au risque de vous ennuyer encore une fois. Essayez de réfléchir à cela, les jeunes, je vais faire un discours comme vos vieux savent si bien le faire ici. Je vous demande de prendre soin de vous et de prendre soin de tous ceux qui vous entourent afin que vous puissiez obtenir une meilleure vie. C'est tout ce que j'ai à vous dire avant de vous quitter.

Mais Ndiaye, qui ne voulait pas laisser partir ce Blanc sans tenter sa chance, insista pour qu'il reste un peu plus en usant de ses yeux pour l'aguicher.

— Non, vraiment, je veux partir, fit Bouchard, surpris.

Ce n'était pas la première fois qu'une femme lui faisait des avances depuis qu'il était arrivé, mais il ne comprenait pas encore. Pourquoi cette ravissante jeune fille voulait de lui, un vieil homme fripé aux cheveux en voie d'extinction? Il avait vu nombre de vieux Blancs profiter au maximum de la chance que leur offrait ce pays. En effet, tous les Blancs qu'il avait connus ici s'étaient découvert des aptitudes de don Juan, emmenant un nombre incroyable de filles avec eux, mais lui n'en avait jamais eu le cœur, malgré qu'aucune femme ne l'attendait au pays des Blancs, contrairement à ses condisciples. Une autre raison l'avait poussé à ne pas se laisser aller à cette tentation: le sida. En effet, un très grand nombre de ces femmes en étaient atteintes sans même le savoir. Énormément de gens étaient séropositifs, mais aucun moyen de dépistage n'existait, donc personne ne connaissait en fait cette maladie, à la limite de la chimère pour eux. Les gens mouraient comme toujours, ne sachant pas de quoi. Ici, on mourait d'un mal de ventre ou de tête, et c'était normal. Mais, aujourd'hui, ce n'était pas ce qui l'en avait empêché, c'était plutôt par respect pour cette jeune fille trop belle et trop jeune pour lui. Quel fou de ne pas en profiter, aurait dit de lui n'importe lequel des autres Blancs en Guinée, mais lui savait ce qu'il faisait. Il était animé par une certaine lucidité, un sentiment d'être au-dessus de tout cela désormais: il s'en allait.

— Ma chère enfant, tente de trouver un bon mari et fuis le plus possible les Blancs, c'est un conseil d'ami, fit Bouchard en quittant les lieux, le sourire aux lèvres.

Il était fier de lui, fier de ce qu'il avait accompli ce soir-là.

Ndiaye les regarda partir, songeuse. Pourquoi avait-elle le droit de se laisser prendre par des Blancs, tandis qu'Aïssétou devait payer chèrement pour avoir accepté de se donner à son frère avant le mariage? Elle aussi agissait pour s'assurer un avenir. Les Blancs avaient un statut à part, comme s'ils étaient des extraterrestres qui avaient tous les droits. N'importe quelle mère pouvait même espérer que sa fille se fasse coucher par un Blanc. Personne ne pouvait cracher sur la chance, même si elle était minuscule, de se faire enlever par eux et emmener dans leur paradis sur l'autre continent. Même les femmes de haut niveau dans la hiérarchie sociale ne s'en trouvaient que plus respectées, si elles se faisaient prendre par ces humains «spéciaux». En fait, ce qui était important, c'était de savoir garder le secret. Elle pouvait s'envoyer en l'air avec n'importe qui, pourvu que cela ne se sache pas «officiellement». Elle se sentait terriblement mal. Elle était probablement plus coupable que cette pauvre Aïssétou qui payait son crime, enfermée dans sa case, le regard vide. Les seules fautes d'Aïssétou avaient été sa trop grande transparence et sa naïveté. Elle n'avait pas su, comme Ndiaye, comment agissent les vrais impurs, ceux qui savent se cacher pour faire leurs crimes, ceux qui sont considérés vertueux, comme les membres de sa famille. Maintenant, elle allait faire son possible pour prendre soin d'elle, prendre soin des gens autour d'elle afin qu'ils nagent dans le bonheur, comme l'avait dit le vieux Blanc.

Wallid Sylla

De retour sur la petite route de poussière rouge qui menait au village de Blancs, les deux hommes avaient hâte de retrouver leur lit. La soirée avait été épuisante pour Wallid qui avait dû s'adapter rapidement à ce monde qu'il ne connaissait pas et aux idées lourdes que leur avait livrées le vieux Blanc. Il avait hâte d'être chez lui, pour pouvoir penser à tout cela à tête reposée. Bouchard, lui, s'était endormi, assis à l'avant, hochant la tête à chaque trou dans le chemin. Au tournant menant à la clôture où se trouvait le gardien, il fut soudainement réveillé par des cris. Le chauffeur stoppa net la Jeep et fit demi-tour pour aller s'arrêter un peu plus loin.

— Bon, voilà ce à quoi je m'attendais. Les paysans sont en révolte contre le projet. Je crois bien qu'il serait dangereux pour vous d'entrer chez vous maintenant, monsieur Bouchard, fit Mamadou, le chauffeur, qui cachait mal son amusement de voir son patron dans de beaux draps.

Mais Bouchard en avait vu d'autres. Il savait pertinemment que Mamadou ne voulait pas qu'il regagne sa résidence afin qu'il n'ait pas la possibilité d'empaqueter ses effets personnels. De cette manière, il serait plus facile de s'approprier ses biens. Il y aurait une grande fête où tout le monde pourrait prendre le contenu de sa maison. Mais ceux qui voulaient le piller, c'étaient ceux qu'il détestait le plus, ceux qui volaient le plus pauvre, ceux qui s'attribuaient la plus grosse part de la richesse disponible et jamais Bouchard ne leur permettrait de prendre ses affaires, même si, ce qu'il y avait dans sa maison n'avait en soi aucune valeur à ses yeux.

La panique avait gagné les deux hommes, au grand bonheur du chauffeur qui s'accrochait une moue de circonstance par-dessus son sourire. Il fallait réfléchir vite. Entrer dans le petit village de Blancs entouré de barbelés où s'étaient rassemblés plusieurs villageois, bâtons à la main, était très dangereux pour Bouchard. Même si les paysans n'étaient pas encore entrés à l'intérieur du village, on ne savait jamais quand ils pousseraient la porte à battants gardée par le gardien, aussi loyal qu'un loup dans une bergerie. Mais pour Bouchard, dormir à l'extérieur d'une maison pour Blanc représentait un danger encore plus grand. Il devait soit rentrer chez lui, soit quitter au plus vite le village et parcourir les deux heures de route qui le séparaient de la capitale. Là, il pourrait appeler l'ambassade et rester à l'hôtel jusqu'au prochain vol vers le Canada. Mais rien ne l'attendait, là-bas, au Canada. S'il devait partir, il voulait d'abord saluer ses amis dignement, comme un homme, et surtout pouvoir distribuer les quelques meubles et chaudrons aux gens qui en avaient le plus besoin et non pas les laisser emporter par des vautours.

— Nous rentrons chez nous! Ils ne me font pas peur, ces paysans et je suis de leur côté. Il était grand temps que les pauvres gens mettent à la porte les dirigeants de ce projet, de vrais voleurs. Mamadou, je vous demande de dire aux émeutiers que je suis de leur côté, même s'ils ne comprendront pas.

Prenant tout son courage, Bouchard prit une longue inspiration et ordonna à son chauffeur d'avancer malgré les gens qui barraient la route.

— Avancez doucement, je ne veux blesser personne.

Les paysans restaient au milieu du chemin, se faisant pousser doucement par le pare-chocs. Les personnes rassemblées encerclèrent le véhicule et frappaient dans les fenêtres, exhibant un visage déformé par la rage. Ils devaient s'être encouragés mutuellement une bonne partie de la nuit et devenaient de plus en plus gonflés à bloc; bientôt, ils seraient prêts à attaquer et à tenir des jours de siège. Arrivé devant sa maison, Bouchard descendit de la Jeep et regarda la foule amassée à la clôture. Il ne leur faudrait certainement pas plus de quelques heures pour pénétrer à l'intérieur de la clôture barbelée ou même moins, si le gardien le désirait, en ouvrant le petit cadenas qui retenait les battants de la porte grillagée. S'ils n'étaient pas encore entrés, c'était uniquement parce qu'ils attendaient que les esprits s'échauffent et que les autres révoltés s'ajoutent à eux. «Bravo, chers paysans, voilà ce qu'il fallait faire, mettre tous ces gens pourris dehors. Ce projet est beaucoup trop corrompu, l'argent ne va pas à ceux qui en ont besoin.»

— Bravo, je vous appuie, cria-t-il, le cœur battant, en direction des paysans en révolte. Wallid, j'ai besoin de toi, fit-il en lançant un regard à son jeune ami; veux-tu rester avec moi, j'ai quelque chose d'important à faire.

Le jeune homme était en état de choc. Il n'avait jamais entendu parler de révolte de paysans, ni même de ce qui se faisait dans ce projet, mis à part ce que lui en disait Bouchard. Il ne comprenait pas ce qui se passait et, surtout, il avait peur. Était-il en danger, lui? Non, comme le disait le vieux Blanc, les émeutiers devaient avoir une bonne raison et lui n'avait rien fait de mal. Il le regarda qui attendait sa réponse, déjà prêt à partir. Il semblait si courageux face à ces gens, surtout devant le danger que cela pouvait représenter pour lui. Un pauvre Blanc ici, presque tout seul. Sa peau ne serait plus une protection, maintenant, mais plutôt une provocation. Du jour au lendemain, il passait du statut de roi à celui de pourchassé. Tous le comprenaient bien. Le roi est en sécurité tant que ses sujets acceptent sa suprématie, sinon il est le plus vulnérable.

— Monsieur, je vous aiderai, mais je ne peux pas me compromettre devant les miens, vous savez. Je vous aiderai car je crois qu'il faut prendre soin des gens autour de nous, mais, comme vous l'avez dit, ces paysans font une action légitime et je ne voudrais pas qu'ils puissent se tromper sur ce que je fais avec vous.

Bouchard était fier, fier de ce petit homme qui venait de découvrir l'art de la diplomatie. Fier de voir un esprit prendre forme, devenir critique, et non plus seulement répéter tout ce qu'il avait appris, que ce soit réfléchi ou non. Il avait appris à aimer les gens d'ici, les vrais gens d'ici, au contraire de ces Guinéens au pouvoir, qui dans toutes les sphères dirigeantes, ne savaient qu'être corrompus et abuser des pauvres gens, des paysans, pêcheurs, marchands et enfants. Il eut un pincement au cœur qui devint une grande chaleur en lui. Il connaissait le meilleur moyen de réussir ce pour quoi il était venu ici, sa mission. Il regarda Wallid et, d'un ton très sérieux, beaucoup plus calme que la situation ne le permettait, il dit :

— Tu as tout à fait raison, cher ami. Alors, je ne vais te demander qu'une chose. Va à ta cabane. Restes-y jusqu'au matin et, demain, je te demanderai de faire une simple chose et de m'obéir. Jamais je n'ai demandé à quelqu'un de m'obéir, mais aujourd'hui, c'est une prière. Je te promets que ce sera pour ton bien et que tu ne souffriras pas. Alors, promets-tu de m'obéir, quoi qu'il arrive ?

Wallid était nerveux. Il savait qu'il devait se soumettre aux ordres de ce vieux Blanc, mais il ne savait pas ce qui allait se passer. Les bruits tout autour faisaient monter la tension. Tout était désormais revêtu d'une grande importance, les discussions, les choix, les actions qu'ils poseraient.

— Je vous promets, monsieur Bouchard, que je ferai ce que vous me demanderez si, bien sûr, cela ne me met pas en danger de mort.

C'était la première fois qu'il mettait des conditions à son obéissance, comme si, pour la première fois, il comprenait que ce qu'il croyait bon, ses pensées, étaient devenues ses vrais maîtres. Il n'obéirait plus jamais les yeux fermés, l'esprit fermé. Le Blanc semblait avoir compris quelles idées habitaient son jeune ami et il posa un regard fier sur lui. Le moment fut lourd, long et chargé d'émotion. Les deux hommes se regardaient, semblant communiquer une émotion par le regard, le regard d'un père fier du fils, le regard d'un fils fier de devenir un homme. Cette nuit allait marquer leur vie à tous deux. Jamais ils ne l'oublieraient. Ce serait la nuit où tout avait basculé.

Pour Bouchard, ce fut la nuit où, du bout d'une corde, il bascula du haut de la tour d'eau dans l'ultime nouvelle vie. Pour Wallid, ce fut le début d'une vie pleine de promesses.

«Après avoir connu la fin de l'espoir et la faim du désespoir chez moi; ici on m'a présenté à l'espoir de la fin et au désespoir de la faim.» Ces mots étaient écrits sur l'enveloppe qu'un petit avait remise à Wallid au petit matin. Le garçon avait frappé à sa porte et le Soussou s'était levé du lit en ouvrant la porte pour permettre à ses pieds de toucher le sol, assis sur ses couvertures tièdes. Le petit l'attendait. «Le vieux Blanc m'a donné cela pour toi, avait-il dit. Il faut que je te le donne avant que les paysans n'entrent dans la cité». Wallid lut le papier du mieux qu'il pu.

Bon matin, cher Wallid,

Je suis parti pour le plus beau des mondes, le cœur heureux. J'ai appris beaucoup de choses, ici, mais aussi beaucoup de choses grâce à toi. Je te considérerai toujours comme un fils de l'autre côté de la vie. J'ai appris que les miens et les tiens évoluent dans des réalités si différentes que le dialogue est impossible ou extrêmement difficile et nous empêche de nous sauver l'un et l'autre de la détresse. Nous tenons les ficelles qui vous tiennent esclaves de notre économie mondiale malade et vous connaissez comment manipuler l'âme afin de la libérer de la maladie de la joie. Nous aurions besoin de vous, car nous connaissons une grande famine de bonheurs chez nous et vous auriez besoin de nous, car vous connaissez une famine de nourriture. Vous voulez remplir votre ventre et nous voulons remplir notre cœur. Vous ne comprendrez jamais pourquoi un homme comme moi a voulu mourir. Demandez aux gens de chez moi et ils vous demanderont pourquoi un homme comme moi ne veut pas mourir. Je suis seul, comme tous les gens de mon pays. Personne ne m'attend là-bas, personne ne veut de moi ici. Au revoir, cher ami, et n'oublie jamais que tu es comme un fils pour moi. N'oublie pas non plus ce que je t'ai dit hier, prends soin de tous ceux que tu croiseras et qui le méritent par leurs bonnes actions.

Marc Bouchard

N.B. Wallid, pars, pars vite d'ici et prends tous les biens et richesses que tu peux trouver dans ma maison. Prends mes affaires avec toi. Tu trouveras ci-inclus une lettre que j'ai signée devant le sous-préfet, mon ami, hier dans la nuit. Ce papier prouve que je te lègue tous mes biens. Le sous-préfet en a lui aussi une copie. L'argent que j'ai apporté avec moi était pour les tiens et non pas pour ces rapaces, ces rois qui volent les pauvres. Si tu as des problèmes, montre cette lettre, qu'on appelle un testament chez nous. Ce testament dit que je te lègue tous mes biens, donc ceux du projet, mon projet. Remplis mon camion et pars, je te l'ordonne. Et je t'ordonne aussi de partager ces biens avec ceux qui en ont le plus besoin et de faire en sorte d'aider ceux qui souffrent, chez les tiens. Fais vite afin que les gens, les rapaces du projet, n'aient pas le temps de s'en rendre compte et de réagir. Montre-leur la lettre et pars, chez toi, chez les tiens. Aussi, prends soin de Pastis, mon petit chien jaune. Dis-toi bien que c'est un petit être vivant merveilleux, et que, si tu le traites bien, il deviendra un très bon ami. Chez nous, les chiens font partie de la famille.

Wallid n'y comprenait rien. Pourquoi son ami le vieux Blanc s'était-il lui-même enlevé la vie ? Jamais il ne comprendrait, jamais il ne pourrait avoir cette perception de la vie. La vie n'est pas la même pour un Blanc et pour un Guinéen. Pour les Blancs qui n'ont jamais eu à se battre pour survivre, l'existence n'a pas suffisamment de valeur en soi. Si elle n'est pas comme on voudrait qu'elle soit, on n'en veut plus. Pour un Guinéen, ça n'a jamais été comme il le voulait, ça n'a jamais été facile; vivre, c'est un droit pour lequel il faut se battre tous les jours. Il est donc impossible pour lui de voir quelqu'un qui a une belle destinée, avec tout ce dont il a besoin, de refuser sans raison de vivre. Il était mort. Son ami Blanc était mort. Il ne pouvait en vouloir à personne. Habituellement, on pouvait maudire la maladie, un ennemi, un accident, mais en vouloir à celui qu'on perdait de s'être enlevé la vie, c'était impossible… Comment vivre son deuil dans cette situation? Wallid était sous le choc. Il ne vit rien, ne sentit rien d'autre que l'adrénaline qui malmenait son cœur. Il était dans un monde parallèle où il était étonnamment fort. Il commissionna trois petits pour l'aider à obéir au mort. Il se soumettait maintenant à l'esprit d'un défunt, la volonté de l'au-delà. Bouchard allait le surveiller d'en haut! Wallid était même effrayé, il était devenu, sans qu'il le veuille, un esclave, le serviteur d'un trépassé. Jamais il ne pourrait se libérer de l'esprit du vieux Blanc. Pour le jeune homme, c'était comme de dire que sa vie devrait à tout jamais être basée sur les dernières paroles du Blanc.

Wallid avait enfin reçu sa mission sur terre et elle lui avait été révélée par un mort. Tout le monde avait des devoirs envers les ancêtres en général, celui de donner une partie de sa nourriture ou de sa boisson en versant quelques gouttes de jus ou quelques grains de riz sur le sol à l'attention de ceux-ci. Quelques-uns, par contre, recevaient des directives plus précises de parents morts, parfois ces demandes pouvaient sembler assez farfelues, mais chacun s'assurait de les respecter.

Accepter sa mission sur terre, qu'elle provienne d'un mort ou directement de l'au-delà, c'était fondamental. Les directives que le Blanc avait données à Wallid étaient des plus compliquées. Comment pouvait-il prendre soin de tout le monde qui l'entourait? C'était une consigne titanesque. Habituellement, une personne qui allait mourir demandait des choses simples comme de dire des mots spéciaux une fois par jour ou de faire quelque chose à chaque année à l'anniversaire de sa mort. Bouchard avait donné des instructions d'une grande importance, il fallait que son serviteur vivant change sa vie au grand complet pour respecter sa dernière volonté. Wallid avait donc hérité d'une grande mission sur terre: celle de prendre soin de tous les gens autour de lui!

Le soleil brûlant de midi le vit partir pour une nouvelle vie au volant d'une Jeep remplie à craquer, menaçant de s'écraser sous la pile d'objets attachés sur le dessus du véhicule. Les bagages sur le toit doublaient la hauteur de la Pajero et rendaient celle-ci encline à se renverser à chaque courbe. Le plus important bagage était, par contre, à l'intérieur. Dans une boîte, qu'il avait préalablement trouvée sur le lit du défunt et qu'il avait maintenant fixée sous le siège, se trouvait plus d'argent que Wallid n'en avait vu de sa vie. Il n'était même pas capable de compter cette somme. Cela le remplissait d'excitation et d'angoisse en même temps. Il ne s'était jamais senti aussi important, il avait un but et les outils pour le réaliser. Il allait devenir quelqu'un, lui, le petit Soussou venu de nulle part et issu de la famille la plus pauvre de Madinagbe.

Il avait le cœur qui sautait dans la poitrine lorsqu'il passa le portail où le cadenas du gardien empêchait toujours les paysans enragés d'entrer dans l'antre des Blancs. Il montra rapidement le testament de Bouchard, regarda le gardien qui n'y comprenait rien droit dans les yeux, et dès que celui-ci termina la combinaison du cadenas, Wallid poussa les battants de la clôture qui eux, refoulaient les paysans. Il se retrouva encerclé par la foule, continuant d'avancer lentement; un homme se cogna la tête, mais personne ne fut blessé. Dès qu'il se libéra de cette masse de gens, il regarda dans le rétroviseur; les paysans avaient profité de sa sortie pour entrer enfin dans l'enceinte du projet. Les maisons allaient être dévalisées sous peu. Wallid haletait, son cœur livrant bataille contre les parois internes de sa poitrine. Il se sentait ivre. Ivre d'excitation, ivre devant l'inconnu, et pris d'une douce panique des grands moments. Il se parlait à lui-même, il devait se concentrer sur l'essentiel, combattre l'énervement du moment. Il devait aussi apprendre à maîtriser rapidement un tel véhicule! Le moteur sautait et les changements de vitesse étaient ardus, mais Wallid parvenait à avancer lentement. Pastis, excité, sortait la tête par la fenêtre et humait l'air, les oreilles dans le vent. «Drôle de petite bête», se dit-il.

Première étape: aller chercher cette Soussou folle et perdue dont on lui avait parlé la veille. Jamais, lors de cette soirée passée, il n'aurait pu se douter de ce qui allait arriver! La Providence faisait bien les choses; déjà, quelqu'un avait besoin de lui. Ce serait la première mission à accomplir. Il était content d'avoir quelque chose à faire, quelque part où aller; il aurait été un peu désemparé, sinon. Par la suite, eh bien pourquoi ne pas rentrer chez lui où se trouvait toujours sa mère? «Maman, j'arrive et je te sortirai de toute cette misère.» Il était si excité que le trajet menant à la ville se passa en un éclair, malgré les quelques étouffements du moteur qui se firent de moins en moins fréquents. Arrivé au premier hameau, il arrêta une femme qui marchait le long de la rue avec une énorme cruche sur la tête.

— *Diarama!* Comment allez-vous? Avez-vous besoin de faire un long trajet, car je peux vous emmener, si vous voulez.

La femme était soulagée, elle devait avoir marché longtemps. Elle s'assit donc à l'avant, fit descendre Pastis à ses pieds et se pressa sur les objets empilés entre le conducteur et le passager. Il put ainsi facilement se faire indiquer comment se rendre au hameau de la famille Bah, où il devait aller chercher cette

Aïssétou. Il descendit la femme près de chez elle et s'en alla directement chez les Bah.

«Un homme veut la folle», se disaient les membres de la famille Bah lorsque, après avoir été entendu par les trois hommes les plus vieux, Wallid s'était retrouvé invité à participer au repas du soir. Malgré le fait que cet étranger trimbalait bizarrement un chien au bout d'une corde, on lui avait aussi trouvé une petite case où il pourrait dormir. Wallid passa un très agréable moment. Il était en quelque sorte le sauveur des Bah et, pour cela, ils le traitaient en invité de marque. Il avait refusé l'argent offert par la famille pour emmener Aïssétou et en plus, il était venu en voiture pratiquement neuve, ce qui présageait qu'il était fort fortuné. Il ne fut pas présenté à sa future passagère, celle-ci étant toujours enfermée dans sa paillotte peule, le visage absent. Wallid passa donc sa première nuit d'homme respectable. Il mangea de la viande, la deuxième fois en deux jours, un record. Il discuta toute la soirée avec Ndiaye qui, apprenant son nouveau statut, le trouvait désormais assez respectable. Elle tentait même de l'amadouer, mais sans succès. Il s'endormit le ventre bien plein du copieux repas où la viande et le lait semblaient inépuisables. Devenu lourd par la digestion, il tomba sur son tapis en peau de vache lui servant de lit avec, à ses côtés, une petite boule chaude de poils jaunes. De cette manière, il avait l'énorme chance de pouvoir trouver le sommeil malgré toutes les émotions de la journée.

Un choc. Wallid regardait la jeune femme, qui aurait dû être belle, si seulement elle s'était peignée et s'il n'y avait pas ce quelque chose au fond du regard qui faisait peur. Ces yeux qui semblent dire qu'il y aurait un autre monde où les idées peuvent s'en aller en laissant le corps dans cet univers-ci. Cela faisait certainement plus d'un mois qu'elle était dans cette case. Sa couchette était sale et sentait mauvais, le pot de terre cuite servant de toilette, placé dans un coin, était plein.

— Elle est propre? demanda Wallid inquiet, ne se voyant pas passer les huit heures de route avec quelqu'un qui ferait ses besoins sur le siège de la voiture.

— Bien sûr, elle est propre, mais je crois qu'il serait mieux de lui demander souvent si elle a besoin d'y aller, elle ne parle pas beaucoup.

En effet, Aïssétou ouvrait très peu la bouche. D'ailleurs, personne d'autre que Ndiaye ne venait la voir et celle-ci ne s'occupait plus que de ses besoins vitaux, car elle était incapable de rester trop longtemps, rongée de douleur de voir son amie comme cela. Ndiaye aurait préféré ne plus jamais la voir, oublier toute cette laide affaire, toute la souffrance qu'elle avait générée. Elle se forçait tout de même à venir à tous les repas, apportant une assiette. Elle apportait aussi quelquefois un bassin d'eau savonneuse pour qu'Aïssétou puisse se laver, mais à sentir l'odeur en ces lieux, elle n'avait probablement pas eu l'envie de se laver souvent.

— Est-ce que c'est possible de lui donner de quoi se laver avant de l'emmener? A-t-elle aussi d'autres vêtements? demandait Wallid qui ne comprenait pas pourquoi les Bah, qui semblaient aisés, laissaient cette pauvre femme dans de si mauvaises conditions. Elle était peut-être folle, mais de là à l'enfermer ainsi...

— Heu... Oui, oui elle doit bien avoir des vêtements propres quelque part et... on lui préparera un bassin pour qu'elle puisse se laver. Certainement, voyons, répondait la vieille mère Bah.

Elle se rendait maintenant compte qu'elle n'avait pas traité la folle avec assez de soins. Elle non plus n'avait pas voulu se mêler de cette affaire malheureuse et avait laissé Ndiaye s'en occuper, étant donné que c'était son amie. Il est tellement plus facile de se cacher des réalités trop difficiles à supporter que de les affronter! De toute évidence, personne ne voulait avoir à subir la vision de cette erreur, de cette personne qu'ils ne comprenaient pas, de cet acte si affreux qu'ils s'étaient vus obligés de poser. Tous s'étaient protégés d'Aïssétou en ne lui portant aucune attention; ainsi, tous pouvaient continuer à vivre comme si de rien n'était, coupant de leur esprit les douloureuses remises en question. Il y avait long-temps aussi que les femmes de la famille s'étaient partagé les vêtements d'Aïssétou. Celle-ci n'avait plus que son pagne de nuit et une vieille camisole sur le dos.

Wallid sortit de la case et s'assit sur une bûche près de là, afin d'attendre qu'Aïssétou soit prête. On apporta un bassin d'eau et quelques vêtements ramassés auprès des femmes de la famille afin de lui constituer un semblant de bagage, pour sauver les appa-rences. Elle sortit enfin. C'était la première fois qu'elle n'avait pas de toit de foin sur la tête, la première fois, depuis plus d'un mois. Elle respirait l'air, le vent, le soleil, mais elle semblait ailleurs. Elle n'avait jamais essayé de se sauver, elle ne semblait pas s'être rendu compte de quoi que ce soit durant ce long séjour. Elle était beaucoup plus présentable, malgré que les femmes n'aient pas eu le temps de tresser ses cheveux, ce qui rendait impossible de discipliner rapidement cette énorme boule qui lui encerclait la tête. Le mieux qu'elles avaient pu faire était de ramasser sa chevelure sous un foulard de tête bien serré pour en diminuer le volume. Aïssétou ne dit pas un mot, s'assit sur le siège avant, son sac avec ses faux bagages sur les genoux, regardant loin devant, trop loin devant, quelque chose qui n'existait pas. Wallid démarra la camionnette et ressortit pour saluer la famille Bah qui s'était rassemblée pour le départ de la jeune Soussou, leur déli-vrance. Enfin, elle allait quitter cet enfer, même si elle ne le comprenait pas dans son état. Wallid, lui, savait qu'ailleurs, elle aurait une meilleure vie, sinon il s'en occuperait, comme il devait prendre soin des siens. Aïssétou était maintenant une nouvelle représentante des siens. Il l'emmènerait chez lui à Madinagbe, ce petit village où il avait laissé sa mère, et où, il ne le savait pas encore, Aïssétou aussi avait laissé la sienne. La destinée a de curieuses façons d'imposer sa loi.

CHAPITRE 9

Soleils, plaines et adoption

Fatima Soumah

Sublime laideur, beauté affreuse, voilà pourquoi Fatima souffrait tous les jours que le soleil emmenait. Son fils, le fruit de ses entrailles, avait la blancheur du lait qu'il buvait. Chaque femme qu'ils croisaient se devait de cracher, selon la coutume locale, pour être certaine de ne jamais donner naissance à un albinos. Avoir l'âme d'un Noir avec la peau sans pigment était une abomination, un acte des diables et c'était hautement considéré comme contagieux. Armée d'un courage sans faille, Fatima se voyait néanmoins contrainte de continuer ses affaires au marché afin de trouver de quoi survivre, pour elle et sa petite famille. Elle avait un certain succès avec ses gris-gris, chacun de ses clients étant certain que cette femme à qui il manque un bras avait des liens avec l'au-delà. N'avait-elle pas donné naissance à un demi-diable, un futur sorcier! Ses clients étaient réticents lorsqu'ils demandaient ses services, mais ils étaient de plus en plus nombreux. Son statut de marabout, à la limite de la sorcière, lui était utile, tout en représentant un énorme danger. Viendrait certainement un jour où le sentiment de peur qu'elle provoquait chez les gens autour d'elle la mettrait en danger. On ne comptait plus les gens assassinés ou simplement tués devant tous en raison de leur réputation de sorcier. Comme si la sorcellerie était acceptée, mais qu'il y avait une certaine limite à ne pas dépasser, et que celle-ci était difficile à cerner. Seulement, lorsque la sorcellerie prouvait son existence, sa réelle puissance, cela engendrait un sentiment de panique face à l'inconnu et, enfin, les gens, n'en pouvant plus, finissaient par anéantir la source de leur angoisse, en tuant celui qui apportait la preuve de leur ignorance.

Fatima acceptait cette situation. Comme tous ceux qui savent, ceux qui en savent trop, un jour elle souffrirait. Elle le savait et l'acceptait. Ces gens du peuple avaient tant besoin d'elle, mais elle savait qu'ils auraient peur un jour et qu'elle serait sacrifiée. Elle avait accepté sa destinée douloureuse quand elle avait décidé de choisir la connaissance mystique. Elle avait pris conscience de l'existence des deux sortes de compréhension du monde, les deux lumières qui éclairent la réalité. «La première sorte de connaissance est comme la lumière que nous avons en allumant un feu avec du bois. Cette lumière ne peut réchauffer et éclairer qu'un espace limité. Elle correspond symboliquement à la connaissance du monde de la masse des gens du peuple. À ce stade, les adeptes ne peuvent aller au-delà de l'imitation et de la lettre; les écritures des autres, plus mystiques qu'eux. L'obscurité de la superstition les entoure, le froid de l'incompréhension les fait trembler. Ils restent blottis dans un petit coin de la tradition et ils y font le moins de bruit possible.» Les gens qui l'entouraient faisaient partie de ce groupe. Elle, elle détenait la connaissance qui éclaire de la lumière provenant du soleil. Celle-ci est supérieure à celle du feu «en ce qu'elle est plus générale et plus puissante. Elle éclaire tout ce qui existe sur la terre et le réchauffe. Elle dissipe les ténèbres dès qu'elle entre en contact avec elle. C'est une source vivifiante pour toutes les créatures. De même que le soleil matériel éclaire et réchauffe tous les êtres qui, dès lors, sont frères et traitent en frère tout ce qui vit sous le soleil et reçoit sa lumière. Ils ne sont plus telles des bestioles qui dansent autour d'une flamme et qui parfois s'y brûlent[39].»

---

39 Amadou Hampâté Bâ, *Vie et Enseignement de Tierno Bokar: Le Sage de Bandiagara*, Collection Point, Paris, Seuil, 1980, p. 135-136.

Elle les aimait, ces gens de la masse qui la jugeaient durement. Elle comprenait qu'ils n'auraient pas le choix lorsqu'elle atteindrait sa toute-puissance. «Comme le monde est bizarre», se disait-elle souvent lors de ses réflexions qui lui faisaient perdre contact avec la réalité. Comme il est triste que l'humanité ait toujours sacrifié ceux qui savaient, comme si, d'un commun accord, les humains s'étaient entendus pour toujours niveler par le bas le niveau de connaissance. La peur face à l'inconnu, voilà ce qui avait toujours restreint l'humain et l'avait contraint à l'ignorance. On a toujours annulé le pouvoir de ceux qui portaient le vêtement du savoir. On en rit ou on en a peur et on le tue. L'humanité trie ses membres, comme on trie les grains de riz. Ceux qui ont la couleur de la sagesse universelle, de la différence, de l'esprit libre, on les jette afin que tous soient semblables dans l'ignorance. Elle se sentait seule, seul soleil au milieu des chandelles.

Seulement, elle avait un grand espoir devant elle. Un jour, ils seraient deux soleils, elle et son fils. Si seulement elle pouvait vivre assez longtemps pour lui léguer tout ce qu'elle possédait; or, tout ce qu'elle avait se trouvait dans sa tête. Si elle avait pu graver les savoirs qui sont dans son esprit, elle l'aurait fait afin de s'assurer que son garçon reçoive son héritage, mais cela était impossible. Si elle avait appris à écrire… Parfois, elle se disait que l'écriture, malgré son inutilité apparente, pouvait avoir un certain sens. Cela lui aurait permis de transmettre un peu d'elle à son fils, advenant un adieu précoce.

— Hou ou… où es-tu encore? Je m'ennuie de ma femme, tu sais, fit Lansana en la tapotant sur l'épaule. Tu es si souvent partie dans tes pensées que j'ai l'impression que tu n'es jamais là, jamais avec moi.

En effet, entre les soins à donner au bébé, qui étaient si difficiles avec une seule main, les moments passés au marché à soigner tous les petits bobos de l'âme de ses patients et ses longues méditations, il ne lui restait que très peu de temps à consacrer à son mari. Il était si compréhensif, la laissant faire tout ce qu'elle voulait sans se soucier de lui; seulement, il s'ennuyait d'elle. Il aurait aimé se sentir plus important, être utile pour une femme et se sentir désiré. Oui, elle l'aimait encore, comme elle aimait l'humanité entière, d'un amour puissant, mais trop pur.

— Je dois guérir la *mort du chef*[40] de Bengoura demain, tu veux m'aider à préparer la poudre contre la diarrhée? demanda Lansana, souhaitant avoir enfin une activité commune avec sa femme.

— Si tu veux, fit Fatima peu intéressée, mais désirant faire plaisir à son mari.

Ils écrasaient chacun dans leur petit mortier les herbes emmagasinées avec soin dans un énorme bol coiffé d'un couvercle. Ce gros récipient de foin tressé était leur bien le plus cher. Il contenait toutes les herbes qu'ils avaient ramassées depuis qu'ils avaient été en mesure de les identifier. Seulement, depuis un certain temps, seul Lansana semblait l'entretenir. Fatima s'était plutôt tournée vers les remèdes invisibles, ceux qui nécessitent des transes. De cette manière, elle ne gardait plus désormais que cette herbe qui lui facilitait le passage entre les différents mondes. Fatima et Lansana étaient un couple de guérisseurs très puissants. Elle, elle se spécialisait dans les troubles de l'esprit et des forces du monde immatériel et lui, dans ceux du corps et du monde matériel.

Le soleil venait de se pointer au bout de la rivière qui délimitait l'aire habitée des guérisseurs. L'air était encore frais et, suçant le jus d'une orange par une petite incision faite dans la sous-couche blanche séchée, Fatima s'apprêtait à partir pour le marché. Après

---

40 La diarrhée est ainsi nommée car le chef, trop orgueilleux pour avouer sa maladie, va en mourir, tandis que les gens du peuple se font soigner et guérissent rapidement.

avoir allaité ce petit être affamé, elle le posa difficilement sur son dos de son unique main, l'attachant du mieux qu'elle le pouvait à l'aide de son pagne du tissu le plus doux et quitta son logis, ce bel endroit bordé d'eau, et bordé de hautes herbes. Elle aimait beaucoup son chez-soi, son petit plancher de terre battue autour du feu éteint.

À mi-chemin, elle le savait, il lui faudrait s'arrêter. Elle sentirait son bébé s'agiter dans son dos et elle devrait le déposer sur le sol pour qu'il fasse ses besoins. Comme toutes les nouvelles mères, elle s'était fait prendre par surprise et avait dû passer une journée entière au marché, le dos souillé par les excréments de son poupon. Mais cette fois, elle ne se ferait plus prendre. Elle connaissait les moments de la journée où il se soulageait, mais aussi, les mouvements du bébé qui l'annonçaient. Cela lui laissait tout juste le temps de le sortir du pagne et de l'asseoir sur la terre la plus absorbante qu'elle pouvait trouver. Ce petit intermède passé, elle put continuer son chemin jusqu'au marché où elle allait rencontrer ses malades. Elle ne savait jamais ce qui l'attendait et appréciait quelque peu les surprises que, parfois, on lui réservait. Des mauvais sorts, des déviations de l'esprit, des erreurs de traduction de la réalité. Parfois, elle pouvait se contenter de discuter avec ses patients et parfois elle devait les emmener chez elle pour effectuer des cérémonies plus complexes.

Elle fut cependant comblée, même dépassée, ce jour-là. Une très jeune femme nommée Camara, un nom très commun chez la caste des esclaves, était venue à sa rencontre avant même qu'elle arrive à son endroit habituel dans le marché.

— Madame, madame! Arrêtez-vous, j'ai besoin de vous, articula-t-elle d'un même ton sans vie. La jeune femme, qu'elle avait souvent croisée, avait aujourd'hui un air à demi absent, comme si elle se cachait à elle-même le monde réel. Je ne vous demande rien, mais je veux vous donner quelque chose. Vous ne me verrez plus jamais, fit la jeune fille encore une fois sur le même ton. Je m'en vais d'ici.

En continuant toujours de façon monocorde, atrocement sans vie, la jeune femme se pencha sur un panier de foin tressé et fit signe à Fatima d'en faire de même. Elle souleva doucement une couverture et, tout au fond, se trouvait un bébé à moitié mort. Il n'était pas tout à fait formé et semblait combattre par de légers soubresauts. Sa peau était noire, mais d'une pâleur à faire peur, comme s'il était déjà parmi ceux qui sont partis pour l'autre monde. Fatima savait que le petit humain ne survivrait pas longtemps dans ces conditions.

— Pourquoi me le donner à moi? l'interrogea Fatima avec une grande tristesse. Tu sais bien que je ne suis pas une femme comme les autres, je ne l'élèverai certainement pas comme toi tu l'aurais fait.

— Regardez bien le bébé, vous verrez bien que ma fille ne peut pas voir, elle a les paupières collées! Comment un enfant peut-il vivre sans voir? Moi, je ne pourrai jamais faire mieux que vous avec cet enfant que le Créateur a maudit. De plus, vous allaitez déjà le vôtre, alors vous pourrez allaiter cette petite en même temps. Ma mère me demandait de la laisser là, quelque part dans les bois, elle me demandait de la laisser mourir, car elle n'est pas créée pour vivre, elle est sans yeux! Moi, ce bébé, je ne veux pas le tuer, je préfère vous le donner. Avec vous, il sera mieux qu'avec moi. J'ai essayé de m'en débarrasser, continua la jeune femme, de toute évidence empreinte du choc qu'elle n'avait pu sublimer. Elle avait revêtu le masque de l'ignorance, ne pouvant faire face à la dure réalité du moment. J'en ai un autre à la maison et j'ai déjà de la difficulté à le nourrir. Un deuxième bébé et, en plus, aveugle... Je vous le donne! Prenez-le! Prenez-le, je vous en prie, il sera mieux avec vous, je n'en peux plus.

Fatima savait qu'elle ne pouvait faire autrement. Elle ne

pouvait absolument pas laisser cet être à son sort, sachant très bien que les individus qui naissent avec des anomalies sont abandonnés et meurent! Personne ne veut nourrir un poupon malade, la nourriture disponible va seulement aux plus aptes à survivre. La jeune femme tourna les talons brusquement. Elle s'en alla, laissant là son bébé. Elle ne se retourna pas. Fatima réfléchit. Comment allait-elle pouvoir s'occuper de deux bébés en n'ayant qu'un bras? Elle devrait user de beaucoup de débrouillardise et trouver de nouvelles façons de faire. Cela commençait dès maintenant: comment retourner à la maison avec deux bambins? Elle en porterait un sur son dos comme d'habitude et un devant!

Wallid Sylla

Les montagnes, vallons, plaines de hautes herbes et les vaches avaient laissé place aux collines abruptes, aux moutons et à la brousse. Wallid roulait depuis maintenant sept heures depuis Labé, le royaume des Peuls. Il arrivait maintenant à la terre des Soussous, les siens. Les courbes étaient assez souvent serrées, faisant remercier le ciel d'être dans une camionnette de Blanc, une Jeep entretenue avec beaucoup de moyens. D'autres avaient été moins chanceux; tout au long du chemin, on trouvait les restes d'accidents passés. Les débris de voitures resteraient à jamais là où celles-ci s'étaient arrêtées. Personne n'avait la capacité de les enlever, aucune remorqueuse n'existait dans ce monde et on n'avait aucune raison de déloger une voiture qui ne fonctionnerait plus.

Les pentes descendantes étaient plus fréquentes, laissant présager que bientôt, ils arriveraient. Ils gagneraient la côte, la brousse, la mer. Wallid avait très hâte d'arriver enfin chez lui. Il avait hâte de revoir sa mère. Quand il était parti, elle lui avait donné ses quelques poulets, ce qui constituait toute sa fortune.

Elle lui avait tout donné et elle vivait toujours dans une profonde pauvreté, mais cela allait changer. Enfin il revenait, même plus riche qu'il ne l'avait jamais souhaité. Il pourrait faire tout ce qu'il voulait maintenant, c'est-à-dire tout ce qu'il voulait et qui allait dans le sens des dernières volontés de son donateur. Il allait prendre soin de sa mère, lui permettre de manger désormais à sa faim. Il allait aussi prendre soin d'Aïssétou, cette femme qui dormait à ses côtés. Pauvre elle...

Son esprit n'avait pas supporté les difficultés que la vie lui avait imposées. «Elle avait dû tant souffrir, se disait Wallid, ému devant cette enfant de Dieu si éprouvée. Pourquoi la vie est-elle si difficile? Pourquoi faut-il que l'humain souffre autant? Quel plaisir les divinités ont-elles à voir leurs enfants tourmentés?»

Aïssétou dormait comme un bébé, accrochée à la portière comme s'il s'agissait du sein de sa mère. Wallid voulait prendre soin de cette femme, laquelle était redevenue enfant. Et c'est ce qu'il ferait.

Fatima Soumah

— Mais à quoi as-tu pensé? Tu as accepté un autre enfant sans m'en parler, s'écriait Lansana, fâché et surpris en même temps.

— Aurait-il fallu? Pourquoi devrais-je te demander ton avis, de toute manière, je sais qu'un enfant de plus ou de moins ne changera rien pour toi, tu es un homme! Ils pourront être frère et sœur, c'est bien pour notre fils, tu sais bien qu'il sera toujours rejeté par la société, étant donné sa couleur, il aura une petite sœur aveugle, c'est l'idéal, tu ne crois pas?

— Si tu voulais donner une sœur à notre fils, tu n'avais qu'à me faire signe, je t'en aurais donné une au lieu de ramasser ta fille venue de nulle part et aveugle par-dessus le marché!

— Ma fille venue de nulle part! Lansana, tu t'entends! Et ta compassion? Ton amour inconditionnel que ta condition de chaman t'impose? D'abord, j'espère bien que tu sauras, non pas la traiter comme ta fille, je sais que tu en serais incapable, les hommes n'ont pas cette capacité de sublimer la nécessité de paternité, mais au moins la traiter convenablement. Moi, je m'occuperai du reste, mais au moins, accepte de la considérer comme un membre de ta parenté. Elle aura besoin de ton amour. Et, de plus, je pense qu'avec tes talents de guérisseur, tu pourrais trouver un remède pour ses paupières. Peut-être que ses yeux sont sains en dessous!

— Tu ne me demandes pas mon avis, et maintenant tu veux que je traite cette enfant comme ma propre fille... mais qui es-tu donc devenue, Fatima? Je ne te reconnais plus, tu étais si douce, fragile.

Sur ce, Lansana resta songeur. Il se rendait compte que la tristesse de perdre sa petite femme douce, tendre et soumise le rendait plein de flegme. Il n'était pas un homme comme cela. Il avait besoin de se retrouver, de faire le point sur sa vie. Il avait besoin de se sentir utile, de prouver sa valeur auprès des siens et Fatima était devenue une femme totalement autonome et indépendante. Il la regardait parfois avec admiration. Ce petit bout de femme qui n'était qu'une petite fille fragile était devenu un personnage digne de respect, et même d'admiration et d'autorité. Seulement, lui, il se sentait de moins en moins important. Il avait besoin de réfléchir, de connaître sa route, de voir comment retrouver son bonheur perdu.

Toute la soirée, il regarda Fatima baigner ses deux bambins dans la rivière. Elle rayonnait, un immense sourire béat illuminait son visage. Il l'observait, assis sur le petit tronc coupé près du cercle de cendres laissé par le feu éteint, fumant sa pipe fourrée de feuilles vertes odoriférantes. Il avait de l'admiration pour cette femme que rien n'arrêtait, mais surtout, qui lui tenait tête. Quand elle eut fini de laver ses bébés, ce qui lui prit une bonne heure, jouant et s'amusant dans le courant de la rivière, elle alla coucher sa progéniture.

— Fatima... fit Lansana doucement. J'aimerais te parler.

— Oui, oui, j'arrive, je vais nourrir et endormir mes amours et je viendrai te rejoindre. Prépare-moi une pipe bien fournie, cria Fatima depuis la petite maison au toit de foin, tout en s'essuyant à l'aide de son foulard de tête.

Tout au long de la berceuse que la marabout fredonnait, Lansana réfléchissait à ce qu'il voulait dire à sa femme. Douce-ment, la nuit tomba au son de la berceuse amoureuse de Fatima, sa Fatima.

— Alors, où elle est, cette pipe! Je suis particulièrement heureuse, ce soir, fit Fatima, s'efforçant d'expirer son excitation dans un long soupir.

Elle devait reprendre ses esprits, elle pressentait une longue soirée de discussions avec son mari. Elle ne savait pas comment concilier sa vie avec ce pauvre Lansana qui semblait de plus en plus malheureux. Elle voulait tellement qu'il soit bien, mais en même temps, elle ne pouvait pas oublier ses objectifs de vie, son grand bonheur, qu'elle avait enfin atteint. Non, elle ne voulait pas perdre son indépendance, elle n'était pas ce genre de femme à être dévouée à son mari, elle s'était enfin créé une personnalité, une vie qui la comblait, elle, et qui était uniquement basée sur ce qu'elle voulait, soit être utile aux gens qui souffrent. C'est à ce titre qu'elle comptait conduire la discussion de ce soir. Lansana était malheureux et elle se devait de le soutenir du mieux qu'elle le pouvait.

— D'abord, ne crois-tu pas qu'il est l'heure de nommer *nos* enfants, suggéra Lansana doucement.

Fatima n'en croyait pas ses oreilles. *Nos* enfants! Ah oui, elle avait bien choisi en décidant d'épouser son Lansana. Elle le regarda au fond des yeux et le remercia humblement d'avoir compris, tout en déposant un baiser doux sur ses lèvres. Elle sentait que quelque chose de nouveau allumait les yeux de son homme. Comme une force animale, un courage qu'elle ne lui connaissait pas: il sentait le mâle.

— Tu as une idée pour les noms? fit-elle pour retrouver ses esprits.

— Eh bien! On pourrait nommer notre fils comme le vieux marabout? Qu'en dis-tu?

— Je veux bien, fit Fatima, mais je n'ai jamais su son nom! Nous l'appelions toujours *maître* ou *vieux* ou *père*!

— Fofana, fit Lansana, avec un petit sourire ému.

— Allons pour Fofana! conclut Fatima, rayonnante.

— Et pour *notre* fille, je suggère Ayisha. J'aime beaucoup ce nom, je trouve qu'il sonne bien. Qu'est-ce que tu en penses, *mon* Lansana?

Lansana était ému. Elle avait dit *mon* Lansana! Oh oui, il y avait de l'espoir et un bon petit feu sous la bouilloire de leur amour! Il continua doucement en allumant la pipe qu'il donna à Fatima.

— Je me rends compte que j'ai beaucoup de respect pour toi, et c'est pour cela que j'ai eu envie de te parler, ce soir. Je crois que tu pourrais m'être utile, et puis, c'est ta spécialité, non, les maladies de l'âme, continua Lansana pour s'aider à enlever la honte qui le retenait de parler librement. Je pourrais te demander d'aller voir dans mon esprit ce qu'il y a de malade, car je suis de plus en plus malheureux, tu sais.

— Je n'ai pas à aller creuser très loin au fond de toi pour me rendre compte de ce pourquoi tu souffres, mon très cher ami. Tu as besoin de te sentir fier, et moi, je n'ai plus besoin de toi comme avant, tu as donc perdu ta motivation. Pourquoi ne cherches-tu pas à aider encore plus les gens qui viennent te voir pour leurs blessures? Peut-être trouveras-tu des amis et peut-être même une autre femme et peut-être retomberas-tu en amour? Je te promets de bien traiter ta copine si tu en trouves une pour te faire sentir encore plus comblé. Tu sais bien que je t'aime si fort que je ne veux que ton bonheur. Moi, avec mes deux bébés et mes patients, je suis tellement occupée, tu sais. Même si je tiens à toi et que je t'aime profondément!

Elle prit deux grandes bouffées de fumée et toussota un peu avant de continuer:

— Je t'aime très fort, Lansana, tu es mon meilleur ami et je souffre de te voir souffrir. Je crois que tu dois rechercher ta voie, trouver le chemin vers un plus grand bonheur, devenir le grand homme que je vois au fond de toi. C'est ton devoir d'humain de rechercher un plus grand bonheur, et surtout toi, qui es marabout, tu dois donner l'exemple.

Lansana réfléchissait, impassible dans son coin. Il se leva et alla rassembler les restes de bois sec afin d'allumer un feu. Longtemps, les deux anciens amoureux, devenus les meilleurs amis du monde, restèrent silencieux. Elle le regardait préparer les bûches. De toute évidence, elle l'aimait beaucoup. Elle voulait qu'il soit de nouveau amoureux, le revoir tout pétillant de joie de vivre et d'espoir. Elle le regardait souffler sur le brasier naissant, accroupi. Il était beau, son Lansana. Un corps très élancé, une chair d'un noir profond, comme teintée de la couleur de la nuit. La peau de ses longues cuisses semblait très tendue, et ses muscles puissants donnaient l'impression d'être des morceaux collés par-dessus la peau tellement ils se découpaient du reste du corps. Aucune graisse ne semblait pouvoir trouver refuge sous cet épiderme ténébreux. Elle l'examina longuement et laissa son corps s'échauffer en mangeant ce corps de mâle du regard. Elle était sa femme. Elle avait donc le droit de le regarder avec appétit.

Elle aimait se sentir s'échauffer. Son esprit s'altérait tout doucement et l'emmenait dans un monde plus près de la réalité naturelle de l'homme, en lien plus direct avec son animalité. Elle perdait volontairement son acuité intellectuelle et cela était tellement reposant pour cette femme éprouvée chaque jour par sa grande compassion. Oui, elle prenait congé, ce soir. Elle ne serait que femme, que femelle.

La fumée avait embrumé leur esprit à tous deux. Lui prenait plaisir à sentir ce regard brûlant parcourir son corps tandis qu'il continuait à prendre soin du feu. Il pesait chacun de ses mouvements afin de leur donner une sensualité toute virile. Il s'était composé un visage sérieux. Il ne s'était jamais senti fort, ayant toujours préféré se montrer tendre et doux, mais ce soir, il n'en avait pas envie. Il avait besoin de se sentir puissant, masculin, dominant.

Fatima se consumait sur place à le regarder se mouvoir avec cette allure décidée qu'elle ne lui connaissait pas. Il avait un regard dur et sentait le mâle humain, le reproducteur, cette bête puissante qui la dévorerait. Elle ne le connaissait pas, ce Lansana. Son mari si doux s'était transformé en prédateur. Il vint s'asseoir sur son tronc d'arbre coupé et regarda le feu comme un chasseur guette sa proie.

Fatima ne réfléchissait plus, elle se laissait emporter par cette émotion du corps qui brûle de désir. Elle se leva et alla chercher du beurre de karité dans la paillote. Elle déroula la cordelette qui cintrait l'ouverture du sac de tissu. Doucement, elle dénuda ses épaules et s'enduisit d'huile au doux parfum suave. Elle laissait son être bouger au gré de ses pulsions, commençant à ondoyer des hanches. Elle se leva et laissa tomber son pagne là, à côté du feu, au dehors, à la vue possible des passants. Elle chercha le regard de Lansana qui, chargé de désir, fixait ses fesses rebondies. Elle s'enduisit donc tous les membres d'huile, s'attardant plus particulièrement à ses fesses et à sa fente. N'en pouvant plus de désir, Lansana leva les bras afin qu'elle s'approche de lui pour assouvir ses désirs, mais elle resta là à le regarder.

— Tu me veux, hein? Alors viens me chercher!

Sur ce, elle s'élança à la course vers la brousse. Elle sentait les branches lui fouetter les cuisses et le ventre. Elle courait si vite que Lansana se trouvait assez loin derrière, le visage en fureur, prêt à exploser de toute cette énergie d'homme. Elle s'arrêta un moment pour le regarder venir vers elle et fut tout à coup prise d'angoisse. Il avait l'air enragé. Elle ne l'avait jamais vu comme cela, il ne serait peut-être plus aussi doux avec elle qu'avant. Elle se remit à courir, mais, cette fois, elle n'avait plus confiance, elle avait même un peu peur. Elle ne décidait plus du jeu, elle l'avait initié, mais elle en avait perdu le contrôle, et maintenant, elle était à sa merci. Elle courait maintenant avec un réel désir de se sauver, cependant elle savait que ce grand corps puissant allait plus vite qu'elle. Elle l'entendit s'approcher, elle le sentit tout près derrière elle et elle tentait de courir encore plus vite, mais sans succès. Il la saisit violemment par l'épaule et pour combattre le glissement de ses mains sur l'huile de son corps, il la retint en plaquant son unique bras dans son dos à la manière des policiers. Quand elle fut immobilisée, il la força à s'agenouiller et ensuite poussa sa tête vers le sol; elle ne put qu'obéir et appuya son front sur la terre battue du sentier. La position de Fatima mettait son sexe de femme bien en évidence et plaçait totalement celle-ci à la merci du prédateur. Il arracha son petit pagne d'homme et pénétra Fatima avec vigueur. Elle lâcha un long soupir mélangé de plainte. Elle se sentait prise avec dureté, mais cette douleur était tellement agréable que les plaintes qui sortaient de sa bouche ne voulaient plus s'arrêter. Elle sentait le plaisir pour la première fois, malgré son excision. Il donnait de grands coups puissants et lents tout au fond de son ventre, comme s'il voulait sonder tout son intérieur jusqu'à en repousser même les limites. Il la retenait par les épaules afin qu'elle ne soit pas poussée vers l'avant, ce qui rendait encore plus violent le choc des sexes, la fin du chemin.

Ils geignaient tous les deux, le plaisir était si intense qu'il était douloureux. Ils explosèrent en même temps. La semence se répandit en elle comme une traînée de gaz qui prend feu. Il y avait tant d'énergie qui circulait dans ces deux corps que l'explosion de plaisir les abattit tous les deux. Ils ne purent retourner se coucher que longtemps après s'être reposés, enlacés, allongés sur le sentier de terre.

CHAPITRE 10

Dernier souffle et première braise

Fatima Soumah

— Incapacité soudaine d'évoquer des souvenirs importants… Je vois… je vois… Pauvre femme, soupira le vieux marabout, chancelant au sommet de ses deux bâtons lui servant de jambes.

Il regardait doucement dans les yeux d'Aïssétou. Celle-ci, un peu ragaillardie par les repas et l'agitation, regardait tout autour avec des yeux d'enfant excitée.

Par la suite, le vieux avait longuement discuté avec Aïssétou. Ensemble, ils avaient parlé sous le gros manguier qui servait de parasol pour les consultations, de tout et de rien, mais surtout des derniers événements dont elle se souvenait. Elle se rappelait assez bien ce qui s'était passé au début de son séjour au sein de la famille de son amie dans le Fouta Djallon, mais pourquoi n'était-elle pas mariée à Souaré? Que s'était-il passé ensuite? Comment était-elle revenue chez elle? Quoi qu'il en soit, elle était revenue à Madinagbe, cette ville où elle avait été élevée, cet endroit de tous ses souvenirs d'enfance. Elle ne connaissait pas Wallid et ne se souvenait pas comment elle l'avait rencontré ni comment il l'avait ramenée chez elle. D'ailleurs, chose étrange, il n'arrêtait pas de dire qu'il ne savait pas qu'elle était de Madinagbe. Enfin, pour elle, tout allait pour le mieux. Elle allait pouvoir passer du temps avec les siens, beaucoup de temps, car elle ne voulait plus retourner à la capitale. Elle avait reconnu en la mère de Wallid cette pauvre dame accusée à tort de porteuse de mauvais sort qu'elle avait croisée sur la piste par une chaude journée lorsqu'elle n'était encore qu'une étudiante. Elle appréciait la compagnie des gens bons et simples de son enfance. Elle recommencerait à piler les aliments pour le repas de sa famille et elle alla même danser dans le petit bar qui lui avait toujours été interdit étant jeune. Elle était une femme, maintenant. Elle ne voulait plus croire en ses rêves trop lourds, elle voulait uniquement vivre, vivre chacune des minutes le plus paisiblement possible, laisser le flot du temps s'écouler tranquillement dans sa vie.

Le vieux marabout se traîna pour retourner auprès de Wallid, assis sur la bûche près de l'unique porte de la case grise, le petit chien Pastis à ses pieds.

— Je dirais que cela semble circonscrit à quelques jours. Seul le fait qu'ils l'aient enfermée par la suite l'a maintenue dans un genre d'état second, comme si son esprit était resté latent. Mais mon garçon, ne t'inquiète pas, ta copine va s'en tirer vite fait, la récupération est rapide dans ce genre de coupure de la mémoire. Pour l'instant, elle est encore désorientée, elle erre encore un peu quelque part dans sa tête. Quand tu l'as trouvée, elle semblait ne pas se rendre compte du monde qui l'entourait, hein? continua le vieillard, fatigué et le souffle coupé.

— Elle était dans de bien mauvaises conditions, fit Wallid, ne sachant pas trop de quoi le vieux sorcier lui parlait.

Au moins, le marabout lui avait dit qu'Aïssétou allait guérir. C'était cela le plus important. Wallid regardait le vieillard qui chancelait et se leva aussitôt pour lui donner son siège, sa bûche. Il était bien vieux, maintenant, il semblait tout près de la porte de la mort.

Il s'accroupit, tremblant de tout son corps. Ses muscles se contractèrent et il s'assit par accident à côté de la bûche, dans la poussière. Wallid, se rendant compte de la mauvaise posture de l'homme, se pencha et lui tendit ses bras.

— Mon vieux, je vais vous emmener dans votre case, vous allez être bien mieux à l'ombre et sur votre tapis.

Il ne broncha pas, se rendant compte de sa trop grande faiblesse pour démontrer de la honte. Wallid le transporta sur sa couche et, mal à l'aise, s'excusa d'être venu le déranger.

— Je suis bien content… d'avoir eu… Aïssétou comme dernière patiente, fit le vieux en esquissant un sourire fatigué, la bouche béate et bizarre. Je me souviens… avoir reçu… sa mère… pour parler de vous les Sylla. Comme le destin… a de drôles de… d'idées parfois. Maintenant… Je me rends bien compte… que je suis rappelé dans… dans le premier monde, celui où nous sommes avant de naître, continua le vieillard ravagé par le temps, essoufflé et affalé sur son tapis, dans la même position que l'avait déposé Wallid. Mon garçon, va… va me chercher les miens, afin que je puisse… mourir dans l'allégresse. Ils sont là-bas, la nouvelle paillote près de la rivière. Je vous attendrai… pour mourir, fit le marabout en se relevant sur ses bras tremblants, toujours avec un étrange sourire.

Wallid n'avait jamais couru aussi vite de toute sa vie. Même le jeune chien jaune qui ne le lâchait habituellement pas d'une semelle avait du mal à le suivre. Le pauvre Vieux devait mourir avec les siens, et non pas seulement avec Aissétou qui n'avait pas toute sa tête. Wallid parcourut les vingt minutes de marche en moins de dix minutes. Il arriva comme un coup de vent, maculé de sueur et avant même d'arriver à la paillote, il annonçait son message, en criant, haletant.

— Il va mourir, le vieux marabout va mourir, il vous demande, il y a quelqu'un? Il va mourir, dépêchez-vous! Il y a quelqu'un?

Sur ce, Fatima releva le tapis qui ferme l'entrée de sa maison.

— Homme, merci pour le message. Je m'en vais rejoindre le marabout, répondit Fatima calmement. Elle jeta un coup d'œil aux deux bambins, couchés côte à côte, sur le sol de terre, et alla dans la cabane tracer quelque chose sur un bout de vieux papier, avec une branche brûlée.

— Mon mari n'est pas là, je dois l'informer de ce qui est arrivé, afin qu'il vienne me rejoindre là-bas, dit-elle à Wallid, cet inconnu qui restait perplexe, sans le souffle, dans l'encadrement de la porte.

Elle dessina rapidement des images qui parlent, car elle ne savait pas comment écrire les mots, pour faire comprendre à Lansana de se rendre rapidement chez le vieux marabout.

— Vous porterez un bébé. Prenez Ayisha, s'il vous plaît, sinon je ne pourrai pas marcher rapidement avec vous pour retourner là-bas, fit Fatima en tendant sa fille à Wallid, surpris.

Il croyait avoir terminé sa mission en ayant porté le message, mais maintenant, il devait porter un bébé et courir encore la distance qu'il venait tout juste de faire. De plus, ce bébé portait le même nom que sa propre mère! Il n'avait pas le choix! Elle l'aida à placer le bambin sur son dos, ce qui ne fut pas chose facile, car il n'en avait pas l'habitude et elle n'avait qu'une main.

— Vous êtes un homme bon, fit Fatima doucement, il est rare de rencontrer des gens qui acceptent de faire des choses anormales comme, pour un homme, de porter un bébé sur son dos.

— Je n'ai d'autre choix, il faut que l'on prenne soin de ces bébés et il faut que ce vieux soit accompagné dans son dernier voyage.

— Vous êtes une personne exceptionnelle, continua Fatima doucement en regardant l'ami canin tout propre qui se tenait aux côtés de l'inconnu.

Elle n'était pas pressée outre mesure. Les deux bébés bien attachés, ils partirent d'un pas rapide, mais sans urgence.

— Tu sais, continua Fatima, il nous attendra. Le vieux nous attendra pour mourir. Marchons d'un pas rapide, mais nous ne pouvons faire souffrir ces petits humains que nous portons.

Ainsi, ils arrivèrent en quinze minutes à la case du mourant. Aïssétou se leva de sous l'arbre parasol du marabout quand ils approchèrent ne sachant pas trop ce qui se passait. Elle vit arriver

Wallid, ce nouvel ami, avec un bébé dans le dos et cela la fit sourire. Elle les suivit et tous entrèrent dans la case du mourant, à l'exception de Pastis.

Fatima, arrivée dans la première pièce de la case, arrêta ses deux accompagnateurs. Elle sonda longuement le fond du regard d'Aïssétou et lui donna la responsabilité des deux bébés.

— Tu t'en occuperas en restant ici, pendant que nous tiendrons compagnie au mourant, tu es d'accord?

Aïssétou, ayant saisi l'importance de la situation, surtout après avoir entendu le mot *mourant*, perdit son sourire amusé et devint plus sérieuse. Elle avait une responsabilité et elle se devait de bien s'acquitter de sa tâche. Elle retrouva rapidement un état plus normal et, retirant les deux bébés des tissus, les déposa sur le sol de bouse séchée de la première pièce de la case.

Fatima regarda le comportement d'Aïssétou, vérifiant si elle pouvait faire confiance à cette femme pour s'occuper de ses trésors: sa Ayisha et son Fofana. Elle regarda enfin Wallid et lui fit signe d'entrer dans la chambre du mourant.

Le vieux marabout se tenait là, dans la position du lotus. Il respirait terriblement profondément et si lentement que Wallid ne croyait pas cela possible. Le vieux regarda de ses yeux perçants Fatima et, sans qu'un mot fût prononcé, elle comprit.

— Lansana devrait être avec nous sous peu, il n'était parti que pour chercher du bois pour le feu.

En l'attendant, Fatima fit signe à Wallid de s'asseoir comme eux et de ne pas parler. Le temps passa et ce dernier trouvait bizarre de veiller un mourant qui se tenait assis! Même lui, qui était jeune, commençait à trouver douloureux de rester dans cette position et il se demandait comment le marabout pouvait encore tenir.

Enfin, Lansana arriva à la case et se joignit aux autres, assis comme eux. À ce moment, le vieillard sembla se réveiller. Il

regarda Fatima, Lansana et enfin Wallid, qui se sentait soudainement de trop, mais n'osait pas briser le silence. Le vieux mourant
s'adressa à Wallid d'un souffle curieux et sifflant:

— Tu peux rester pour me tenir compagnie lors de mon
départ pour l'autre monde, seulement, cela risque de te surprendre un peu. Tu sauras ouvrir tes yeux et ton cœur?

Wallid, ne sachant quoi répondre et quoi faire, ne répondit
rien, et tous comprirent qu'il resterait là.

Ainsi donc, le marabout commença à respirer très profondément et se mit à parler d'une voix d'outre-tombe.

— Je veux que vous sachiez que je pars avec une joie intense
au cœur. Je suis prêt pour ce superbe voyage qui m'attend et j'ai
confiance, parce que j'y ai déjà séjourné, je m'y plairai. De ce
monde qui se tient si près du nôtre, je vous regarderai et ce sera
une joie pour moi de vous venir en aide de la manière dont il me
sera possible. J'ai parfaitement confiance en vous pour me remplacer auprès de mes bien-aimés patients. Je les ai d'ailleurs déjà
informés qu'ils peuvent en toute confiance se référer à vous pour
la suite de leurs traitements. Cela vous permettra aussi de mieux
vivre maintenant que vous avez une famille. Il était grand temps
que je vous laisse de la place, car Madinagbe n'est pas assez
populeuse pour permettre à trois marabouts de vivre bien. Je
m'en vais donc enfin et vous laisse tout mon amour. Au revoir,
mes amis, et à bientôt!

Sur ce, il cessa de respirer, le sourire aux lèvres. Il resta en
position du lotus, mais son corps devint solide et la vie le quitta.

Fatima chanta un air funèbre de circonstance. Ils regardèrent
longuement le corps sans vie, toujours pareil, toujours le sourire
aux lèvres. Comme la mort pouvait être belle quand le mourant
savait mourir! Les trois témoins se levèrent et sortirent de la case,
ressentant un étrange bonheur et une paix intérieure qu'ils
n'oublieraient jamais.

— J'irai annoncer la mort du marabout à quelques villageois, nous retournerons à la maison et nous pourrons revenir demain pour préparer le corps, fit Fatima. Je donnerai rendez-vous à tous ceux qui le désirent au cimetière à dix heures, demain, pour l'enterrement.

Wallid, ne comprenant pas trop ce qui se passait, demanda ce qu'il pouvait faire pour aider. Fatima le regarda longuement de ses yeux perçants et lui répondit:

— Nous sommes les apprentis de ce vieux marabout qui vient de nous quitter. Nous devons, cette nuit, faire une panoplie de rituels funéraires afin de l'aider à se rendre le mieux possible dans son autre vie. Je vous demanderais, à toi et à ta copine, de garder nos enfants afin que nous puissions être libres d'effectuer les rites. Cela vous serait-il possible?

— Aïssétou n'est pas ma copine, fit Wallid, un peu gêné. Elle est malade et j'étais venu demander de l'aide au vieux marabout pour la guérir.

— Eh bien, cela pourra certainement attendre à demain, et ainsi, je pourrai regarder ce que je peux faire pour ton amie. Je tenterai de la soigner et ce sera pour vous remercier d'avoir gardé mes petits cette nuit. Je viendrai te les porter après le coucher du soleil. Je reviendrai au milieu de la nuit pour les allaiter.

— Bon, eh bien, je n'ai qu'à emmener tout ce beau monde chez ma mère! fit Wallid, décontenancé. Vous savez où nous trouver? La paillote de la vieille Ayisha Sylla dans la palmeraie?

— Oui, fit Fatima, surprise.

Wallid était donc le frère de Nabi Yaya, celui qui l'avait mise enceinte! Se rappelant cet épisode difficile elle constata aussi la coïncidence des prénoms de sa fille et de la mère Sylla. Avait-elle encore de la haine en elle? Aurait-elle de la difficulté à fraterniser avec Wallid le frère de l'autre? Non. Elle était guérie.

«Étrange retour d'un fils, se disait pour sa part Wallid. Je reviens avec une amie malade qui n'est pas ma copine, deux enfants qui ne sont pas les miens, mais dont la fille porte le nom de ma mère, et une sorte de roi chien propre et bien gras. La vie nous réserve vraiment de drôles de surprises!»

La nuit fut longue pour les deux apprentis du défunt marabout. Fatima fit des allers-retours pour allaiter les bébés chez les Sylla, où heureusement Nabi Yaya n'habitait plus depuis qu'il s'était marié. Elle oignit aussi le corps du défunt d'une huile spéciale, pratiqua des massages pour vider le corps de ses fluides et de ses énergies. Au matin, une petite foule s'était attroupée au cimetière et quelques hommes finissaient de creuser un trou dans la terre. Fatima et Lansana arrivèrent, visiblement fatigués, avec le cadavre du marabout sur un brancard fait de feuilles de palmiers. Une grande palme couvrait partiellement le défunt, étrangement encore de belle couleur et d'une bonne odeur, malgré la chaleur tropicale.

Fatima et Lansana, aidés de quelques autres hommes du village, déposèrent le mort au fond du trou. Fatima prit la parole:

— Le vieux marabout m'avait demandé de dire ceci à son enterrement. C'est avec émotion, donc, que je vous répète ses paroles. Il affirme que tous ont droit à l'amour du Créateur, peu importe leur origine ou le rituel qu'ils utilisent pour lui rendre hommage. Le Vieux voulait que les humains sachent que nous sommes tous les enfants d'une même lumière qui aime autant les animistes, les chrétiens, les musulmans, les marabouts, et même les non-croyants. Il ne faut pas juger afin de ne pas l'être. On nous jugera du même jugement que nous jugeons. On nous mesurera de la même mesure que nous mesurerons. C'était sa mission sur terre que de faire connaître ce message et il désirait que nous finissions sa vie avec l'énoncé de cette mission.

Elle jeta ensuite une poignée de terre sur le corps et recula. Sans un mot, les hommes qui avaient creusé le trou reprirent leurs pelles et recouvrirent le corps. Rien d'autre ne serait fait aujourd'hui. Dans quarante jours se tiendrait la fête du quarantième jour de la mort du vieux marabout, et c'est à ce moment que les villageois salueraient le défunt. Il fallait laisser le temps à l'âme de se rendre au bon endroit. Cela prend du temps et avant cela, il ne fallait pas tenter l'âme en voyage.

— Alors, fit Fatima à Wallid en lui reprenant Ayisha des bras, cela s'est bien passé avec mes petits amours? Vous n'avez pas l'habitude des bébés, fit-elle, rieuse.

Elle aimait bien ce garçon malgré tout. Comme s'il faisait partie des siens, de ceux qui ont les yeux ouverts sur autre chose que leur petit univers.

— Vous êtes les bienvenus chez nous. Je regarderai ce que je peux faire pour ton amie Aïssétou.

Aïssétou Youla

Wallid et la malade partirent donc pour le petit hameau des marabouts près de la rivière. Aïssétou ne savait pas pourquoi cet homme s'occupait aussi bien d'elle, mais elle l'appréciait grandement. En effet, après son retour dans sa ville natale, elle savourait encore plus la compagnie des siens et cette personne était si attentionnée avec elle! La jeune femme avait trouvé une tranquillité de l'esprit plus grande que jamais, malgré ses trous de mémoire.

Arrivés chez Lansana et Fatima, ils discutèrent longuement, assis sur des bancs peuls placés au bord de la rivière, à l'ombre de quelques cocotiers. Il était clair qu'Aïssétou n'était pas si malade. Elle avait seulement perdu quelques jours de sa vie et cela ne semblait pas avoir laissé de séquelles importantes. Néanmoins,

Fatima décida que, un jour prochain, elle irait voir ce qui s'était passé au cours de ces quelques jours oubliés afin de mieux orienter la guérison complète d'Aïssétou. Elle irait dans son inconscient pour voir si quelque chose de grave s'était passé, qui aurait pu laisser des séquelles actuellement invisibles dans son âme. Mais avant cela, ils passeraient du bon temps. Ils burent quelques verres de vin de palme que Wallid avait apporté de la palmeraie de sa mère. Ils discutèrent de la vie, de leurs expériences, de leurs idées et eurent beaucoup de plaisir. Ce n'était certainement pas la dernière fois qu'ils se voyaient. Une amitié se tissait inéluctablement entre eux. Même âge, mêmes vieilles âmes.

Pendant que Wallid et Lansana bavardaient en profitant des effets du vin de palme, le chien Pastis à leurs pieds, Aïssétou et Fatima se baignaient avec les bébés. Aïssétou n'avait pas coutume de se tremper dans l'eau d'une rivière de cette manière, mais elle y découvrait un certain plaisir des sens. Personne ne se couchait comme cela au fond du lit avec de l'eau aux épaules, mais elle copiait Fatima qui semblait trouver cela tout à fait normal. Aussi cela lui rappelait la piscine des riches avec Ndiaye et c'était agréable. Elles discutèrent longuement, heureuses d'avoir découvert une amie l'une dans l'autre. Aïssétou se rendit compte qu'elle aussi désirait ardemment fonder une famille. Elle se voyait si heureuse avec un bambin dans les bras! Aïssétou raconta aussi comment il était difficile de vivre au village, car désormais, les gens la percevaient comme folle. Ces étiquettes étaient dures à porter et elle devait sans cesse faire fi des chuchotements des gens qui parlaient d'elle sur son passage.

— Je ne sais pas si nous avons suffisamment de crédibilité, Lansana et moi, auprès des gens du village, fit Fatima songeuse. Le vieux marabout avait coutume de faire semblant de faire un spectaculaire traitement contre la folie et de s'assurer que des témoins du village y participent afin de laisser croire à une guérison. Ainsi, les ragots se terminaient et on laissait une chance au supposé fou d'entretenir ses relations avec les gens sur de nouvelles bases. Mais pour cela, je devrai quand même m'assurer qu'effectivement, il ne reste aucune trace de problème dans ton esprit. Si tu veux, nous pourrons faire tout cela ensemble. Cependant, comme tu le sais, je ne peux pas travailler pour rien. Je dois nourrir ma famille, alors si tu pouvais envisager une quelconque rétribution pour tout cela, ce serait bien, continua Fatima, un peu honteuse de devoir demander de l'argent pour ses soins.

— Je ne sais pas trop comment je pourrais te payer, car je n'ai plus d'argent depuis mon voyage à Labé. Ma mère ne peut pas non plus m'aider car elle a de la difficulté à joindre les deux bouts depuis qu'elle doit me nourrir, en plus de la famille. Je vais quand même voir ce que je peux faire. Peut-être... J'ai trouvé! Je pourrais te promettre d'accueillir tes enfants gratuitement à ma future école, fit Aïssétou, les yeux brillants. En effet, je veux mettre en route une école, ici, à Madinagbe, afin d'enseigner à ma manière. Je rêve de cela depuis mon arrivée ici. Tu imagines! dit Aïssétou tout excitée! Une école à moi, où j'enseignerais en soussou et non plus en français. Je voudrais que l'on puisse apprendre à lire, à écrire le français, mais enseigner les mathématiques, les règles de santé et l'histoire de chez nous, dans notre langue! Ce serait merveilleux. Je devrais, pour cela, monter tous les cours car nous n'avons rien en soussou, mais je crois que cela en vaut la peine. Aussi, je pourrais, en douce, promouvoir l'abolition de l'excision. Oui, c'est cela que je veux faire! Enfin, je sais ce que je veux faire! Si tu savais comment cela fait du bien de savoir quelle est notre mission!

Fatima comprenait, elle comprenait sa nouvelle amie. C'était un moment très important dans une vie que de découvrir qu'en plus de survivre, nous avions un but. Qu'il y avait un sens à notre existence.

— C'est donc un engagement! fit Fatima, heureuse. Mes enfants pourront lire et écrire en soussou! Ils pourront compter. Moi, cela me manque tellement!

— Eh bien, en attendant, je pourrais t'apprendre à toi aussi, si tu veux, lui proposa Aïssétou, contente d'avoir trouvé un moyen de payer les traitements qui lui permettront de guérir.

Elles étaient heureuses dans leur rivière avec les deux bambins. Deux nouvelles amies.

— Pourquoi fallait-il que j'aille si loin pour me rendre compte que ma destinée était ici, chez moi à Madinagbe? demanda Aïssétou.

— Peut-être qu'il te fallait aller loin pour avoir les expériences nécessaires pour le comprendre. Aussi, peut-être faut-il relever des défis et éprouver des difficultés pour connaître notre plein potentiel, répondit doucement Fatima, une flamme dans les yeux.

Elles avaient enfin chacune une amie.

Wallid Sylla

— Eh bien! Wallid, ton… ton vin de palme est très bon! dit Lansana en bégayant, un peu ivre. Il me semble qu'il coule comme du miel dans la gorge! Hum… son regard se tournait vers les deux femmes dans l'eau. Quel bonheur! fit-il, heureux.

Wallid se tourna aussi vers la rivière où deux belles dames se prélassaient, discutant, couchées et caressées par les flots mousseux. Ils gardèrent le silence quelque temps afin de savourer le moment, et enfin, Wallid, un peu mal à l'aise à l'idée de regarder la femme de son ami, continua:

— Quel beau coin vous avez trouvé, ta conjointe et toi. J'adorerais avoir un aussi beau décor pour ma future maison, fit-il, un peu surpris de se rendre compte que lui aussi voulait avoir sa paillote.

Il voulait, lui aussi, devenir un homme, construire son nid et peut-être même trouver une compagne. Son regard fut bien malgré lui attiré encore une fois vers la rivière où les femmes s'offraient à leur vue, couvertes seulement de leurs jupes mouillées. Hum… Il reprit ses esprits et continua:

— En plus, l'endroit semble propice pour faire un jardin. J'aimerais bien avoir un gros jardin où je ferais pousser des fruits et des légumes.

— Oh! l'ami, fit Lansana, tu sais que si tu veux venir habiter près de l'eau comme nous, tu te feras montrer du doigt.

— Ah oui! Je me souviens que, quand j'étais petit, on disait qu'il ne fallait pas aller près des rivières mais, en fait, pourquoi disait-on cela? C'est merveilleux pour les cultures!

— Tu ne connais pas l'histoire? fit Lansana, amusé. Eh bien! Écoute celle-là. Le vendredi, surtout, personne ne doit aller dans les rivières! raconta-t-il avec plus d'intonation dans la voix qu'il n'en faut. Un vendredi, une femme décida qu'elle irait tout de même laver ses vêtements dans le cours d'eau, commença-t-il avec ce ton magique du conteur d'histoire expérimenté, mais un peu ivre. Quand elle arriva au marigot, elle vit là une femme donnant le sein à son enfant. Plus loin, elle aperçut des outils très beaux: des couteaux au manche de perles, des cuillères qui séchaient après avoir été lavées. À côté des instruments, il y avait une bague très belle. La femme voulut donc s'en emparer et au moment où elle la prit, la dame qui allaitait se mit à siffler. Elle avait deux cornes comme les vaches. Elles coururent jusqu'au village et celle qui était venue laver son linge tomba d'épuisement. Dans son sommeil, la diablesse lui frappa la tête avec un bâton et fit en sorte qu'elle ne se réveille plus jamais! Les villageois, ne sachant pas ce qui s'était passé et ne sachant que faire, ont demandé l'aide du marabout du village. Ce dernier, en voyant la bague, comprit ce qui s'était passé. Il enleva le bijou du doigt de la voleuse et s'en alla à la rivière afin de la lui rendre. Aussitôt que l'eau emporta la bague dans son courant, la femme voleuse se réveilla et conta ensuite l'histoire. C'est pourquoi, mon ami, nous, étant marabouts, nous sommes protégés des sorciers, selon les gens de la ville, mais pas vous! Ha! Ha! Ha! fit Lansana en pouffant de rire. On dira que vous êtes en danger. Habiter près d'une rivière, et en plus, près de deux marabouts et de deux bébés touchés par les diables Wah, ouf! On va en dire, des choses sur vous!

— Et alors? fit Wallid avec un ton de défi, quand ils verront que ma plantation produit beaucoup de fruits et de légumes, ils cesseront bien. Si, en plus, cela fonctionne comme je le voudrais, ils viendront même m'offrir leurs bras quand je mettrai en route une coopérative.

Wallid raconta son aventure avec le Blanc et parla de sa mission, c'est-à-dire de faire en sorte que les plus nécessiteux bénéficient de cet argent.

— Je crois bien que le fait de créer une coopérative de produits maraîchers serait une bonne idée. Cela pourrait permettre à toutes ces pauvres personnes de produire plus de nourriture. J'utiliserais même un peu les techniques des Blancs que j'ai apprises là-bas au projet, mais juste un peu. De toute façon, leurs méthodes ne sont pas toutes bonnes chez nous avec nos petits champs et notre climat. D'autant plus que nous n'avons pas accès à leurs outils. Qu'en penses-tu?

Mais il se rendit compte que déjà, Lansana était retourné à la contemplation des femmes qui sortaient de l'eau.

— Tu en parleras à Fatima, elle est de bon conseil et elle pourra étudier toutes les possibilités en allant dans l'autre monde.

Après avoir couché les bébés et s'être asséchées avec leurs

foulards de tête, les deux jeunes femmes retrouvèrent les hommes sur les bancs peuls. Elles étaient belles, trop belles. Lansana commença à faire un feu car il espérait prolonger la visite de leurs amis. Il leur restait du vin de palme plus qu'il n'en fallait. Lansana sentit sa chance: si la vie le comblait, il terminerait la soirée avec cette nouvelle venue toute fragile, toute fraîche qui semblait avoir besoin d'un homme pour la guider et la soutenir. Elle se tenait d'ailleurs sur son siège avec plus de sensualité et plus d'aisance que tout à l'heure, sentant le regard chaud d'un mâle, posé sur elle.

Pour sa part, Wallid ne pouvait décrocher son regard de Fatima, de ce corps de femme forte, mature et bien avec elle-même. Elle respirait la maternité, l'expérience, le mystère; pourrait-il un jour s'enivrer des effluves de cette fille, se retrouver dans les bras d'une mère? La soirée était jeune, ils étaient jeunes. La soirée était pleine de promesses, leur nouvelle vie aussi.

FIN